MAGNE HOVDEN

Die Kunst, einen Elefanten zum Tanzen zu bringen

ROMAN

Aus dem Norwegischen
von Frank Zuber

Die norwegische Originalausgabe erschien 2019
unter dem Titel »Cirkus« bei Cappelen Damm, Oslo.

This translation has been published with
the financial support of NORLA.

Besuchen Sie uns im Internet:
www.knaur.de

Aus Verantwortung für die Umwelt hat sich die Verlagsgruppe
Droemer Knaur zu einer nachhaltigen Buchproduktion verpflichtet.
Der bewusste Umgang mit unseren Ressourcen, der Schutz
unseres Klimas und der Natur gehören zu unseren
obersten Unternehmenszielen.
Gemeinsam mit unseren Partnern und Lieferanten setzen
wir uns für eine klimaneutrale Buchproduktion ein,
die den Erwerb von Klimazertifikaten zur
Kompensation des CO_2-Ausstoßes einschließt.

Weitere Informationen finden Sie unter:
www.klimaneutralerverlag.de

Deutsche Erstausgabe September 2020
© Cappelen Damm AS 2019
© 2020 der deutschsprachigen Ausgabe Knaur Verlag
Ein Imprint der Verlagsgruppe Droemer Knaur GmbH & Co. KG, München
Alle Rechte vorbehalten. Das Werk darf – auch teilweise – nur mit
Genehmigung des Verlags wiedergegeben werden.
Redaktion: Maria Sophie Hochsieder-Belschner
Covergestaltung: Nicole Pfeiffer
Coverabbildung: © jamtoons/gettyimages, © gettyimages/MattGrove
Satz: Adobe InDesign im Verlag
Druck und Bindung: CPI books GmbH, Leck
ISBN 978-3-426-22714-5

2 4 5 3 1

MAGNE HOVDEN

Die Kunst, einen Elefanten zum Tanzen zu bringen

ROMAN

1

»*Only one thing can challenge a dragon's dominance: another dragon*«, kommentierte David Attenboroughs Stimme am Rand einer Grasfläche in Indonesien, während er zwei Komodowarane filmte, die aufeinander zugingen.

Auf der anderen Seite der Erdkugel, auf einem Sofa in Oslo, stellte Lise Gundersen den Fernseher lauter und beobachtete, wie der Naturforscher langsam zurückwich. Die Tiere musterten einander, stellten sich auf die Hinterbeine und tänzelten abwartend hin und her, ehe es ernst wurde. Mit ihren scharfen Zähnen rissen sie blutige Wunden in Bauch, Beine und Rücken des Gegners, bis einer die Niederlage eingestand und sich aus dem Staub machte.

Am Tag darauf fühlte sie sich wie der einzige Komodowaran weit und breit. Der über fünfzigjährige Mann auf der anderen Seite des Konferenztisches hatte den Kampf längst verloren. Die übliche halbe Minute verstrich, jene dreißig Sekunden peinliches Schweigen zwischen den Höflichkeitsphrasen und dem ernsten Teil. Sie musterte ihn, er klappte einen Laptop auf. Die Falten auf seiner Stirn wurden tiefer, dann sah er sie an und rang sich ein Lächeln ab.

»Wie Sie sehen, bin ich heute alleine gekommen. Keine Anwälte.«

»Gut.« Vor ihr stand nur eine Tasse. Der Dampf des heißen Kaffees ließ sie lächeln. »Kennen Sie den mit dem Mann, der zur Hölle fährt? Zwischen den schreienden Sündern in den Flammen erblickt er plötzlich seinen Anwalt in den Armen einer schönen Frau. *Das ist ungerecht!*, beschwert er sich beim Teufel.«

Lises Finnmarksdialekt schimmerte durch, der Mann in dem Witz klang wie ein nordnorwegischer Kutterfischer. Zu ihrem Verdruss widerfuhr ihr dies oft im Eifer des Gefechts, als wäre sie von einer Art Finnmarksdämon besessen, dessen Ziel es war, ihre Gefühle zu verraten. Sie atmete tief ein, um den Dämon zum Schweigen zu bringen, und fuhr fort: »*Ich muss in alle Ewigkeit leiden, und dieser Anwalt amüsiert sich mit einer schönen Frau.* Der Teufel schüttelte nur den Kopf, zog den Mann fort und sagte: *Du hast ja keine Ahnung, was die Frau getan hat. Sie verdient diese Strafe wirklich.*«

Der Mann gegenüber schien verärgert, aber er unterdrückte seinen Missmut und drehte den Laptop zu Lise. »Unser hundertjähriges Jubiläum.« Auf dem Bild standen fünfzig lächelnde Menschen jeden Alters vor einer Fabrik. Er stand in der Mitte und hielt stolz einen Kuchen in die Höhe. »Ich bin hier, um die neuen Besitzer davon zu überzeugen, dass die Firma Holmen Verpackung noch weitere hundert Jahre gewinnbringend produzieren kann. Mindestens. Und der Grund dafür sind diese Menschen.«

Lise erwiderte seinen Blick, ohne das Bild anzusehen.

Er fuhr fort: »Diese Menschen haben sich bereit erklärt, Lohnkürzungen zu akzeptieren, was eine beträchtliche Einsparung bedeuten würde. Und unsere Lieferanten sind ebenfalls bereit, neu zu verhandeln.«

»Das ändert leider nichts.« Lises gleichgültiger Tonfall gab dem »leider« wenig Gewicht. »Die Entscheidung ist bereits gefallen, da ist nichts mehr zu machen.«

»Schauen Sie hin!« Seine Stimme wurde härter, aber sie sah ihm weiter in die Augen. »Das können Sie wohl nicht? Dann würden Sie nämlich sehen, dass hier Menschen aus Fleisch und Blut betroffen sind. Dass hier Leben zerstört werden, während ihr euch an den Trümmern dumm und dämlich verdient.« Ein Kratzen auf Metall lenkte seine Aufmerksamkeit zum Fenster, wo eine Taube gelandet war und sie von außen beobachtete. »Das Schlimmste ist, dass Sie die Huldigung der Lokalzeitung gern entgegengenommen haben: OSLOER FIRMA RETTET VERPACKUNGSFABRIK.« Die Taube drehte ihnen den Rücken zu und flog davon. »Aber Sie wussten es schon damals. Sie wussten es, bevor Sie überhaupt ein Angebot gemacht hatten! Nachdem Ihre Raubvogelklauen den Computer heiß getippt hatten, um den Profit auszurechnen.«

»Die Voraussetzungen haben sich verändert seit dem Kauf. Die Schwingungen auf dem Markt, die Rohstoffpreise und der schlechte Kurs der Krone haben …«

Er unterbrach sie mit einer Handbewegung. »Ich hatte mir nicht wirklich Hoffnungen gemacht, Sie umzustimmen.« Die Plastikscharniere des Laptops knirschten, als er ihn zuklappte. »Eigentlich wollte ich nur wissen, ob Sie es über sich bringen, mir in die Augen zu sehen. Damit hatten Sie jedenfalls kein Problem.« Er stand auf, steckte den Laptop in den Rucksack und ging zur Tür. Bevor er sie öffnete, drehte er sich noch einmal um. »Wie lange arbeiten Sie schon hier?«

»Elf Jahre.«

»Dann sind Sie auf jeden Fall einundzwanzig Gramm leichter als vor elf Jahren.«

Lise blieb sitzen und schaute ihm fragend hinterher.

Kurz darauf tauchte ein grinsendes Gesicht im Türspalt auf. »Der Kartonheini sah nicht wirklich glücklich aus.« Die Falten um die Augen und auf der Stirn verrieten, dass Børge Høylund die fünfzig gerundet hatte, was sein graues, zurückgekämmtes Haar bestätigte. Er kam herein, setzte sich neben ihr auf den Tisch und verschränkte die Arme.

»Einundzwanzig Gramm.« Lise starrte noch immer zur Tür.

»Hä?«

»Das waren seine letzten Worte. Dass ich auf jeden Fall einundzwanzig Gramm leichter sei als damals, als ich hier anfing. Was meint er damit?«

»Deine Seele.« Børge grinste noch breiter. »Irgendein amerikanischer Arzt hat sterbende Patienten kurz vor und kurz nach ihrem Tod gewogen und kam zu dem Schluss, dass sie einundzwanzig Gramm verloren hatten.«

»Herrlich. Ich habe also keine Seele.«

»Aber dafür hast du verdammt viel Geld.«

Sie zuckte mit den Schultern. »Na ja. Jedenfalls lief es mit dem Kartontypen besser als mit dem Kerl von dem Hochgebirgshotel letzte Woche. Erwachsene Männer, die heulen und betteln … daran werde ich mich nie gewöhnen.«

»Man gewöhnt sich an alles. Glaub mir. Hör auf einen, der schon alles miterlebt hat. Hoffnungslosigkeit, Trauer, Wut und Verzweiflung. Zum Glück wurde ich mit einer Rüstung gegen so was geboren. Es prallt an mir ab.« Er tippte mit dem Zeigefinger an seine Brust. »Pjong, pjong!«

»Herrgott.« Sie stellte sich Baby-Børge im Kreißsaal mit Rüstung vor, und es lief ihr kalt den Rücken herunter.

»Stimmt aber, es ist angeboren. Die Kunst, die Probleme anderer Leute an sich abprallen zu lassen. Du beherrschst diese Kunst, Lise. Du bist eiskalt. Deshalb habe ich dich angestellt.«

»Eiskalt und seelenlos. Vielleicht wird mir ja warm, wenn ich in die Hölle komme, mit all den Anwälten dort.«

Børge lachte. »Wenn schon, dann reist du wenigstens erste Klasse dorthin. Wie läuft es eigentlich mit der Wohnungssuche?«

»Ich habe die perfekte gefunden. Zweihundert Quadratmeter und Dachterrasse mit Whirlpool. Ein Palast, aber du bezahlst mir nicht genug.«

»Wenn du erst einmal Teilhaberin bist, kannst du …«

Ehe Børge ausreden konnte, stand ein junger Mann in der Tür.

»Lise, unten in der Rezeption steht ein Clown und wartet auf dich.«

Lise sah den jungen Mann ungläubig an. Der Finnmarksdämon rührte sich erneut, als sie sagte: »Hör zu, es ist ja okay, dass unter uns ein etwas rauer Ton herrscht, aber du kannst nicht einfach jeden Kunden einen Clown nennen. Ein bisschen mehr Respekt wäre …«

»Nein, es ist ein echter Clown.« Der junge Mann ging zu Lise und hielt ihr eine Visitenkarte unter die Nase. Auf orangem Hintergrund, zwischen bunten Luftballons und überdimensionierten Schuhen stand dort FILLIP DARIO – CLOWN und eine Handynummer.

Lise kniff verwirrt die Augen zusammen.

»Verdammt, Børge, dazu bin ich jetzt gar nicht in der Stimmung.«

Børge sah sie fragend an.

»Komm schon, lass dieses Keine-Ahnung-wovon-duredest-Gesicht. Du hast den Clown bestellt, stimmt's? Um mich nach der Sache mit dem Kartontypen aufzuheitern.«

»Ich hätte dir vielleicht einen Masseur bestellt. Oder einen Stripper, wie letzten Mai, als du diesen Vertrag gelandet hast. Aber ein Clown? Das ist nicht mein Stil, Lise.« Er sah den jungen Mann an. »Es sei denn, es wäre ein Strip-Clown. Könnte das sein?«

Der junge Mann zuckte mit den Schultern. »Er ist noch angezogen. Aber er trägt auch kein Clownkostüm.«

Lise wollte etwas sagen, doch stattdessen verließ sie kopfschüttelnd das Konferenzzimmer und ließ die beiden stehen.

Die blitzblanke Wandverkleidung im Aufzug war vor Kurzem von einer Karre lädiert worden, und Lise spiegelte sich genau in der Delle. Wenn sie sich seitlich bewegte, wurde ihre Taille breiter, und die weiße Bluse über der schwarzen Hose sah aus wie Zuckerglasur auf einem Muffin. Der Hüftspeck war das Resultat einer Reihe schlechter Gewohnheiten, meist Schokolade in irgendeiner Form. Damit belohnte sie sich für die langen, harten Arbeitstage, die fast immer in den Abend hineinreichten. Sie betrachtete sich und drückte die Muffinglasur mit den Fingern ein. Børge hatte ihr die Mitgliedschaft in einem Fitnessstudio zu Weihnachten geschenkt. Gesundheit sei wichtig, um gute Arbeit zu leisten, hatte er gesagt. Nicht für sie selbst, sondern um die Kunden zu überzeugen. »*Dicken vertraut man nicht, Lise. Wie kann der Kunde glauben, dass er in guten Händen ist, wenn man sich selbst gehen lässt?*«

Doch sie hasste das Fitnesstraining. Deshalb trug sie Kleidung, die den Hüftspeck gut verbarg. Dank ihres schmalen Gesichts mit den markanten Wangenknochen unter dem dunkelblonden Pony kam sie davon. Wie viel Schokolade sie auch aß, ihr Gesicht blieb schmal. Ihre Großmutter hatte beteuert, alle Frauen in der Familie seien so. »*Sei froh, Lise. In unserer Familie gibt es keine fetten Gesichter.*« Lise hatte nicht nur Großmutters Gesicht, sondern auch ihre Augen geerbt. Sie waren so hellgrau, dass man fast durch sie hindurchsehen konnte.

Lise glaubte zu wissen, wie Clowns ohne Kostüm aussahen: groß, dicklich, deprimiert und alkoholisiert, mit Dreitagebart und hoher, verschwitzter Stirn. Wie im Film. Echte Clowns hatte sie seit ihrer Kindheit nicht mehr gesehen, und damals nur mit Kostüm. Und sie hatte sie nie gemocht. Während ihre Schwester vor Lachen fast vom Stuhl fiel, schauderte ihr beim Anblick der geschminkten Gesichter, der Perücken, der übergroßen Schuhe und der übertriebenen Gesten. Sie hoffte immer, dass die Akrobaten bald an der Reihe waren.

Doch als sich die Aufzugtür öffnete, war das Foyer leer. Kein dicker, verschwitzter Clown in Zivil. Sie wollte gerade wieder hinauffahren, als sie durch die großen Fenster zwei Gestalten auf der Straße erblickte.

Ein Mann in den Dreißigern mit schwarzen, lockigen Haaren bis auf die Schultern gab einem jüngeren Mann einen 200-Kronen-Schein. Lise wurde neugierig und trat aus dem Aufzug.

Der jüngere Mann trug ein schmutziges, zerfetztes Flanellhemd. Die Furchen und Narben in seinem Gesicht machten ihn viel älter, als er wirklich war. Zögernd nahm er den Schein an. Sein Blick war glasig, und er schwankte, aber der Schwarzhaarige stützte ihn. Der Jüngere war sichtlich gerührt, schüttelte dem Mann die

Hand und dankte ihm. Der Ältere klopfte ihm auf die Schulter, verabschiedete sich und betrat das Foyer.

Er sah sich um. Seine Augen waren dunkelbraun, fast schwarz. Er hatte ein maskulines Gesicht mit markanten, ebenmäßigen Wangenknochen und einem leicht hervorstehenden Kinn. Als er Lise sah, lächelte er freundlich.

»Lise? Lise Gundersen?«

»Ja. Und Sie sind ... der Clown?«

»Fillip Dario. Sohn des großen Gino Dario. Meine Ahnen sind seit Jahrhunderten Clowns, eine große und stolze Zirkusfamilie.«

Lise stellte sich eine ganze Familie von Clowns vor und musste lächeln. Ein Clownpapa, dessen Pappnase auf die Zeitung fällt, weil er nach einem langen Tag in der Manege im Ohrensessel einschläft; eine Clownmama, die mit ihren großen Schuhen in der Küche stolpert und den Hackbraten fallen lässt; Clownkinder, die mit ihren Spritzblumen den Esstisch unter Wasser setzen. Sie schüttelte das Bild aus dem Kopf. »Hier hat niemand einen Clown bestellt, das muss ein Missverständnis sein.«

»Bestellt? Was soll das heißen? Ich bin nicht so ein Clown.«

Lise musterte ihn. »Haben Sie dem Typen da draußen einen Zweihunderter gegeben?«

»Ja.« Fillip zuckte mit den Schultern, als wäre es das Natürlichste der Welt.

»Dann sind Sie auf jeden Fall ein leichtgläubiger Clown. Es gibt viele Junkies hier in der Stadt. Wenn Sie so weitermachen, sind Sie pleite, ehe Sie wieder ... Ja, woher kommen Sie eigentlich?«

»Sunnmøre. Dort gastiert der Zirkus zurzeit. Und er hat das Geld dringender als ich gebraucht. Ich weiß, wie es ist ... Ach, genug.«

»Okay, aber womit kann ich Ihnen helfen? Warum sind Sie hier?«

»Leider komme ich mit einer traurigen Nachricht.« Er legte zaghaft eine tröstende Hand auf ihre Schulter. »Ihr Onkel ist tot.«

»Onkel Jo Atle ist gestorben?« Lise trat einen Schritt zurück. »Aber ... das ist ja ... mein Gott, ich habe ihn doch noch gestern auf Facebook gesehen, mit seinem Metalldetektor auf einem Acker im Gudbrandsdal.«

»Nein, nicht der.«

»Aber ich habe keinen anderen Onkel.«

»Doch, haben Sie. Oder hatten. Ihr Onkel Hilmar Fandango.«

»Nein. Da sind Sie an die falsche Person geraten. Ich habe noch nie von einem Onkel Hilmar gehört. Fandango, sagen Sie?«

»Diesen Namen nahm er an, als er seinen Zirkus gründete. Vor vierzig Jahren. Früher hieß er Gundersen wie Sie. Und wie sein Bruder Oskar.«

Lise zuckte zusammen, als sie den Namen ihres Vaters hörte. Sie dachte an die schwere Zeit vor zehn Jahren. Der Prostatakrebs, der ihn langsam von innen auffraß. Am Ende war er von Schmerzmitteln umnachtet und nicht mehr ansprechbar. Sie kam zu spät. Ein Vertrag in Østfold musste abgeschlossen werden, und als sie in Kirkenes ankam, war er schon tot. Die Reue, dass sie sich nicht von ihm verabschiedet und ihm gesagt hatte, wie sehr sie ihn liebte, machte alles noch schlimmer. Er hatte sie und ihre Stiefschwester Vanja alleine großgezogen, nachdem Lises Stiefmutter gestorben war. Er war immer für sie da gewesen, was auch geschah. Ihre Trauer und die Reue waren groß, aber beide Gefühle ersäufte sie in einem Meer von Arbeit.

»Geht es Ihnen gut?«

Lise schüttelte die Erinnerungen ab, als sie sah, dass Fillip wieder die Hand auf ihre Schulter legen wollte. »Ja, ja, ausgezeichnet. Warum auch nicht? Ich habe ihn nicht einmal gekannt, diesen ... Zirkusonkel.«

»Er war Direktor.« Stolz flammte in Fillips Augen auf, und seine Brust hob sich. »Direktor des Zirkus Fandango, dem ich seit fünfzehn Jahren angehöre. Wir touren durch Norwegen, Schweden, Dänemark und Finnland. Ihr Onkel starb vor zwei Tagen während der Vorstellung. Sein Herz war alt.« Fillip senkte den Blick. »Es wollte nicht mehr.«

»Das war sicher ... unangenehm für Sie. Aber deswegen hätten Sie doch nicht den weiten Weg nach Oslo kommen müssen. Warum haben Sie mich nicht einfach angerufen?«

Lises Gleichgültigkeit verärgerte Fillip. »Es war der Wunsch Ihres Onkels. In seinem Wagen fanden wir einen Brief mit Instruktionen, was wir nach seinem Tod tun sollten. Der erste Punkt lautete, Sie zu finden. Sie sind die einzige noch lebende Angehörige. Er wollte, dass Sie zu seiner Beerdigung kommen. In Hareid bei Ålesund.«

»Ich verstehe, aber Beerdigungen sind nicht mein Ding. Und ich habe sowieso keine Zeit.«

»Aber er war Ihr Onkel. Der Bruder Ihres Vaters. Und Sie wollen ihm nicht einmal den Respekt erweisen, zu seiner Beerdigung zu kommen?«

»Hören Sie zu: Ich kannte den Mann nicht. Nie von ihm gehört. Und in fünf Minuten habe ich einen Termin, aber wenn Sie mir sagen, in welcher Kirche es stattfindet, werde ich einen Kranz oder so was bestellen.« Sie ging Richtung Aufzug. »Okay?«

Fillip schüttelte ungläubig den Kopf. »In der Kirche von Hareid. Kommenden Samstag.«

»In Ordnung.«

Lise rief den Aufzug und drehte sich noch einmal um.

»Aber dann werden Sie aus dem Testament gestrichen.«

Lise drehte sich um. »Testament?«

»Ja. Punkt zwei. Wenn Sie nicht zur Beerdigung kommen, werden Sie aus dem Testament gestrichen.«

2

»Was glaubst du, Vanja, wie viel ein Zirkusdirektor verdient?« Lise saß auf dem Sofa und hatte das Telefon zwischen Ohr und Schulter geklemmt. In einer Hand hielt sie eine Tafel Schokolade, in der anderen eine Flasche Karamellsoße mit Meersalz. Sie drückte zwei Streifen Soße auf die Schokolade und stellte die Flasche auf den elliptischen Designertisch. Vanja war Lises Halbschwester. Obwohl sie dieselbe Mutter hatten, gingen ihre Ansichten über Geld weit auseinander. Vanja hatte Lise für verrückt erklärt, als sie erfuhr, dass ihr Couchtisch 12 500 Kronen kostete, weshalb Lise den Preis ihres Giormani-Sofas erst gar nicht erwähnt hatte. Sie biss ein Stück Schokolade ab und wartete auf eine Antwort.

»Willst du endlich den Job wechseln?« Vanjas Finnmarksdialekt tanzte am anderen Ende. »Wirst du endlich aufhören, arme Betriebe zu plündern, damit du dir versnobte Möbel kaufen kannst?«

»Das könnte dir so passen. Nein, aber heute kam ein Clown ins Büro und sagte, mein Onkel sei gestorben. Ein *echter* Clown. Und er ...«

Vanja unterbrach sie: »Onkel Jo Atle?«

»Nein, Onkel Hilmar Fandango.« Am anderen Ende wurde es still. »Der früher Gundersen hieß. Der Bruder meines Vaters – bis heute Morgen wusste ich nichts von seiner Existenz.«

»Und das hat dir ein Clown erzählt?« Vanja machte eine Pause. »Dir ist schon klar, wie gaga das klingt, oder?«

»Mein Onkel war Zirkusdirektor. Zirkus Fandango. Der Clown arbeitete für ihn.«

»Fandango ... Der Name kommt mir bekannt vor. Ich glaube, die waren vor ein paar Jahren in Kirkenes.«

»Und ich stehe in seinem Testament. Weil ich die einzige Verwandte bin. Deshalb habe ich gefragt, wie viel so ein Zirkusdirektor verdient.«

»Wann wird das Testament eröffnet?«

»Diesen Samstag nach der Beerdigung. Und wenn ich nicht hingehe, werde ich aus dem Testament gestrichen. Wenn ich also erben will, muss ich nach Hareid reisen – ein Kaff irgendwo in Sunnmøre.«

»Du tust mir ja sooo leid. Du weißt, dass dein Job daran schuld ist, oder?«

»Woran?«

»Früher warst du anders. Nicht so egoistisch, dass du nicht einmal ...«

»Verschon mich mit dem Geblubber!« Lises Finnmarksdämon war zurück.

»Aber vor zwölf Jahren warst du nicht so. Da hast du für einen Hungerlohn bei ...«

Lise fiel ihr ins Wort: »Damals ist alles geplatzt. Mein Leben war zerstört, und es gab nur einen Menschen, der an mich glaubte. Das warst nicht du, Vanja, sondern Børge. Alle anderen dachten das Schlimmste von mir, aber er hat mir eine Chance gegeben. Zum hundertsten und letzten Mal: Hör endlich auf, mich an die Zeit bei Global Giving zu erinnern.«

»Schon gut, schon gut. Ich mach mir ja nur Sorgen um dich. Weil ich dich lieb habe.«

Ein paar Sekunden verstrichen in Schweigen. Lise schluckte die Schokolade und den Ärger hinunter. »Ich komme schon zurecht. Auch wenn ich eiskalt bin und keine Seele habe.«

»Das habe ich nie gesagt ...«

»Nein, vergiss es einfach.«

Draußen war es dunkel geworden. Lise sah ihr Spiegelbild mit dem schokoladeverschmierten Mund im Wohnzimmerfenster. Sie blickte streng drein, als wollte sie mit Børges Stimme sagen: *Herrgott, Lise, beherrsch dich. Leg die Schokolade weg!* Dann zuckte sie mit den Schultern und biss ein weiteres Stück ab.

»Wie geht es eigentlich Yngve? Und dem Nordlicht-Business?«, fragte sie mit vollem Mund.

»Gut, es wimmelt von Chinesen hier. Wir haben zehn neue Scooter gekauft. Du solltest bei uns investieren, anstatt dein Geld für teure Möbel zu verschwenden.«

»Da werde ich lieber Børges Geschäftspartnerin. Wenn Hilmar Fandango ein fettes Bankkonto hatte, reicht es vielleicht, um mich einzukaufen. Und eine neue Wohnung dazu.«

»Und dann fehlt nur noch der Traummann, der sie mit dir teilt ... oder die Traumfrau?«

Lise rollte mit den Augen. »Ich bin nicht lesbisch, wie oft soll ich dir das noch sagen? Ich habe nur keine Zeit für so was.«

»Beruhig dich. Früher oder später wirst du jemanden treffen.«

»Hör auf. Ich hab viele Männer getroffen, bloß keinen, mit dem ich ...«

»So ging es mir auch, und dann kam Yngve. Beim ersten Mal sagte er, ich sähe wie Prinzessin Leia aus, und fragte, ob ich sein Lichtschwert sehen wollte. Hättest du mich da gefragt, ob ich den Rest meines Lebens mit ihm verbringen wollte, hätte ich dankend abgelehnt. Aber dann habe ich ihn besser kennengelernt und erkannt, wie warmherzig und besonnen er ist und wie sehr er mich liebt.«

»Herrgott, Vanja. Du solltest eine Kolumne zum Thema Partnerschaft im Wochenblatt schreiben.«

»Ich will ja nur sagen, dass du den Männern eine Chance geben solltest. Lass sie näher an dich heran und lerne sie kennen, das kann dein Leben verändern.«

Lise sah ihrem Spiegelbild in die Augen. »Ich mag mein Leben, wie es ist.«

3

Von ihrem Fensterplatz im Restaurant des Norwegischen Theaters aus beobachtete Lise drei Frauen, die aus dem Theater kamen. Ihre bunten, lässigen Kleider standen im Kontrast zur Geschäftskleidung der Restaurantgäste. Børge, der ihr gegenübersaß, sah sie fragend an. Sie nickte in Richtung der Frauen. »Bestimmt Schauspielerinnen.«

»Hippies. Selbst ernannte Pseudokünstler.«

Der Kellner servierte das Essen. »Roggenwaffel mit kalt geräuchertem Lachs, Salatherzen und Loddenrogen. Crème-fraîche-Schaum mit Meerrettich.«

Børge grinste. »Das ist echte Kunst.« Er sah Lise in die Augen. »Wir sind auch Künstler. Unsere Bühne ist die Wirklichkeit, und unser Publikum sind die Investoren. Statt Applaus ernten wir jede Menge Geld.« Er zupfte an seinem Hemdkragen. »Außerdem kleiden wir uns viel besser.«

Er kaute ein Stück Waffel und musterte Lise, die in ihre dampfende Suppe blies. »Im ersten Jahr musstest du auch noch schauspielern.«

»Ja, aller Anfang ist schwer.«

»Erinnerst du dich an das Blechwerk im Sør-Trøndelag? Du hast einen auf knallhart gemacht, als du zum ersten Mal dreihundert Leute arbeitslos gemacht hast. Wie sehr sie auch schrien, fluchten oder weinten, du hast nicht mit der Wimper gezuckt, aber hinterher im Auto sind dir die Tränen gekommen. Doch das hast du dir schnell abgewöhnt. Du hast auf mich gehört und gelernt, dass jeder sich selbst der Nächste ist. Warum solltest du anders sein? Du hast erreicht, wovon die meisten nur träumen, und jetzt gibt es nur noch eine Lise. Die knallharte. Die im Übrigen immer reicher wird.«

»Jepp.« Sie tauchte den Löffel in die Suppe. »Wie denkst du über die Sache mit dem Zirkus? Soll ich zu der Beerdigung fahren?«

»Definitiv.«

»Wirklich? Ich kannte ihn nicht einmal. Ein schäbiger, alter Zirkus kann nicht viel wert sein. Und wir stehen kurz vor der Übernahme der Heggdal Industries.«

»Ich halte die Stellung hier, kein Problem.« Børge wischte sich Rogen aus dem Mundwinkel und legte die Serviette auf den Tisch. »Hör zu, du weißt, was du für die Firma bedeutest.« Er sah ihr in die Augen und legte die Hand auf ihre. »Wie viel du mir bedeutest. Du bist wie eine Tochter für mich. Meine eigene, eiskalte Terminator-Tochter.« Er lachte über seinen eigenen Witz. »Du bist Familie, und Familie ist das Wichtigste. Dein Onkel gehörte auch zur Familie. Nimm dir ein paar Tage frei und fahr zur Beerdigung. Dann bist du rechtzeitig zurück, um Heggdal Industries ebenfalls zu beerdigen.«

4

Die M/F Tidefjord war auf halbem Weg über den Fjord, als Lise den Bauernhof erblickte. Ihr Flugzeug war erst vor einer Stunde in Vigra gelandet. Nun stand der Leihwagen auf dem Fährdeck, während sie in der Cafeteria saß und aus dem Fenster schaute. Der Hof bestand aus einem Wohnhaus und einer kleinen Scheune, umgeben von grünen Wiesen. Eigentlich ein ganz gewöhnliches Anwesen, doch die Lage war spektakulär. Direkt über einer zweihundert Meter hohen Felswand, die senkrecht in den Fjord abfiel. Lise war in der Finnmark aufgewachsen und hohe Berge nicht gewohnt. Dort war die Landschaft weit und offen, hier hingegen verbarrikadierten die Berge auf beiden Seiten die Sicht, es war geradezu klaustrophobisch. Gleichzeitig war der Kontrast zwischen den massiven Bergen und dem spiegelglatten Fjord wunderschön.

»Ist hier noch frei?«

Lise drehte sich um und sah direkt in die freundlichen Augen einer alten Dame. Die Cafeteria war voll, nur der Platz ihr gegenüber war noch frei. »Selbstverständlich.«

Die alte Dame setzte sich, schnupperte die Caféluft und sagte: »Sveler. Unsere Fähren-Eierkuchen. Haben Sie die probiert?«

Lise schaute zur Theke, wo ein Stapel frisch gebackene, dampfende Eierkuchen stand. »Nein, hier noch nicht. In Oslo nennen wir sie Lapper.«

»Das ist nicht dasselbe. Nur hier gibt es die echten Sveler.« Die alte Dame nickte andächtig.

»Ja, die sind bestimmt gut.« Lise betrachtete wieder

den Bauernhof. »Was glauben Sie, warum haben die sich ausgerechnet da oben niedergelassen? Wie kommt man da überhaupt hin? Umständlicher geht es kaum.«

»Ja, das ist eine gute Frage. Die Leute hatten wohl ihre Gründe. Vielleicht mochten sie keinen Besuch.«

Lise lachte. »Da oben hatten sie bestimmt ihre Ruhe. Der Weg muss ja lebensgefährlich sein. Wie haben die das geschafft, wenn sie aus der Kneipe kamen?«

»Man gewöhnt sich an alles.«

»Das hat mir mein Chef auch gerade sagt. Dass man sich an alles gewöhnt.« Lise bemerkte, dass die alte Dame neugierig war, und erzählte weiter. »Børge. Ich traf ihn in einem Restaurant, als ich dreiundzwanzig war und … ziemlich am Boden. Zerbrochene Träume und so weiter, Sie wissen schon. Aber das ist eine andere Geschichte. Jedenfalls war die Schlange am Büfett lang, und ich hatte es eilig und Riesenlust auf Schokoladenmousse mit Vanillesoße, also fragte ich den Mann vor mir höflich, ob er mich vorlassen würde. *Keine Chance, vergiss es*, antwortete er. Normalerweise hätte ich das eingesteckt, aber er war so was von arrogant, dass ich ausrastete. Ich ging einfach an ihm vorbei und bediente mich. So etwas hatte ich noch nie getan, einfach so die Benimmregeln zu brechen. Aber es tat auch gut, und ich musste unwillkürlich lächeln. Aber nur einer aus der Schlange lächelte zurück – der Mann, vor den ich mich gedrängelt hatte. Dann flüsterte er mir zu: *Tut gut, nicht wahr?* Dieser Mann war Børge. Wir aßen das Dessert zusammen, und einen Monat später war ich in seiner Firma angestellt.«

Lise sah die alte Dame an. »Entschuldigung … Normalerweise tue ich das nicht. Wildfremden Leuten die Ohren vollquatschen. Ich weiß gar nicht, was in mich gefahren ist.«

»Das macht nichts. War mir ein Vergnügen. Was führt Sie nach Hareid?«
»Ich muss auf eine Beerdigung.«
»Hilmar Fandango? Ich auch.«
»Kannten Sie ihn?«
»Natürlich. Alle kannten Hilmar.«

5

Der Kies auf dem Weg vom Parkplatz zur Kirche von Hareid knirschte unter Lises Schuhen. In einer Ecke des Friedhofs sah sie das frisch ausgehobene Grab und die Vorrichtung zum Hinablassen des Sargs.

Seit dem Tod ihres Vaters war sie auf keiner Beerdigung mehr gewesen. Es war mitten im Winter in Kirkenes. Vier Männer hatten den Sarg mit Tauen ins Grab hinabgelassen, wie es dort üblich war, und die Trauerfeier hatte in der kleinen Friedhofskapelle stattgefunden. Keine Orgelfassung seines Lieblingsliedes aus den Sechzigern oder andere Extras. Nur die Predigt, eine Rede von Vanja und dann die Bestattung.

Jetzt aber ahnte sie schon, dass Hilmar Fandangos Trauerfeier ganz anders werden würde. Auf der Treppe stand ein kleinwüchsiger Mann mit seinem ebenfalls kleinwüchsigen Zwillingsbruder auf den Schultern, beide in glitzernden Goldtrikots. In der Tür stand ein Mann in Ritterrüstung, aus dessen Mund ein Schwertschaft ragte.

Der obere der Kleinwüchsigen drückte ihr ein Programm in die Hand. Auf der Titelseite prangte das Bild eines älteren Mannes mit eigentümlichem Schnurrbart und goldenem Zylinder. Unter der Zeichnung stand:

ZIRKUS FANDANGO PRÄSENTIERT:
HLMAR FANDANGOS
LETZTE VORSTELLUNG!

Sie ging an dem Schwertschlucker vorbei ins Kirchenschiff. Von außen hätte sie nicht gedacht, dass die kleine Kirche so viele Menschen fassen könnte. Alle Bänke waren besetzt, an den Wänden standen die Leute. Vor dem Altar stand der offene Sarg.

Lise zögerte. Links und rechts von ihr saßen Menschen in bunten Zirkuskostümen und Trikots. Es sah aus, als hätte sich eine CSD-Parade in die Kirche verirrt. Die bunten Klamotten bildeten einen bizarren Kontrast zu der aufrichtigen Trauer in den Gesichtern. Hinter der Kanzel, wo sonst der Chor stand, nahmen drei Männer in lila Veloursanzügen mit ihren Instrumenten Stellung. Eine Trommel, eine Trompete und eine Tuba.

Wenige Meter vor dem Sarg blieb Lise stehen. Sie hatte noch nie einen toten Menschen gesehen. Bei der Beerdigung ihres Vaters war der Sarg geschlossen gewesen. Als die Ärzte die künstliche Ernährung abgesetzt hatten und nur wenige Stunden blieben, war Vanja bei ihm gewesen. Lise fragte, wie es gewesen sei, und Vanja antwortete: *»Ich hatte mir das ganz anders vorgestellt. Bei Mama ging es damals so schnell, dass ich nicht dabei sein konnte, aber bei Papa habe ich einen Tag lang jeden Atemzug verfolgt. Ich dachte, er würde zucken, die Augen aufsperren oder einen letzten Seufzer tun, aber nichts dergleichen ... Er hat einfach aufgehört zu atmen, als hätte jemand seine Batterie herausgenommen.«*

Hinter ihr standen viele, die dem Verstorbenen die letzte Ehre erweisen wollten. Lise gab sich einen Ruck und trat an den Sarg, doch sie staunte nicht schlecht, als sie sah, dass er leer war. Nur ein weißes Seidenkissen lag darin. Sie sah sich um, als hätte man den Toten irgendwo verlegt, als eine bekannte Stimme ihren Namen rief.

»Lise!« Auf der vorderen Bank saß Fillip in vollem

Clownkostüm und lächelte. »Hier!« Er zeigte auf den freien Platz neben sich.

Lise schüttelte den Kopf und zeigte nach hinten. Sie wollte an der Tür stehen, falls jemand vom Büro anrief.

Aber Fillip hatte andere Pläne. Er ging zu ihr und legte ihr die Hände auf die Schultern. »Familie in der ersten Reihe.« Dann führte er sie an den freien Platz.

Die Bank knarzte, als sie sich setzten. Lise musterte das weiß geschminkte Gesicht. »Keine Tränen?«

Fillip lächelte. »Ich bin kein trauriger Clown.« Sein überdimensionierter gelber Zylinder und die knallrote Pappnase bestätigten diese Feststellung. Seine Halskrause reichte bis zu den Schultern und stellte den Kragen des Pfarrers in den Schatten. Er trug ein weißes Kostüm mit roten Punkten und übergroße Schuhe. »Ich freue mich, dass Sie ... dass du den letzten Wunsch deines Onkels respektierst«, sagte er.

Lise sah zu dem leeren Sarg hinüber. »Er selbst hat wohl nicht vor zu kommen?«

»Der Zirkusdirektor tritt nie vor den Vorhang, ehe die Vorstellung beginnt.«

»Natürlich«, kommentierte Lise sarkastisch. »Wann wird das Testament eröffnet?«

»Im Zirkuszelt, nach der Beerdigung. Es steht auf dem Sportplatz ...«

Ein scharfer Trommelwirbel unterbrach ihn. Der Pfarrer breitete die Arme aus, und mit einem Mal war es still in der Kirche.

»Wir haben uns heute hier versammelt, um Abschied zu nehmen von einem Mann, der in seinem Leben vielen anderen Menschen Freude gebracht hat. Dafür lebte Hilmar Fandango. Als Trapezkünstler und später als Zirkusdirektor. Um Freude zu bringen. Er wusste, dass Freude

Hoffnung und Optimismus bewirkt und Menschen zusammenbringt. So, wie sich die Menschen über das Wort Jesu Christi freuen und sich in seinem Namen versammeln. Doch bevor wir uns von Hilmar verabschieden, bevor er in das große Zirkuszelt im Himmel eingeht, habe ich die Ehre, seine allerletzte Vorstellung zu präsentieren.«

Auf die Worte des Pfarrers folgte eine laute Trompetenfanfare. Lise zuckte vor Schreck zusammen. Sie sah, wie der Pfarrer die Arme und den Blick hob. Unter der Decke war eine weiße Leinwand aufgespannt. Die Fanfare verklang, alle richteten den Blick nach oben. Dann kam ein weiterer Trommelwirbel, und die Leinwand wurde zur Seite gerissen. Ein Raunen ging durch die Menge, Lise machte große Augen. Dort oben schwebte Hilmar Fandango an zwei Seilen, das Gesicht nach unten. Stocksteif, gekleidet in ein Silbertrikot mit Tausenden von Pailletten – die bizarrste Discokugel der Welt. Die Trauergäste applaudierten, hörten aber auf, als der Trommelwirbel erneut erklang. Totale Stille, bis Laufrollen quietschten und die Seile sich in Bewegung setzten. Lise folgte den Seilen mit den Augen bis zu den Männern in engen Trikots, die sie an den vier Enden bewegten. Sie zogen abwechselnd an den Seilen, bis Hilmar Fandango wie ein Pendel vor und zurück schaukelte. Als er ausreichend Schwung erreicht hatte, kam der nächste Trommelwirbel. Die Männer zogen die Seile in einem Ruck an, was Hilmar Fandango mit einem perfekten Rückwärtssalto in die Luft katapultierte. Sie fingen ihn sicher auf und ließen ihn noch eine Schraube vollführen, ehe sie ihn unter stehendem Applaus sanft in den Sarg herabließen.

Lise war auch aufgestanden, um besser zu sehen. Ein paar Plätze weiter bemerkte sie eine ältere Frau, die sitzen geblieben war. Ihr schwarzes Haar hatte graue Strähnen und war in einem strammen Pferdeschwanz zurückgebunden, und ihr schwarzes Kleid unterschied sie von den vielen bunten Kostümträgern. Sie war die Einzige, die nicht jubelte und klatschte. Stattdessen verbarg sie das Gesicht in den Händen und weinte still. In diesem Moment ergriff der Pfarrer wieder das Wort.

»*Die norwegische Schwalbe* nannten sie Hilmar, als er in seiner Jugend mit dem Cirque de Baltazar in Belgien und Deutschland tourte. Jetzt hat er seinen letzten Flug vollendet und ist zu guter Letzt im Nest gelandet, im Nest Gottes.« Das Publikum schwieg, der Pfarrer sah Fillip an. »Und nun möchte einer seiner Artisten ein paar Worte sagen.«

Während Hilmar von den Seilen befreit wurde, watschelte Fillip in seinen großen Schuhen auf das Altarpodest. Er tat, als würde er über die Stufen stolpern, und ließ sich der Länge nach auf den Boden fallen. Gelächter und Applaus brachen die Stille, er rappelte sich mit eingedrückter Pappnase auf, verbeugte sich und nahm den Platz des Pfarrers ein. Zufrieden schaute er ins Publikum.

»Volles Haus. Hilmar hätte es geliebt. Dafür hat er gelebt. Ein volles Zirkuszelt. Nicht wegen des Profits, sondern wegen der Freude in den Gesichtern der Kinder. Und der Erwachsenen. In der Pause mischte er sich immer unters Publikum, während die Kinder Zuckerwatte schleckten oder auf dem Elefanten ritten. Er wollte hören, ob es den Leuten gefiel. So kanntet ihr ihn. Leidenschaftlich engagiert, das konnte jeder hören, wenn er das Mikrofon in die Hand nahm. Aber wir, die das Glück hatten, mit ihm zu reisen, haben auch einen anderen Hilmar Fandango erlebt.« Die Artisten in den vorderen Reihen nickten einträchtig.

»Eine Tournee mit dem Zirkus ist wie sechs Monate Camping mit einer dysfunktionalen Familie. Jeder hat seinen eigenen Charakter, seine eigene Geschichte und eigene Gewohnheiten. Manche mögen Kohl zum Frühstück …« Fillip grinste einen der Kleinwüchsigen an, der zurückgrinste. »Andere hassen den Geruch am frühen Morgen.« Der Schwertschlucker sah den kleinen Mann vorwurfsvoll an. »Wir leben dicht beieinander. Wir streiten uns, manchmal prügeln wir uns sogar, aber wir sind trotzdem eine Familie, die zusammenhält und in der einer den anderen unterstützt. Und der Mann, der uns dazu gemacht hat, ist Hilmar Fandango. Er war für uns ein Vater, Bruder und Freund. Immer da, wenn wir ihn brauchten. Oder wenn wir dachten, dass wir ihn nicht bräuchten. Zum Beispiel wenn wir spätabends keine Lust mehr auf die Proben hatten. *Nur noch einmal, dann sitzt es! Kommt schon, Leute, zeigt ein bisschen Stolz*, sagte er dann, und das hat uns besser gemacht. Und die Freude des Publikums gesteigert. Und ich bin stolz …« Seine Stimme versagte, eine Träne malte eine Rinne in die weiße Schminke. »Ich bin stolz darauf, dass ich mit ihm reisen durfte.«

Fillip schaute in die Menge und sah viele tränengefüllte Augen. Er zog ein Taschentuch aus einem Ohr, schnäuzte sich und wollte weitermachen, als in der ersten Reihe ein lautes PLING! ertönte.

Alle in der Kirche sahen Lise sauer an, die ungerührt ihr Telefon aus der Tasche zog und die Nachricht las.

Fillips Blick verdunkelte sich. »Auch aus Hilmars leiblicher Familie ist heute jemand anwesend, und sie möchte gern ein paar Worte sagen.« Lise schaute verdutzt auf. Er sah sie schadenfroh an. »Bitte schön, Lise.«

Die Leute reckten die Hälse, Lise hob abwehrend die Hände. »Nein, nein, ich … das ist … zu schwer.«

»Wir wollen dir die Möglichkeit geben, von ihm Abschied zu nehmen.« Er ignorierte ihren abweisenden Blick. »Komm herauf und teile mit uns, was Hilmar dir bedeutet hat. Keine Angst, du bist unter Freunden.«

Alle nickten und schwiegen gespannt. Lise schloss die Augen, um Trauer zu simulieren. Eine tröstende Hand auf der Schulter holte sie in die Realität zurück. Fillip stand vor ihr. »Lass dir ruhig Zeit. Wir haben es nicht eilig. Nicht wahr, Leute?« Alle klatschten. »Hilmar hat auf jeden Fall alle Zeit der Welt.« Alle lachten.

Hilfe suchend sah Lise den Pfarrer an, aber er wartete geduldig. Schließlich stand sie auf und stieg auf das Altarpodest. »Vielen Dank, du ...«, zischte sie Fillip im Vorbeigehen an. Der Clown grinste zufrieden.

»Ich kannte Hilmar Fandango nicht. Bis vor wenigen Tagen hatte ich keine Ahnung, wer er war. Deshalb habe ich auch nicht viel zu sagen. Im Grunde weiß ich nur, dass er Zirkusdirektor war. Und der Bruder meines Vaters. Oskar Gundersen.« Der Name ihres Vaters versetzte ihr einen Stich, und die Erinnerung an sein Begräbnis überwältigte sie so sehr, dass sie fast die Beherrschung verlor. »Und ...« Ihr Zwerchfell begann zu beben, ihr Blick flackerte nervös umher, bis er am Sarg hängen blieb.

Der Anblick des toten Zirkusdirektors im Paillettentrikot mit seinem seltsamen Schnurrbart verwandelte das Schluchzen in ein Lachen, das über die Lautsprecher durch die Kirche schallte. Als sie das Entsetzen in den Gesichtern sah, bremste sie sich und dachte angestrengt nach. »Und so will ich ihm meinen Respekt erweisen. Nicht mit Tränen, sondern mit Lachen und Freude. So sollten wir ihm alle Respekt erweisen.«

Es war mucksmäuschenstill. Die Leute sahen einander fragend an.

Da stand der Schwertschlucker auf, nickte andächtig in Richtung des Sargs und brach in schallendes Gelächter aus. Zwei Reihen hinter ihm stand eine ältere Dame auf und presste ein abgehacktes Lachen hervor. Einer nach dem anderen standen die Trauergäste auf und stimmten mit ein, bis das Gelächter von den Wänden hallte. Es war absurd. Fünfhundert Menschen standen in einer Kirche und lachten laut, während ihre Gesichter Trauer ausdrückten.

Fillip war auch aufgestanden, aber er lachte nicht. Stattdessen bedeutete er ihr, aufzuhören. Lise zuckte mit den Schultern, nahm das Mikrofon und räusperte sich. »Vielen Dank.« Sie verließ das Podest und ging zu ihrem Platz. Die anderen setzten sich auch, und der Pfarrer übernahm wieder die Zeremonie. Orgeltöne drangen aus den kupfernen Pfeifen über der Empore, während Fillip sich zu ihr beugte und flüsterte: »Was zum Teufel war das?«

»Was das war? Gute Frage. Vielleicht kannst du sie selbst beantworten. Warum hast du mich in diese Lage gebracht? Macht es dir Spaß, andere auf Beerdigungen bloßzustellen?«

»Du hast dein Telefon benutzt.«

»Und?«

»Das ist die Beerdigung deines Onkels. Dein eigenes Fleisch und Blut, und du kümmerst dich mehr um dein Telefon als …«

»Ich sagte doch, dass Beerdigungen nicht mein Ding sind.«

»Familie offenbar auch nicht.«

»Familie? Ich habe nie etwas von diesem Mann gehört. Ich frage mich, warum mein Vater mir nie von ihm erzählt hat. Er wird wohl seine Gründe gehabt haben. Für mich ist Hilmar Fandango ein Fremder. Sicher, er war sehr beliebt, aber das sagt mir nichts. Absolut nichts. Ich kann nicht einfach hier stehen und das Gegenteil behaupten.«

Fillip öffnete den Mund, aber er schüttelte nur den Kopf. Hinter ihm erblickte Lise wieder die ältere Frau in Schwarz. Sie starrte in den Sarg und schien nichts anderes zu registrieren, weder die Orgelmusik noch all die Menschen in der Kirche.

6

Der Regen hatte direkt nach dem Läuten der Kirchenglocken begonnen. Es tropfte vom Vordach, und Lises Schuhe bekamen dunkle Flecken. Der Pfarrer hatte sie gebeten, als Erste hinauszugehen, damit alle kondolieren konnten. Lise hatte höflich den Kopf geschüttelt, aber der Pfarrer hatte darauf bestanden, »weil du zur Familie gehörst«.

Fillip hatte sich neben sie gestellt. *Er passt auf, dass ich mich benehme,* dachte sie. Und dann ging sie los, die Prozession durch den Mittelgang mit Gauklerei, Clownerie und akrobatischen Bocksprüngen, begleitet von Zirkusmusik. Am Ausgang jedoch wurden alle mit einem Mal ernst, nahmen Lises Hand und erzählten, was Hilmar Fandango ihnen bedeutet hatte: »Er glaubte an mich, als alle mich aufgegeben hatten« und »Ein guter Mensch, er dachte immer zuerst an die anderen« oder »Ohne deinen Onkel ist die Welt viel ärmer«. Einer nach dem anderen drückte ihre Hand, und die aufrichtigen Blicke und betroffenen Stimmen ließen ihr keine andere Wahl, als mitzuspielen und dankbar zu nicken. Sie fühlte sich wie eine Schwindlerin. Als hätte sie sich als nahe Verwandte Hilmar Fandangos verkleidet. In einem ruhigen Moment sah sie den Pfarrer an, der auf der Treppe stand, und zischte: »Wie konnte er mir das antun? Mich in so eine peinliche Situation zu bringen.«

»Ja, du Arme«, antwortete der Pfarrer. »Muss wirklich schlimm sein, Menschen die Hand zu geben, die deinen Onkel liebten. Na ja, sind ja nicht mehr viele.«

Die Musik hatte aufgehört, die Musiker standen als

Letzte an. Sie kondolierten und gingen zu den anderen auf dem Parkplatz. Die bunte Gesellschaft hatte ein paar Kinder neugierig gemacht, und die beiden kleinwüchsigen Jongleure führten eine Minishow für sie auf. Lise jedoch schaute in die Kirche, wo die Dame in Schwarz allein am Sarg stand.

»Wer ist das?«

Fillip folgte ihrem Blick. »Diana Brancusi. Weissagerin und Kartenverkäuferin.«

»Sieht aus, als nehme sie Hilmars Ableben schwerer als andere.«

»Sie stand ihm am nächsten.«

»Ist sie seine Frau?«

»Nein, sie haben nie geheiratet.«

Lise musterte die Dame. »Wie eng waren sie befreundet? Lebten sie zusammen?«

»Das Testament.« Lise schreckte auf und drehte sich zu Fillip um. »Und ich dachte, du wolltest mehr über deinen Onkel herausfinden.«

»Wie bitte?«

»Du denkst nur an das Testament und willst wissen, ob Diana darin steht.« Er ging an Lise vorbei, ohne sie anzusehen. »Auf jeden Fall wird sie es vorlesen.«

Lise sah ihm hinterher, dann drehte sie sich um und ging wieder in die Kirche. In der Stille des Raums klapperten ihre Absätze wie ein Hammer auf dem Amboss. Die leeren Bänke verbreiteten eine bedrückende Stimmung. Diana stand mit geneigtem Kopf vor dem Sarg und schaute auf Hilmar Fandango hinab.

Sie hatte den schwarzen Schleier über das Gesicht gezogen und drehte sich nicht um, als Lise sich neben sie stellte und ebenfalls in den Sarg schaute. *Der Zylinder ist bestimmt angeklebt*, dachte Lise. Sogar nach dem Salto unter der Kirchendecke saß er perfekt auf seinem Kopf. Sie malte sich aus, wie ein Bestatter dem toten Zirkusdirektor den Zylinder auf den Kopf geleimt hatte, und ihr Zwerchfell begann zu zittern, aber sie beherrschte sich, wandte sich Diana zu und sagte: »Mein Beileid.«

»Danke, mein Kind«, antwortete Diana, ohne den Blick vom Sarg abzuwenden.

»Ich bin …«

»Ich weiß, wer du bist. Du bist Lise Gundersen.«

Sie sprach leise, aber bestimmt. Lise versuchte, ihren Ton einzuschätzen.

»Und Sie sind Diana Brancusi. Fillip hat mir Ihren Namen gesagt. Und dass Sie Hilmar Fandango nahestanden.«

»Nahe genug, um zu wissen, dass er sich gefreut hätte, dich heute hier zu sehen. Schön, dass du seinen letzten Wunsch respektierst.«

»Ich wusste nicht einmal, dass es ihn gab. Warum hat er nie Kontakt zu mir aufgenommen?«

»Er wusste auch nichts von dir, ehe es fast zu spät war. Als ich ihn fragte, warum er mir nie von seinem Bruder erzählt hatte, antwortete er nur, dass alte Wunden langsam heilen.«

Diana drehte sich zu Lise um. Ihre Augen funkelten hinter dem Schleier. »Am Ende bereute er es zutiefst, dass sie sich nie versöhnt hatten. Er rief bei der Gemeinde in Kirkenes an, um herauszufinden, wo das Grab deines Vaters lag. Er wollte wenigstens einen Kranz als letzten Gruß schicken. Dabei hat er von dir erfahren, und das hat ihn glücklich gemacht. Die Hoffnung, dich noch zu sehen, hat ihn in seinen letzten Tagen am Leben erhalten. Fillip sollte dich suchen, aber dann hat Hilmars Herz nicht mehr durchgehalten.«

»Also … schön zu hören, dass meine Existenz ihn glücklich gemacht hat.« Lise zögerte. »Wie glücklich, glauben Sie … glaubst du, war er? Auf einer Skala von eins bis …«

Diana ergriff ihre Hand. Die Wärme, die sie ausströmte, überrumpelte Lise. Sie öffnete den Mund, aber es kam nichts heraus. Diana schien tief in ihr Inneres zu sehen, was sie verunsicherte.

»Hab keine Angst, mein Kind.« Mit einer ruhigen Bewegung legte Diana die andere Hand an Lises Wange. »Er wollte dafür sorgen, dass auch du glücklich wirst. Sehr glücklich.«

7

Hareid lag zwischen zwei Bergen am Ufer des Fjords. Das Farbenspiel der Landschaft reichte vom Blau des Meeres über gelbe Äcker bis zu grünem Birkenwald. Oslo war im Vergleich ein graues Labyrinth aus Stein, voller hektischer Menschen, die den Ausgang nicht fanden. In den Vorgärten Hareids hingen die Flaggen auf Halbmast. Lise war den Plakaten gefolgt, die an jedem dritten Laternenpfahl hingen, bis sie das Zirkuszelt zwischen zwei Häusern emporragen sah.

Der Regen hatte nachgelassen, und sie stand vor ihrem Auto auf einem Parkplatz und betrachtete das blau-weiß gestreifte Zirkuszelt auf dem großen Schotterplatz. Zwei Stützmasten ragten in der Mitte aus dem Dach, wo das Blau verblichen war; die weißen Streifen waren vergilbt. Flicken aus dunklerem Tuch verbargen die Risse an den Befestigungen der Zeltleinen.

Auf dem Weg über den Platz googelte Lise *Preis gebrauchtes Zirkuszelt*, fand aber nur Annoncen für gebrauchte Partyzelte. Sie strich mit dem Finger über einen Riss im Zelttuch, schüttelte den Kopf und wollte gerade hineingehen, als ein seltsamer Laut sie ablenkte. Von der Rückseite des Zeltes kam eine Art Mischung aus tiefem Stöhnen und Murren. Nie zuvor hatte sie solche Töne gehört. Die Neugier packte sie, und sie schlich unter den Zeltleinen hindurch auf die Rückseite, wo sich ein kleines Dorf aus Wohnwagen, Wohnmobilen und Lastwagen offenbarte. Vor den Fahrzeugen standen Tische und Stühle, dazwischen waren Wäscheleinen gespannt, und auf den Dächern ragten Satellitenschüsseln in die Luft.

Wieder ertönte das Stöhnen, diesmal lauter, hinter dem größten Lastwagen. Sie schlich durch die schmale Lücke zwischen dem Lkw und einem Wohnwagen – ahnungslos, was sie dort erwartete.

»Oh, Scheiße!« Lise stand Angesicht zu Rüssel mit einem Elefanten von der Größe eines Minibusses. Vor Schreck stolperte sie und landete auf dem Rücken im Sägemehl. Mit weit aufgerissenen Augen sah sie, wie das Monstrum näher herantrat. »Braver Elefant …« Sie stützte sich auf die Ellbogen und schob sich mit den Füßen rückwärts, aber der Elefant folgte ihr. Schließlich stand er vor ihren Füßen, senkte den Kopf und musterte sie.

Sie rührte sich nicht und hoffte, er würde das Interesse verlieren, aber es half nichts. Der Elefant sah ihr tief in die Augen, und Lise traute sich nicht, den Blick abzuwenden, weil sie befürchtete, er würde sie sonst platt trampeln. Die großen, tiefbraunen Augen hatten einen beinahe hypnotischen Effekt. Gerade legte sich ihr Herzklopfen, als der Elefant plötzlich den Rüssel über ihr schwang. Sie schloss die Augen und hielt die Hände schützend vors Gesicht. Bestimmt würde er sie durch die Luft wirbeln und wie ein Stöckchen entzweibrechen. »Nein! Nein …!«

»Keine Angst.« Lise öffnete die Augen und sah Fillip neben dem Elefanten stehen. »Lucille möchte dir nur aufhelfen.«

Der Rüssel krümmte sich direkt über ihr. Sie bedachte Fillip mit einem Was-zum-Teufel-Blick. »Schick das Biest weg von mir. Sofort!«

Fillip streichelte den Hals des Elefanten. »Es ist unhöflich, einen ausgestreckten Rüssel abzulehnen. Außerdem ist Lucille kein Biest. Mach schon, sie wird sich nicht von der Stelle rühren, wenn du dir nicht helfen lässt.«

Lise konnte nicht einfach aufstehen oder zur Seite rollen, der Rüssel hing nur wenige Zentimeter über ihrer Brust. Widerwillig hob sie erst einen Arm, dann den anderen, und faltete die Hände über dem Rüssel. Der Elefant prustete, als wolle er sagen, dass es langsam Zeit sei, und hob den Kopf, bis der Rüssel Lises Hände berührte. Er fühlte sich ganz anders an, als sie erwartet hatte. Nicht rau und hart, sondern weich und warm wie ein Flanelllaken, das frisch aus dem Trockner kommt. Langsam und vorsichtig richtete der Elefant sie auf.

»Jetzt kannst du loslassen.«

Erst da bemerkte Lise, dass sie einige Zentimeter über dem Boden schwebte. Sie ließ los, und der Elefant zog den Rüssel zurück. Er betrachtete sie noch ein paar Sekunden, dann drehte er sich um und wankte mit schweren Schritten ans andere Ende des Geheges. Dort kniete er sich auf die Vorderbeine, legte sich auf die Seite und stieß wieder dieselben tiefen Laute aus.

Sie bürstete das Sägemehl von der Hose und fragte: »Ist er krank?«

»Nein. Sie trauert.«

»Na klar. Ein trauernder Elefant!«

»Lucille ist seit dem Tod deines Onkels so. Sie hatte eine starke Bindung zu ihm. Er hat oft erzählt, wie er sie vor dreißig Jahren aus einem schäbigen Zirkus in Deutschland befreite. Sie hatten sie übel behandelt, mit heißen Eisen und Peitsche, und eines Tages hatte sie den Rüssel voll und warf ihren Pfleger über den Zaun. Er brach sich ein Bein und mehrere Rippen, und sie beschlossen, Lucille zu töten. Ein reicher Geschäftsmann bot dem Zirkusdirektor einen Batzen Geld, wenn er sie erschießen dürfte. Großwildjagd in einem verfallenen Fußballstadion in Dortmund und ein Elefantenkopf an seiner Wand ... Da kam dein Onkel und bot mehr. Sie überboten einander, und schließlich gab dein Onkel sein letztes Hemd für einen Elefanten, der ihn jederzeit umbringen könnte. Er nahm Lucille mit nach Norwegen und versuchte es mit Belohnung statt Peitsche, aber ihr Vertrauen in die Menschheit war zerstört. Der Zirkus war gerade erst gegründet, und die paar Leute, die für deinen Onkel arbeiteten, fanden, dass er zu viel Zeit und Geld für einen bösartigen Elefanten verschwendete. Sie wollten Lucille einschläfern lassen, und beinahe hätten sie Hilmar davon überzeugt. Eines Morgens, als alle noch schliefen, saß er auf einem Hocker an ihrem Gehege und grübelte, was er tun sollte. Da fing er unwillkürlich an, mit Lucille zu reden. Über ganz alltägliche Dinge, nur um sich ein wenig abzulenken. Er sprach über das Wetter und sagte, wie schön die Berge in Norwegen seien und dass er Lust auf Pfannkuchen habe. Zu seiner großen Überraschung bemerkte er, dass dies Lucille beruhigte. Anstatt wütend in ihrem Gehege herumzustampfen, blieb sie still stehen und hörte zu.

Also redete er weiter, stundenlang und jeden Morgen, bis sie ihn allmählich näher heranließ. Bald fraß sie ihm aus der Hand, ließ sich am Rüssel streicheln und mit dem Besen abschrubben. Als sie zutraulich genug war, brachte er seine Leute mit. Er stellte ihr einen nach dem andern vor und erzählte, wie er sie kennengelernt hatte. Erklärte, welchen Job sie hatten, und scherzte über ihre seltsamen Angewohnheiten. Dann führte er Lucille alleine in die Manege, zuerst nur ganz kurz, dann immer länger. Und jedes Mal übten sie einen kleinen Teil ihrer Nummer ein. Als sie alles gelernt hatte, holte er alle Zirkusleute und bat sie, sich auf die Tribünen zu setzen. Sie sollten lachen, jauchzen und klatschen wie das echte Publikum, und auch die Musikanten sollten laut und scheppernd aufspielen. Lucille führte ihre Nummer bravourös auf. Zwei Wochen später trat sie in einem vollen Zelt auf, und das tat sie danach zwanzig Jahre lang. Bis Hilmar eines Tages in seinem Wagen umfiel und am Morgen danach nicht mit der Kaffeetasse in der Hand bei ihr stand. Sie spürte sofort, dass etwas nicht stimmte.« Fillip sah Lucille an. »Und seitdem ist sie so. Untröstlich. Ich habe versucht, mit ihr zu reden, aber es hilft nichts.«

»Schöne Geschichte. Du solltest sie an Disney verkaufen.« Lucille hob ein Ohr, als hätte sie verstanden, was Lise gesagt hatte. »Vielleicht wirst du der neue Dumbo, Lucille. Dann kriegst du deinen Stern im Walk of Fame. Ist jedenfalls besser, als Leute zu Tode zu erschrecken.«

»Elefanten sind kluge Tiere. Sie verstehen mehr, als du denkst. Und sie …«

»Warte, sag's nicht! … Sie haben ein gutes Gedächtnis?«

Fillip sah ihr in die Augen, als würde er eine Bestätigung suchen. Dann drehte er sich um und sagte: »Alle warten auf dich im Zelt.«

Lise bemerkte die Enttäuschung in seiner Stimme. Der Clown konnte ruhig sauer auf sie sein, das war ihr egal, aber enttäuscht? Dazu hatte er kein Recht, das war ihren Allernächsten vorbehalten, Vanja und Børge. Sie wollte sich rechtfertigen, wollte sagen, dass sie bei all den YouTube-Videos von Hunden, die an Bahnhöfen auf ihre verstorbenen Herrchen warteten, nicht eine Träne vergoss. Oder bei Lämmchen, die in den Pfoten ihrer Löwen-Adoptivmutter schliefen. Einmal war sie mit einem Ozeanografen zusammen gewesen, der ihr andauernd solche Videos gezeigt und dabei wie ein Kind geheult hatte. *Da, schau! Die Katze rettet die Maus, statt sie zu fressen!* Sie hatte nur mit den Schultern gezuckt, worauf er gefragt hatte: *Bist du denn völlig tot im Herzen?* Sogar Videos von amerikanischen Soldaten, die nach zwei Jahren im Krieg heimkehrten und ihre Kinder überraschten, prallten an ihr ab.

Als sie dem Ozeanografen und seinen Clips den Laufpass gab, hatte sie denselben Drang verspürt, sich zu rechtfertigen. Nein, ihr Herz sei nicht tot, hatte sie gesagt, aber sie wolle sich einfach nicht mit Sachen belasten, die sie nicht selbst betrafen. Wenn es *ihre* Maus oder *ihr* Ehemann gewesen wäre, lägen die Dinge anders. Aber sie wollte sich nicht von etwas fertigmachen lassen, das auf der anderen Seite der Welt geschah. Besonders nicht, nachdem Global Giving Norwegen wegen Betrugs angezeigt worden war.

Sie unterdrückte den Drang, sich zu verteidigen, und folgte Fillip zwischen den Wagen hindurch. Sagte sich, dass es nichts zu beweisen gab. Der Zirkus bedeutete ihr nichts und der Elefant auch nicht.

Sie umrundeten das Zelt unter den Spannleinen und betraten es durch den Haupteingang. Über ihnen erhob sich die Tribüne und verdunkelte die leeren Buden, wo sonst Popcorn und Zuckerwatte verkauft wurden. Das Licht der Scheinwerfer über der Manege drang durch die schmalen Treppen, die zu den Sektionen der Tribüne führten, aber sie gingen im Halbkreis weiter bis ans andere Ende des Zeltes. Als Kind hatte Lise sich immer gefragt, wie es dort aussah, hinter dem Vorhang, durch den die Clowns, Akrobaten und Elefanten in die Manege kamen. Nun stand sie selbst dort. An den Seiten lag diverse Ausrüstung: Taurollen, Kisten voller Kegel, zusammengeklappte Trampoline. Der Hintereingang war geschlossen.

Am Vorhang drehte Fillip sich um und sagte: »Die Menschen da drinnen ...« Er suchte nach den richtigen Worten. »Sie haben gerade jemanden verloren, den sie sehr liebten. Und sie haben Angst um ihre Zukunft. Das Testament kann für sie einen Neuanfang als Zirkusartisten bedeuten. Oder das Ende. Das hier ist alles, was sie haben ... Wir halten eine jahrhundertealte Tradition am Leben. Dafür stehen wir mit unserer Ehre ein, jeden Tag. Es ist kein Beruf, sondern eine Lebensweise. Und die Menschen da drinnen kennen keine andere. Sie können nichts anderes. Das ist ihr Leben.« Er sah ihr tief in die Augen. »Was ich sagen will: Ich hoffe, du wirst das respektieren und ...«

»Beruhig dich. Ich bin nicht sozial unterentwickelt, bloß weil ich bei kitschigen YouTube-Videos nicht in Tränen ausbreche.«

»Okay.« Er öffnete den Vorhang und ging hinein.

Lise wollte ihm gerade folgen, als sie ihn rufen hörte: »Meine Damen und Herren, ich habe die große Ehre und Freude, Ihnen Lise Gundersen vorzustellen, Hilmars leibliche Nichte!« Sie schlug den Vorhang zur Seite und schickte ihm einen Blick, der mehr als tausend Schimpfwörter sagte.

Fillip zuckte mit den Schultern. »So machen wir das im Zirkus.« Dann nickte er zur Manege. »Begrüße den Zirkus Fandango.«

Lise erschrak. In der Manege, zehn Meter vor ihr, standen rund dreißig Menschen und starrten sie an. Alle trugen ihre Kostüme, sie erkannte einige aus der Kirche wieder. Die zwei Kleinwüchsigen in den goldenen Trikots, den Schwertschlucker. Und Diana, die links außen auf einem Hocker saß. Keiner sagte ein Wort, alle sahen sie erwartungsvoll an.

Schließlich brach sie das peinliche Schweigen: »Hallo.

Ja, ich heiße Lise, aber das wisst ihr ja schon. Also ...« Sie sah sich um. Die Farbe, die die teuren Plätze von den billigen unterschied, blätterte an vielen Stellen ab. Die großen Zeltstangen hatten Rostflecken, und die Orchestertribüne war leicht eingesunken. »Schöner Zirkus.«

Fillip bemerkte ihren sarkastischen Unterton, vielleicht als Einziger. Der Schwertschlucker lächelte und sagte: »Vielen Dank, Madame. Sehr nett von Ihnen.«

Seine Stimme war viel heller, als Lise erwartet hatte, vielleicht wegen seines Akzents und der französischen Sprachmelodie, die an jedem Satzende nach oben ging. Die anderen nickten zustimmend, aber keiner sagte ein Wort. Ihre Blicke verrieten, dass sie mehr erwarteten, was Lise verärgerte. Sie wollte sich nicht auf diese Leute einlassen, die sie nie mehr wiedersehen würde, wenn dieser Tag überstanden war.

»Ja, Hilmar Fandango war mein Onkel. Aber wie ich bereits in der Kirche sagte, habe ich ihn nie gekannt. Sicher hat er euch viel bedeutet, doch für mich war er ein Fremder. Das sage ich ganz ehrlich, weil ich weder meine noch eure Zeit verschwenden will.« Sie ignorierte Fillips finstern Seitenblick. »Der einzige Grund, warum ich hier stehe, ist, dass ich sonst aus dem Testament gestrichen würde.«

Das Lächeln des Schwertschluckers verschwand mit einem Mal. Die Anwesenden sahen einander ungläubig an und drückten ihr Entsetzen in verschiedenen Sprachen aus, bis Diana laut fragte: »Was meinst du damit?«

»Ist es wirklich so schwer zu verstehen, dass ich keine Beziehung zu einem Mann habe, den ich nie ...«

»Nein. Das Testament. Was meinst du damit, dass du aus dem Testament gestrichen würdest?«

»Das war eine von Hilmar Fandangos Bedingungen.«

»So etwas hat Hilmar nie gesagt oder geschrieben. Woher hast du das?«

Lise drehte sich zu Fillip. »Ich musste drei wichtige Kundentermine absagen, um hierherzukommen. Ich hoffe, du hast eine verdammt gute Erklärung.«

»Es war der letzte Wunsch deines Onkels, dass du zu seiner Beerdigung kommst. Und ich wusste, dass es dir egal wäre. Schließlich sind dir deine Kunden wichtiger als deine eigene Familie.« Lise öffnete den Mund, um zu kontern, aber er fuhr fort: »Deshalb schlage ich vor, dass wir das hinter uns bringen, damit du so schnell wie möglich wieder bei ihnen bist und wir anderen Hilmar mit einem ordentlichen Fest ehren können.« Jubel und Beifall brachen aus, aber Fillip hob die Hand. »Diana, würdest du uns jetzt das Testament vorlesen?«

Diana stand auf und zog einen weißen Umschlag aus ihrer Handtasche.

»Hilmar hat mich gebeten, diesen Umschlag erst zu öffnen, wenn *alle* hier versammelt sind.« Mit ihren langen, rot lackierten Fingernägeln riss sie den Umschlag auf, zog ein Blatt heraus und faltete es auf. Dann räusperte sie sich.

Wenn ihr das lest, bin ich nicht mehr unter euch. Ich habe meinen Hut genommen und mich zum letzten Mal verbeugt. Seltsam, wie schnell es geschieht. Ich hab nie an den Tod gedacht, jedenfalls nicht an meinen eigenen. Das lag sicher daran, dass ich ein erfülltes und befriedigendes Leben geführt habe. Mein Alltag war voller Freude, Stolz und Zusammenhalt. Und harter Arbeit natürlich. Aber wenn das Zelt aufgebaut war, das Publikum auf den Tribünen saß und ich unter Fanfaren die Manege betrat, war alles verges-

sen. Es war pure Magie. Die Begeisterung des Publikums, der Jubel und das Lachen, sie waren uns überall sicher. Ob Stadt oder Land, Schweden oder Belgien, überall war ich stolz, ein Teil davon zu sein, und zwar dank euch, die ihr hier versammelt seid. Ich freue mich, dass ich meine letzte Zeit auf Erden gemeinsam mit euch verbringen durfte. Dafür schulde ich euch großen Dank.

Diana schaute sich um. Die Leute trockneten die Tränen und schnieften. Sie streifte Lises gleichgültigen Blick und fuhr fort:

Das Einzige, was mir im Leben gefehlt hat, war eine eigene Familie. Das Schicksal hat es so gewollt, dass ich keine Kinder hatte, und mein einziger Bruder starb vor wenigen Jahren. Das war ein großer Verlust für mich. Wir hatten uns vor dreißig Jahren entzweit und seitdem keinen Kontakt mehr gehabt. Die Versöhnung war ausgeblieben und das Leben des anderen an uns vorbeigegangen. Ich wusste nicht einmal, dass er eine Tochter hatte. Zum Glück habe ich nun, in meinen letzten Tagen, von Lise erfahren.

Alle sahen Lise an. Diana fuhr fort:

Ich wünschte, ich hätte früher von ihr gewusst. Eine Beerdigung ist nicht die beste Gelegenheit, um einen Menschen kennenzulernen – insbesondere, wenn man dabei im Sarg liegt. Doch allein zu wissen, dass es sie gibt, bereitet mir Ruhe und Frieden. Denn die Familie ist das Allerwichtigste. Ich weiß zwar nicht, welches Leben meine Nichte bisher geführt hat, aber ich möch-

te ihr die Chance geben, dasselbe Glück wie ich zu finden. Deshalb ...

Diana hob den Kopf.

... vererbe ich hiermit den Zirkus Fandango und alles, was ich besitze, an Lise Gundersen.

Unruhe machte sich in der Manege breit. Fillip senkte den Blick. Lise konnte sich das Grinsen kaum verkneifen. In Gedanken sah sie sich schon als Teilhaberin von Børges Firma. Und in der neuen Wohnung, auf der großen Dachterrasse mit einem Glas Champagner in der Hand. Das alles war jetzt nur mehr einen Flug nach Oslo und einen Zirkusverkauf entfernt.

Da ergriff Diana erneut das Wort: »Hier steht noch mehr.« Sie hob das Blatt und las weiter:

Jedoch nur unter der folgenden Bedingung: Lise Gundersen darf den Zirkus Fandango nicht verkaufen, ehe sie ihn als Direktorin mit allen Rechten und Pflichten für fünf Vorstellungen geleitet hat. Für diese Zeit muss sie mit den Artisten zusammen leben und reisen. Wird diese Bedingung nicht erfüllt, geht der Zirkus an meinen lieben Freund Fillip Dario. Sämtliches persönliche Eigentum, das nicht zum Zirkus gehört, vermache ich Lise Gundersen ohne Bedingungen.

Ein Raunen ging durch die Menge. Jetzt war es Fillip, der grinste, und Lise sah ihn ungläubig an. »Er glaubt also, dass ich ...«

»Du musst fünf Vorstellungen lang Zirkusdirektorin sein. Mit Zylinder und allem Drum und Dran.«

»Niemals.« Lise versuchte, den Schock abzuschütteln. »Was ist mit dem persönlichen Eigentum? Was besaß er außer dem Zirkus?«

»Ich kann dir nur sagen, was ihm *nicht* gehörte. Nicht einmal die Nägel in der Wand. Er hat sein ganzes Geld in den Zirkus Fandango gesteckt.« Fillip klopfte ihr auf die Schulter. »Keine Angst, du hast genug Zeit, vor dem Spiegel zu üben. Die nächste Vorstellung ist erst in einer Woche in Valldal.«

8

Die Manege wirkte größer, wenn man allein in ihrer Mitte stand. Die anderen saßen auf dem Platz zwischen den Wohnwagen ums Feuer und hielten Leichenschmaus. Lise versuchte, sich die Tribünen voller Zuschauer vorzustellen. Und sich selbst als Zirkusdirektorin, mit einem Mikrofon in der Hand. Dann ging sie zum Ausgang, doch als sie Dianas Stimme hörte, drehte sie sich um.

»Du verstehst, warum Hilmar diese Bedingung gestellt hat, nicht wahr?« Diana trat aus dem Schatten der Orchestertribüne.

»Ja, natürlich. Er war nicht nur ein hochverehrter Zirkusdirektor, sondern offenbar auch ein ausgeprägter Sadist.«

»Er wollte, dass du das Glück findest.«

»Die Mühe hätte er sich sparen können. Ich habe es längst in Oslo gefunden, und zwar ganz allein. Mein Konto ist ziemlich voll mit Glück. Fast voll genug.«

»Es gibt viele Arten von Glück, aber nur wenige sind echt.« Diana winkte Lise zum Künstlereingang und hielt das Zelttuch zur Seite. Das Lagerfeuer tauchte die Gesichter der Zirkusleute in ein warmes Licht, sie tauschten Erinnerungen an den Verstorbenen aus. Fillip stand auf und erzählte eine Anekdote. Diana und Lise hörten nicht, was er sagte, aber das Lachen der anderen schallte über den ganzen Platz.

Diana sah Lise an. »Hilmar hatte das echte Glück gefunden. Ein Glück, das in anderen weiterlebt. Er wollte nur, dass du es auch findest.«

»Keine Angst, ich finde mein Glück schon.« Lise drehte sich um und zeigte in die Manege. »Sobald ich diesen Schrott hier auf eBay verkauft habe.« Sie ging zum Ausgang, ohne sich umzudrehen. »Eins kann ich dir versprechen. Und Hilmar. Ich werde niemals Zirkusdirektorin.«

9

»Du musst also Zirkusdirektorin werden?« Vanjas Stimme aus dem Lautsprecher klang flach, als würde sie durch eine Blechdose reden.

Lise hörte, dass sie ein Kichern unterdrückte. »So steht es im Testament.« Ein dumpfer Knall ertönte, und das Auto wackelte, als die Fähre gegen die Fender am Kai prallte. Die Schranke ging auf, und ein Bediensteter winkte die ersten Autos heraus. Lise startete den Motor.

»Mit …« Lise stockte, Vanja platzte fast vor Lachen. »Ja, ja. Mit Zylinder und Glitzerdress. Die volle Packung …«

Vanjas Lachen schallte so laut, dass Lise den Regler herunterdrehte. Das Auto vor ihr setzte sich in Bewegung, sie legte den Gang ein und fuhr an Land.

»Na ja, du hast ja schon etwas Erfahrung«, scherzte Vanja. »Weißt du noch, damals im Wohnzimmer?«

Lise musste unweigerlich lächeln, während sie am Kiosk vorbei auf die Straße fuhr, wo sich die Schlange auflöste. Während der Überfahrt hatte der Regen aufgehört, aber der Asphalt war noch nass. »Ja, Zirkus Gundersen.«

»Die Stühle aus dem Esszimmer waren unsere Manege. Aber du wolltest lieber Löwe als Zirkusdirektor spielen.«

»Ja, und du warst die fantastische, fliegende Vanja. Bis Papa heimkam und sah, dass der Sitzsack, auf den du dich gestürzt hattest, aufgeplatzt war.«

Wieder schallte ein Lachen durch den Lautsprecher und steckte Lise an. Sie warf einen raschen Blick auf Hareid auf der anderen Seite des Fjords, wo die Regenwolken noch zwischen den Bergen hingen. Das Lachen verstummte. »Ist es nicht seltsam, dass er uns nie von Onkel Hilmar erzählt hat? Wir wären ausgeflippt, wenn wir erfahren hätten, dass ich einen Zirkusdirektor als Onkel habe.«

»Genau das hat er wohl befürchtet. Wir hatten sowieso schon das halbe Mobiliar zerstört.«

Lise lächelte. »Ich weiß. Wenn die Stühle Kratzer hatten, war er großzügiger mit dem Lack als mit Pflastern für uns, wenn wir auf die Nase fielen.« Auf der linken Straßenseite stiegen die bewaldeten Hänge steil an und verdunkelten die Straße. »So war das damals. Die Leute sorgten sich mehr um ihre Möbel als um ihre Kinder. Jedenfalls Papa. Weißt du noch, wie der Esstisch aussah?«

»Ja, zwei Laken und dann erst das Tischtuch darüber. Mit fünfzehn hab ich zum ersten Mal gesehen, welche Farbe die Tischplatte hat. Er steht übrigens auf dem Dachboden, in fünf Decken eingewickelt.«

»Trotzdem seltsam, dass er nie etwas gesagt hat. Schließlich war es sein Bruder. In Hilmars Testament steht, dass sie seit dreißig Jahren keinen Kontakt mehr miteinander hatten. Irgendwas Schlimmes muss geschehen sein. Hat Mama auch nie davon gesprochen?«

»Nix.«

»Was kann da geschehen sein? Papa war doch der netteste Mensch der Welt. Und Hilmar offenbar die Verkörperung von Jesus, Gandhi und dem Dalai Lama in einer Person – und im Glitzerdress.«

Am anderen Ende war es kurz still, dann fragte Vanja: »Und? Wirst du es tun?«

»Was?« Nach einer langen Linkskurve, die um einen Hügel und vom Fjord wegführte, öffnete sich die Landschaft auf beiden Seiten. Zwischen Kartoffeläckern und Feldern standen vereinzelte Höfe.

55

»Na, den Glitzerdress anziehen und fünf Vorstellungen lang den Zirkus leiten.«

Lise bremste, als das Auto vor ihr plötzlich rechts abbog. »Ich sage dir, was ich tun werde: den besten Anwalt in Oslo finden und dieses Testament Stück für Stück auseinandernehmen, bis ich habe, was ich will.«

Wieder vergingen ein paar Sekunden in Schweigen, bis Vanja sagte: »Vergiss nicht, dass es hier nicht nur um dich geht. Die Sache berührt auch andere, und die würde es hart treffen, wenn ...«

Lise kratzte mit den Fingernägeln neben dem eingebauten Mikrofon über das Armaturenbrett.

»Schlechter Empfang hier, Vanja. Lass uns später noch einmal telefonieren.«

10

Vor dem Panoramafenster in Børges Büro ging die Sonne zwischen den Hochhäusern unter. »Nein ...« Er sprach leise und umklammerte das Telefon so fest, dass seine Knöchel weiß wurden. »Sie haben mich falsch verstanden. Das ist keine Drohung.« Er atmete tief ein und schlug mit der Faust auf den Schreibtisch. »Das ist ein verdammtes Versprechen!« Spucke spritzte auf den Bildschirm, der vor ihm auf dem Schreibtisch stand. »Ich werde Sie lebendig in Ihrem eigenen Dreck begraben. Ich werde Ihnen, Ihrer Frau und Ihrem fetten Sohn so lange auf den Zahn fühlen, bis ich etwas finde, und dann werde ich es mit dem Rest der Welt teilen, wenn Sie damit zum Gerichtsvollzieher ...«

In diesem Moment ging die Tür auf, und Lise kam herein, Hilmars Testament in der Hand. Er lotste sie mit dem Zeigefinger zum Sofa und konzentrierte sich wieder auf sein Gespräch, jetzt wieder leise. »Gut, ich freue mich sehr, dass wir uns einig sind, und danke Ihnen für das nette Gespräch.«

Er legte das Handy auf dem Schreibtisch ab und sah Lise gespannt an. »Und? Was haben die Anwälte gesagt?«

»Die Gesetze sind in diesem Punkt eindeutig. Das Testament ist unanfechtbar.« Sie beugte sich nach vorn und starrte Hilmars Testament an. »Dafür habe ich fünftausend Kronen bezahlt. Unglaublich.«

»Sie können also nichts tun?«

»Nein. Ich habe mehrere Anwälte konsultiert. Ich kann es wohl vergessen. Was soll's, so viel ist ein alter Zirkus sicher nicht wert.«

»Der kann ziemlich viel wert sein. Allein ein paar Hunderttausend fürs Zelt, trotz Verschleiß. Und die Lastwagen sehen auf den Bildern ziemlich neu aus, bis zu einer Million, schätze ich. Außerdem das ganze Werkzeug, die Ausrüstung und der Elefant ...«

»Der Elefant?« Lise lachte höhnisch. »Haben die einen guten Preis auf dem Gebrauchtwarenmarkt?«

»Zwischen einer und drei Millionen.«

»Ach, scher dich zum Teufel.«

»Nein, das stimmt. Tierparks zahlen eine bis drei Millionen Kronen für einen Elefanten. Ein zahmer Zirkuselefant, der Tricks beherrscht, sollte eigentlich mindestens so viel einbringen.«

»Verdammt guter Kilopreis ...« Das Testament in ihrer Hand war zerknittert. Sie faltete es vorsichtig auseinander, als könnten jederzeit Goldbarren herausfallen. »Aber woher weißt du ...«

»Ich habe mich ein wenig umgehört. Normalerweise schere ich mich nicht um andere, sonst hätte ich keine Karriere gemacht. Aber du bist mir nicht egal, Lise. Du bist meine wichtigste Angestellte ...« Er sah sie geradezu zärtlich an. »Wie sagt man doch: die Einsamkeit an der Spitze, und so weiter. So war es jedenfalls, bis du kamst und ich dir alles beigebracht habe. Schlacht für Schlacht haben wir gemeinsam gekämpft und einen Triumph nach dem anderen errungen. Du machst mich stolz. Irgendwann allerdings werde ich am Ende des Weges ankommen und mich zurückziehen. Dann will ich in Südfrankreich im Liegestuhl liegen und Roquefort essen. Aber was ich hier aufgebaut habe, soll weitergeführt werden. Von jemandem, auf den ich mich verlassen kann.«

Ein paar Sekunden herrschte Stille. »Das ist ...« Lise

sah Børge an und rang nach Worten. »Ich weiß es zu schätzen, dass du ...«

Er winkte ab. »Genug Gefühlsduselei für heute. Wir sind hier nicht bei *Verzeih mir.*« Der Ernst war zurück in seinen Augen. »Aber ich finde, du solltest es tun.«

»Was?«

»Zirkusdirektorin werden.«

»Mich am Arsch der Welt vor irgendwelchen Bauern lächerlich machen? Nein, danke.«

»Mit dem Geld von dem Zirkusverkauf kannst du Teilhaberin werden.« Børge zeigte auf das Großraumbüro hinter der Jalousie, wo die Angestellten sich über ihre Tastaturen beugten. »Du hast ja schon einen Namen in der Branche, aber wenn du das durchziehst, wirst du zur Legende. Zirkusdirektorin werden, um einen Zirkus auszuschlachten, das hat noch keiner getan.«

Lise runzelte die Stirn. »Du siehst aus, als würdest du das ernst meinen.«

»Absolut. Mach es. An deiner Stelle würde ich keine Sekunde zögern.«

»Das geht doch gar nicht. Ich wäre mehrere Wochen lang weg, meine Kunden ...«

»Kein Problem. Das übernehme ich. Du hast sowieso noch nie Urlaub genommen.« Sie öffnete den Mund, aber Børge hob den Zeigefinger. »Die Woche, als du Grippe hattest, zählt nicht. Hör zu: Nach allem, was du für mich und die Firma getan hast, verdienst du das.« Er beugte sich nach vorn. »Also, was meinst du?«

11

Auf der Rasenfläche vor der Imbissbude von Valldal lag Tatjana Zoljowska auf dem Bauch. Sie hob den Oberkörper, streckte die Arme nach hinten und umgriff ihre Knöchel. Vor ihr leuchtete der Fjord in der Morgenröte. Die Dorfbewohner waren noch nicht aufgestanden, das einzige Geräusch war das Schnattern der Vögel, die auf der Suche nach Frühstück waren. Und das Stöhnen von Wolfgang Heine, einem der kleinwüchsigen Jongleure.

In T-Shirt und Trainingshose lag er ein paar Meter hinter Tatjana und versuchte, seinen Körper in dieselbe Stellung zu zwingen. Er schielte zu dem Schwertschlucker Jacobi Montebleu hinüber, der ihn triumphierend ansah, weil ihm die Verrenkung wesentlich besser gelang. Mit deutschem Akzent grunzte Wolfgang: »Wie kann Schmerz gut für den Körper sein? Das ist doch Unsinn, Tatjana.«

Tatjana antwortete mit geschlossenen Augen, während sie sich auf das Atmen konzentrierte. Ihr russischer Akzent klang beinahe andächtig: »Das ist *Dhanura*. Das ist Sanskrit und heißt ›Bogen‹. Dein Körper ist wie ein gespannter Bogen, bereit, den Pfeil abzuschießen. Dhanura macht das Rückgrat flexibel und lindert Kreuzschmerzen. Darüber klagst du doch immer, Wolfgang.«

»Ja. Und jetzt tut mir noch mehr weh.« Wolfgang verzog das Gesicht und ließ seine Knöchel los, dann rollte er auf den Rücken und sah Tatjana zu. »Yoga ist was für Trapezkünstler wie dich oder für Schlangenmenschen, aber nichts für kleine, runde Jongleure.«

»Yoga ist für alle gut.«

»Mir tut es auf jeden Fall gut.« Jacobi bemerkte Wolfgangs eifersüchtigen Blick und blinzelte zurück. »Ich war mal Schlangenmensch, wie mein Vater, der große Jacobi. Wir reisten mit einem Zirkus durch Spanien. Er versuchte immer, sich in noch kleinere Behälter zu quetschen. Eines Morgens hörte ich ein Geräusch im Wandschrank über dem Sofa. Als ich ihn öffnete, fiel mein Vater heraus und zerschmetterte den Couchtisch. Natürlich wollte er, dass ich in seine Fußstapfen trete. Er übte jeden Tag mit mir, und ich trat auf. Ich sollte der nächste große Jacobi werden. Das Problem war nur, dass ich zu groß wurde. Ich wuchs und wuchs, und er verfluchte meine Mutter, die uns kurz nach meiner Geburt verlassen hatte: *Der Teufel soll diese Riesenfrau holen!* Schließlich sah er ein, dass ich seine Kunst nicht weiterführen konnte, also zog er ein Buttermesser aus der Küchenschublade und forderte mich auf, es mir so tief wie möglich in den Hals zu stecken.«

»Rührende Geschichte.«

»Tatjana und ich sind hier, um Yoga zu machen. Du versuchst es ja nicht mal, da könntest du uns auch in Frieden lassen. Geh doch in deinen Wagen zurück.«

Wolfgang antwortete mit einem verzweifelten Versuch, erneut die Dhanura-Stellung einzunehmen. »Man kann sich ja gar nicht konzentrieren, wenn du uns die Ohren über deine Kindheit vollquatschst.«

Tatjana öffnete die Augen, rollte sich ebenfalls auf den Rücken und blickte in den Himmel. »Es ist schwer, den Kopf freizubekommen, wenn die Zukunft so unsicher ist.« Sie setzte sich auf. »In Russland habe ich nichts. Das hier ist alles, was ich habe und was ich kann.«

»Ich auch.« Wolfgang befreite sich aus der Yoga-Stellung. »Beim Arbeitsamt gibt's keine Angebote für Jongleure.«

»Du kannst ja noch mehr angeben.« Jacobi hielt tapfer die Stellung.

»Was denn?«

»Kleinwüchsig.«

»Hä?«

»Wenn du angibst, dass du kleinwüchsig bist, bekommst du eher einen Job.«

Wolfgang setzte zum Protest an.

»Spiel bloß nicht die beleidigte Leberwurst. Warum sind Kleinwüchsige so empfindlich?«

»Danke für die doppelte Portion Vorurteile, Jacobi. Solange ich dich habe, brauche ich gar keine Freakshow-Blicke beim Einkaufen. Oder Leute, die mit mir reden, als wäre ich ein Kind. Du deckst das alles auf einmal ab, noch dazu mit charmantem französischem Akzent.«

»Ich war nur ehrlich. Kleinwüchsige sind überall gefragt, zum Beispiel beim Film. Warum solltest du das nicht in deinen Lebenslauf schreiben, es stimmt doch?«

»Ja, genau, ich *bin* kleinwüchsig.« Wolfgang wurde immer wütender. »Das ist angeboren. Keine Fertigkeit, die ich erlernt habe. Ich bin nicht auf die Uni für Kleinwüchsige gegangen und habe kein Examen für Kleinwüchsige, warum sollte ich es dann in meinen Lebenslauf schreiben? Du hast nicht die geringste Ahnung, wie es mir da draußen geht … unter *euch*. Du hast nie eine andere Arbeit als beim Zirkus gesucht. Ich schon. Vor zehn Jahren, bevor ich Hilmar traf. Mein Bruder und ich arbeiteten für einen Zirkus in Dänemark. Ich hatte es kommen sehen, denn es kamen immer weniger Zuschauer – wie in allen Zirkussen in den letzten zwanzig Jahren. Ich dachte, es wäre schlau, sich auf ein Leben ohne den Zirkus vorzubereiten, und belegte einen Kurs in Betriebsverwaltung, Buchführung und Marketing. Mein Bruder hielt das für Zeitverschwendung. Als der Zirkusdirektor dann an unsere Tür klopfte, um uns das Ende anzukündigen, machte ich mir keine Sorgen. Mit meinem Abschlusszeugnis in der Hand ging ich zum ersten Bewerbungsgespräch. Ein kleines Transportunternehmen suchte einen Verwalter. Der Chef hörte mir zu und dankte höflich für das Gespräch, aber ich sah, dass ihm etwas auf den Lippen brannte, und fragte, ob er noch mehr wissen wolle. *Ja*, sagte er. *Können Sie vielleicht ein paar lustige Tricks?* Ich sagte Nein und drehte mich auf dem Absatz um. Idioten gibt es überall, dachte ich. Bei der nächsten Bewerbung kicherte der Chef unverhohlen, als ich auf den Stuhl kletterte. Er holte drei Kollegen und sagte: *Begrüße die anderen.* Ich sprang vom Stuhl und schüttelte ihnen stolz die Hand. Als ich zu meinem Platz zurückging, flüsterte er: *Achtung, jetzt!*, und als ich wieder auf den Stuhl kletterte, brüllten alle vor Lachen.«

Ein paar Sekunden waren nur die Vögel zu hören. Dann sah Wolfgang dem Schwertschlucker tief in die Augen. »Mein Bruder hatte recht, es war Zeitverschwendung. Und du stehst hier und sagst, ich soll *kleinwüchsig* in meinen Lebenslauf schreiben. Dann müsstest du *Idiot* in deinen schreiben. Das bist du nämlich.«

Jacobi rollte aus der Yoga-Stellung. »Und du bist …«

Tatjana unterbrach ihn: »… im selben Boot wie wir alle. Wir müssen zusammenhalten, wie wir es immer getan haben, und nicht über unwichtige Dinge streiten. Schluss jetzt, umarmt euch!«

»Umarmen? Niemals.«

»Großmut zeugt von innerer Größe.«

»Ja, aber …« Ehe Wolfgang mehr sagen konnte, nahm Jacobi ihn übertrieben fest in die Arme. Er erwiderte die unbeholfene Geste und warf Tatjana einen hoffnungsvollen Blick zu.

Tatjana quittierte die Versöhnung, die mehr wie ein Ringkampf aussah, mit einem verschmitzten Lächeln.

Das Summen von Jacobis Handy, das im Gras lag, beendete die Umarmung. Er hob es auf und las eine Nachricht. »Kommt mit, Fillip hat eine Versammlung in der Manege einberufen.«

12

Mit den gelben Omeletteresten und braunen Brotkrümeln sah Fillips Teller wie moderne Kunst aus. Noch lag die Morgenruhe über dem Zirkus, nur Lucille trottete gähnend zu ihrem Wassertrog. Fillip lächelte über die Drossel, die verwirrt auf Lucilles Rücken herumhüpfte. Vielleicht dachte sie, sie sei auf einem riesigen Stein gelandet, der sich plötzlich in Bewegung setzte.

Das Summen seines Telefons riss ihn aus seinen Gedanken. Der Bildschirm leuchtete auf, und er sah Jacobis Antwort: OK, *komme*. Fillip blickte auf zu dem Foto an der Wand, das ihn im Clownkostüm in der Manege zeigte. Neben ihm stand Hilmar in voller Montur und legte breit lächelnd einen Arm um seine Schulter. Es war sein erster Auftritt im Zirkus Fandango gewesen; Hilmar hatte ihn voller Enthusiasmus angekündigt, und die Vorstellung hatte alle Erwartungen übertroffen. Das Publikum hatte vor Begeisterung getrampelt, aber als Fillip sich verbeugte, galt dies vor allem Hilmar. Nur er wusste, was es an jenem Abend für ihn bedeutete, wieder in der Manege aufzutreten. Nach Jahren der Dunkelheit stand er wieder im Scheinwerferlicht – und nun war dieses Licht in Gefahr, für immer zu erlöschen. Das Bild erinnerte ihn an den Ernst der vor ihm liegenden Aufgabe.

Er stand auf und atmete tief ein, schlüpfte in seine Sandalen und begab sich ins Zirkuszelt.

»Vor zwanzig Minuten habe ich eine SMS von Lise Gundersen bekommen.« Fillip stand in der Mitte der Manege und sah allen nacheinander in die Augen. Alle Artisten und Mitarbeiter standen oder saßen im Halbkreis um ihn herum. Die Stille wirkte bedrohlich. Fillip hob sein Telefon in die Höhe. »Sie kommt.«

Unruhe machte sich breit. Wolfgang fragte Fillip: »Was soll das heißen? Hat sie sich entschieden?«

»Ich weiß es nicht, Dieter, aber sie ...«

»Wolfgang.« Er zeigte auf seinen Bruder, der weiter rechts saß. »Das ist Dieter, ich bin Wolfgang. Wie viele Jahre brauchst du wohl noch, um das endlich zu lernen?«

Dieter winkte zur Bestätigung, und Fillip fuhr fort: »Ich weiß nicht, ob sie sich entschieden hat, aber ich weiß, dass sie morgen Vormittag kommt. Das ist alles, was sie geschrieben hat.« Alle murmelten nervös durcheinander. »Ich habe euch gerufen, weil wir uns einig sein müssen. Wir müssen entscheiden, was wir tun, wenn sie den Zirkus für fünf Vorstellungen übernimmt.« Der Ernst der Lage verlieh ihm eine tiefere Stimme. »Ich bin mir leider sicher, dass sie den Zirkus auflösen wird, sobald die fünf Vorstellungen vorbei sind. Bestimmt hat sie schon Käufer für alles, was irgendwie verkäuflich ist. Wir müssen einen Weg finden, dies zu verhindern.«

»Was sollen wir verhindern? Die Auflösung oder dass sie fünf Vorstellungen durchhält?« Diana saß auf dem runden Podest, auf dem Lucille bei ihrer Nummer balancierte.

Fillip sah ihr an, dass sie die Antwort schon kannte. »Dass es so weit kommt, dürfen wir gar nicht riskieren. Es geht um unseren Zirkus, um unsere Existenz. Deshalb müssen wir sie ...«

»Sabotieren, meinst du?«, unterbrach Diana und sah ihn an. Die anderen flüsterten aufgeregt. Diana stand auf. »Es war Hilmars letzter Wunsch, dass seine Nichte, das letzte lebende Mitglied seiner Familie, die Chance bekommt, den Zirkus lieben zu lernen, wie er ihn liebte. Und jetzt willst du, der Hilmar so viel zu verdanken hat, ihm seinen letzten Wunsch verweigern?«

»Es geht nicht um mich allein, Diana. Ich bin sicher, dass alle …«

»Und was geschieht, wenn ihr die Vorstellungen sabotiert und Lise aufgibt?«

»Dann machen wir weiter wie immer.«

»Mit dir als Zirkusdirektor. Nicht wahr?«

Fillip versuchte, sie niederzustarren. »Dieser Zirkus war die Luft, die Hilmar atmete. Er war sein Herzblut. Nie im Leben hätte er ihn wissentlich aufs Spiel gesetzt. Aber wenn der Tod naht, sucht die Seele manchmal blind nach etwas, um die Leere zu füllen, und man verliert die Wirklichkeit aus den Augen. Es war bestimmt nicht seine Absicht, aber indem er den Zirkus an Lise Gundersen vermachte, setzte er alles aufs Spiel, was er aufgebaut und geliebt hat. Ich will nur dafür sorgen, dass der Zirkus weiterlebt.« Er ließ den Blick über die Versammlung schweifen, bis er wieder bei Diana ankam. »Das wollen alle anderen hier auch, da bin ich mir sicher.«

»Indem du Hilmars letzten Wunsch ignorierst und sich gegen seine Nichte stellst? Lass uns fragen, ob das wirklich alle so wollen.« Diana sah sich um. »Die Manege bestimmt, wie immer. Alle, die Hilmars letzten Wunsch respektieren, verlassen die Manege zusammen mit mir. Alle, die Fillip zustimmen, bleiben.«

Die Anwesenden zögerten und wichen Dianas Blick aus. Eine halbe Minute verging in Schweigen, ohne dass jemand aufstand.

»Ihr wisst, dass ihr einen Fehler macht.« Mit schweren Schritten ging Diana auf den Künstlereingang zu.

Fillip sah ihr hinterher, bis sie hinter dem Vorhang verschwand. »Gut. Die Manege hat entschieden. Sabotage. Wenn Lise Gundersen Zirkusdirektorin sein will, werden wir alles dafür tun, dass sie so rasch wie möglich aufgibt. Irgendwelche Vorschläge?«

Jacobi hob die Hand. »Wir weigern uns einfach aufzutreten. Dann kann sie die fünf Vorstellungen nicht durchführen.«

»Das können wir nicht.« Fillip kam näher. »Das steht in unseren Verträgen, und die wird sie gründlich lesen, glaubt mir. Das gilt auch für die Musiker. Wir können nicht vertragsbrüchig werden, sonst kann sie uns feuern und andere anheuern.«

Wolfgang kletterte auf die Bande, um Jacobi zu überragen. »In unseren Verträgen steht aber auch, dass wir nicht auftreten müssen, wenn weniger als ein Drittel der Plätze verkauft sind. Wir könnten doch einfach ganz miserabel auftreten, oder?«

»Dann brauchst du ja nur dasselbe zu machen wie immer!« Jacobi lachte über seinen eigenen Scherz.

Fillip mahnte ihn mit erhobenem Zeigefinger zur Ruhe. »Sprich weiter, Wolfgang.«

»Wir können das Publikum gegen sie aufbringen. Fünfhundert wütende Dorfbewohner, die ihr Geld zurückverlangen, genügen, um jeden fertigzumachen. Die zu beruhigen wäre wohl ihr Job, nicht wahr? Der schlechte Ruf wird sich schneller verbreiten, als wir reisen, und der Verkauf wird stagnieren.«

»Das ist eine sehr gute Idee.«

Jacobi bemerkte, dass Tatjana anerkennend nickte. »Ja, aber er ist nicht der Einzige, der gute Ideen hat. Ich hab auch welche.« Er machte eine Künstlerpause. »Wie wäre es, wenn wir uns ganz viel beschweren?«

Jetzt war Wolfgang an der Reihe. Er klopfte Jacobi auf die Schulter. »So, wie du es immer tust, meinst du?«

Fillip trennte die Streithähne, bevor es zu spät war. »Lass Jacobi ausreden.«

Wolfgang hielt die Hände in die Luft wie ein Fußballer, der gerade einen Gegner gefoult hat und unschuldig tut.

»Als Zirkusdirektorin ist sie für uns alle verantwortlich. Für die Arbeitsverhältnisse, die Ausrüstung und die Sicherheit. Und für unser Wohlergehen. Wir können uns also über alles Mögliche beschweren. Sie mit nervigen Kleinigkeiten in den Wahnsinn treiben, Tag und Nacht an ihre Tür klopfen und meckern, bis sie nicht mehr kann.«

»Das ist auch eine gute Idee.«

Jacobi lächelte Tatjana stolz an. Zu seinem großen Vergnügen erwiderte sie das Lächeln und fragte: »Könnten wir nicht krank werden?«

»Krank?«

»Ja, uns krank stellen, anstatt die Arbeit zu verweigern.«

»Sie wird sicher ein ärztliches Attest verlangen.«

»Ich kenne ein paar Ärzte. Und weil sie die Vorstellungen durchziehen muss, wird sie Vertretungen suchen müssen. Oder selbst auftreten.«

Fillip lachte herzlich. »Lise Gundersen als Clown in der Manege. Das würde ihr kaum schmecken.« Er dachte kurz nach. »Das Wichtigste ist, dass wir zusammenstehen und alle mitmachen. Sonst klappt es nicht. So leicht wird sie nicht aufgeben, sie ist eiskalt und zielbewusst. Wenn sie morgen kommt, müssen wir …«

»Sie umbringen.« Diana unterbrach ihn von einer der hinteren Bänke. »Wenn ihr schon sabotiert und konspiriert, könnt ihr es auch gleich richtig machen. Vielleicht ein glaubhafter Unfall?«

»Wir haben abgestimmt. Du hast die Manege verlassen, Diana. Du solltest respektieren, dass ...«

Wieder unterbrach sie ihn. »Du sprichst von Respekt?«

»Ja. Du solltest respektieren, dass wir die Situation anders sehen.«

»Hilmar hat *dich* immer respektiert, Fillip. Deshalb stehst du als Erbe im Testament, falls Lise Gundersen verzichtet. Er hat dir vertraut. Auch darauf, dass du seinen letzten Wunsch respektierst. Was du jetzt tust ...« Sie zeigte auf alle Anwesenden. »Was ihr alle gerade tut, ist das genaue Gegenteil. Vergesst das nicht, wenn ihr die Augen schließt und in den Betten schlaft, die Hilmar euch beschafft hat. Und wenn ihr die Arbeit im Zirkus fortsetzt, die er euch gegeben hat und die ihr liebt. Überlegt euch, wie ihr den Menschen in Erinnerung bleiben wollt und worauf ihr nach der letzten Vorstellung mit Stolz zurückblicken könnt.«

»Du kennst Lise Gundersen nicht. Der Zirkus ist ihr scheißegal, und wir auch!«

»Vielleicht kennt sie sich selbst noch nicht. Vielleicht wollte Hilmar ihr das ermöglichen.«

13

Kurz vor Åndalsnes war Lise von der Landesstraße 63 nach links abgebogen und fuhr hinter einer Kolonne verängstigter Wohnmobil-Touristen die schmalen Kehren der Trollstigen hinauf. Oben lockte ein Café im Schatten der spitzen Gipfel, doch obwohl sie seit dem Hot Dog an der Tankstelle von Hamar vor viereinhalb Stunden nichts gegessen hatte, fuhr sie weiter durch die wilde Gebirgslandschaft, bis es nach Valldal hinunterging. Eine Erdbeerbude am Gudbrandsjuvet verleitete sie endlich zu einer kurzen Pause. Mit dem Erdbeerkörbchen in der Hand las sie die Informationstafel. Die Schlucht war nach einem gewissen Gudbrand benannt, der irgendwann im 16. Jahrhundert eine Braut entführt hatte und seinen Verfolgern entkam, indem er an der schmalsten Stelle darübersprang. Er wurde geächtet und verbrachte den Rest seines Lebens in einer primitiven Hütte hoch oben in einem der Seitentäler.

Seit Jahrtausenden unterspülten die Wassermassen dort den Fels, während Krieger und Zivilisationen kamen und gingen. Eine Lebensspanne war im Vergleich nichts als ein Wimpernschlag. Nicht mehr als eine Schneeflocke auf einer warmen Wange. Lise dachte an ihren Vater, und was er in seinem Leben erreicht hatte. Alle Freunde und Bekannten hatten nach der Beerdigung warm und liebevoll über ihn geredet. Fast hätte sie den Gedanken freien Lauf gelassen, doch ehe sie über ihr eigenes Leben nachdenken konnte, bahnte sie sich einen Weg durch eine Horde asiatischer Bustouristen, stieg ins Auto und fuhr weiter.

Je näher sie dem Storfjord kam, desto breiter wurde das Tal. Auf beiden Seiten des Flusses lagen grüne Erdbeerfelder, bis hinab zu den weißen Holzhäusern, die in einer Reihe bis ans Fjordufer standen. Lise hielt auf dem Parkplatz am Bootshafen, stieg aus und sah sich um. Rechts hinter den wenigen Geschäften sah sie die Kirche. Unter dem Abdruck der Seeschlange, die der heilige Olaf gegen die Felswand am Ortsrand geknallt haben soll, fuhren Wohnmobile in den Tunnel Richtung Tafjord, und in der entgegengesetzten Richtung schimmerte das Dach des Zirkuszelts. Lise stieg wieder ein und fuhr bis zu der Rasenfläche, wo der Zirkus Fandango blau und zerschlissen zwischen Straße und Wasser thronte.

Lises Auto war das einzige auf dem Parkplatz vor dem Zelt. Kein Mensch war zu sehen. Sie ging näher heran und lauschte am Eingang. Kein Laut war zu hören. Sie schob die schwere Plane zur Seite und ging durch die dunkle Passage hinter den Tribünen und eine schmale Treppe hinauf, bis sie in die Manege sah. Sie war leer, bis auf eine massive Kanone am Rand. Auch die Tribünen waren leer. Der Scheinwerfer unter der Decke erleuchtete die Kanone. Sie sah aus wie aus einem Bugs-Bunny-Zeichentrickfilm, überdimensional und rot-weiß gestreift. Lise formte ein Sprachrohr mit den Händen und rief: »Hallo! Ist hier jemand?«

»Raus hier! Verschwinde!«

Die Stimme gehörte einem Mann mit deutlichem britischem Akzent, aber sie sah ihn nirgendwo. »Wo bist du?«

»Verschwinde, hab ich gesagt.«

»Wer bist du?«

»Das geht dich nichts an. Lass mich in Ruhe, du hast hier nichts zu suchen.«

»Aber ...«

»Raus!«

»Aber ich ...«

»Rauuus! Auf der Stelle!«

Nun bemerkte Lise eine kleine Bewegung in der Mündung der Kanone. Sie kniff die Augen zusammen. Etwas Rundes, Glänzendes rührte sich dort. Es war ein Helm, unter dem ein wütendes Gesicht hervorlugte. Sie wollte etwas sagen, aber eine Hand auf der Schulter brachte sie zum Schweigen.

»Lass ihn lieber in Ruhe.« Lise drehte sich um. Es war Diana, die sie anlächelte. »Das ist Adam von Münchhausen. Oder Adam Foddletorp, wie er wirklich heißt. Komm!« Diana drehte sich um und ging zur Treppe zurück, Lise folgte ihr.

Das Sonnenlicht vor dem Zelt blendete sie; Lise hielt die Hand über die Augen. »Nicht gerade der freundlichste Mensch.«

Diana lächelte. »Adam war ein großer Zirkusstar. Die einzige lebendige Kanonenkugel Europas.«

»Das erklärt seine Macke. Er benimmt sich wie eine Diva.«

»Nein, er ist keine Diva. Er hat bloß den Mut verloren. Nach einer Vorstellung in Belgien vor vielen Jahren. Irgendetwas war schiefgelaufen, und er knallte fünf Meter vor der dicken Matratze auf den Boden. Seitdem hat er Angst, und der Zirkus, bei dem er damals war, hat ihn kurz darauf gefeuert. Er hat die Kanone nie wieder gezündet. Aber sein Stolz ist noch intakt.«

»Warum ist er dann hier?«

»Hilmar hat an ihn geglaubt und ihn eingestellt. Er wollte ihm die Chance geben, seinen Ruf wiederherzustellen.«

»Er hat ihn also fürs Nichtstun bezahlt?«

»Adam hat ihm leidgetan. Außerdem wusste er, dass der Zirkus Fandango nun eine Riesenattraktion in Reserve hat. Adam wird das Zelt füllen, wenn er wieder auftritt. Die lebendige Kanonenkugel ist einer der gefährlichsten Stunts überhaupt, und das Publikum liebt das Bewusstsein, dass jederzeit etwas schiefgehen kann.«

»Meiner Meinung nach ist das schon ordentlich schiefgegangen.«

»Hilmar stellte die Kanone auf, und vor jeder Vorstellung gab er Adam eine Stunde allein in der Manege. Das wollen wir fortführen. Eines schönen Tages wird Adam wieder den Knopf drücken.«

»Ob das je gelingt?« Lise sah Diana an. »Außerdem bestimme ich für die nächsten fünf Vorstellungen, was der Zirkus fortführt oder nicht.«

»Du hast dich also entschieden?«

»Ja.«

Diana lächelte schelmisch, jedoch nur mit einer Gesichtshälfte.

»Was grinst du so? Das ist keine besonders gute Neuigkeit für dich. Außer du freust dich auf ein Dasein als Rentnerin.«

»Komm.« Diana legte eine Hand auf Lises Schulter und führte sie an der Zeltwand entlang. »Das *ist* eine gute Neuigkeit für mich, weil es eine gute Neuigkeit für deinen Onkel ist. Es war sein letzter Wunsch. Und jetzt sagen wir es Fillip. Er ist in seinem Wagen.«

Sie gingen zu dem Fuhrpark auf der Rückseite des Zeltes, vorbei an Lucille, die gerade den Rüssel in den Wassertrog steckte. In der Mitte der Reihe stand ein alter gelber

Wohnwagen. Diana klopfte an die Tür, und von innen erklang Fillips Stimme: »Herein!«

Er saß mit einem Buch auf dem Sofa, doch als er Lise sah, warf er es auf den Tisch und stand auf. Dann ging er zur Kochnische, stellte rasch schmutziges Geschirr in die Spüle und deckte sie mit einer Spanplatte ab.

»Hallo.«

»Hallo.«

»Möchtest du …« Er gestikulierte zum Sofa, wo Biografien und Romane zwischen leeren Kekspackungen lagen.

»Nein, danke, lieber nicht.«

»Hast du dich entschieden?«

»Ja.«

»Wofür?«

»Was glaubst du?«

»Hör zu, es steht viel auf dem Spiel für die Menschen hier, aber das ist kein Spiel. Es wäre schön, wenn du es ernst nehmen würdest und einfach sagst, was du entschieden hast.«

»Ich glaube, du weißt es bereits. Oder glaubst du, ich wäre den ganzen Weg von Oslo gefahren, um auf mein Erbe zu verzichten?«

Fillips Blick wurde hart. »Und du weißt auch, worauf du dich einlässt?«

»Ja.«

»Du erklärst dich einverstanden, den Zirkus für fünf Vorstellungen als Direktorin zu leiten? Das komplette Programm muss aufgeführt werden, und außerdem musst du für den täglichen Betrieb sorgen, mit allem, was dazugehört. Obwohl keiner der Leute, die du leiten sollst, dich hierhaben will.«

»Einverstanden. Und du solltest an deiner Einschüchterungstaktik arbeiten. Ich habe schon Projekte mit über tausend Angestellten geleitet, die mich ausnahmslos gehasst haben. Einen Zirkus durch fünf Vorstellungen zu führen ist dagegen wie Ferien. Etwas seltsame Ferien, aber was soll's.«

»Gut, wie du willst. Dann schlage ich vor, dass du heute Abend ein Arbeitstreffen in der Manege anberaumst. Für deine erste Vorstellung morgen. Schöne Ferien!«

»Super. Ich kann es kaum erwarten.«

14

Ich dachte, der Zirkusdirektor hätte immer den größten Wagen. Ein umgebauter Lastwagen oder so, mit Satellitenantenne und Whirlpool, Wohnzimmer und Küche.«

Der Wohnwagen, vor dem Lise stand, war einer der kleinsten. Der ehemals weiße Lack war verblichen, aber noch nicht abgesplittert. Man erkannte gerade noch die beigen, horizontalen Streifen. Auf der schiefen Fernsehantenne saß eine Krähe.

Diana zog den Schlüssel aus der Tasche und schloss auf. »Vielleicht bei anderen, aber Hilmar war nicht so. Er hat diesen Wagen 1986 gebraucht gekauft. Der Zirkus war ihm wichtiger als sein persönlicher Luxus.«

»Natürlich.«

Die Tür knarrte, als Diana sie öffnete und Lise den Schlüssel gab. »Bitte schön. Ich habe die meisten persönlichen Sachen von Hilmar weggeräumt. Er wollte, dass du dich nach deinem Geschmack einrichtest.«

»Einrichten?« Lise sah den Schlüssel an, als wäre er giftig. »Hör zu. Ihr Zirkusleute wohnt wahrscheinlich gern in diesen rollenden Konservendosen, aber ich nicht. Ich habe ein Zimmer im Fjordhotel Valldal reserviert. Da gehe ich erst mal in die Sauna, dann plündere ich die Minibar und lege mich in ein großes, gemütliches Bett.«

»Nein.« Der Schlüssel lag noch immer in Dianas ausgestreckter Hand.

»Nein? Was soll das heißen?«

»Das kannst du nicht.«

»Doch. Ich habe an allen Orten der nächsten fünf Vorstellungen Hotelzimmer bestellt.«

»Es ist eine von Hilmars Bedingungen, dass du mit uns …«

Lise unterbrach sie. »Ich werde mit euch zusammen reisen. In meinem eigenen Auto. Und ich werde immer zur Arbeit hier sein.« Sie klopfte mit der Handfläche an den Wohnwagen. »Die Schrottkarre hier kann ich zur Not als Büro benutzen.«

»Nein. Im Testament steht schwarz auf weiß, dass du für fünf Vorstellungen mit dem Zirkus zusammenleben musst, nicht nur mit ihm reisen.« Diana imitierte Lises Geste. »Dieser Wagen wird in den nächsten fünf Wochen dein Zuhause sein. Viel Spaß. Das Bettzeug ist im Schrank über dem Bett. Ich sage den anderen, dass wir uns um fünf Uhr treffen.«

Lise nahm den Schlüssel, stieg in den Wohnwagen und knallte die Tür hinter sich zu. Das Sofa hatte Löcher im dunkelbraunen Bezug, die Kratzer auf der Tischplatte und das verbeulte Aluminium der Spüle verrieten das Alter des Wohnwagens. Aber es war sauber und ordentlich. Der Vorhang zwischen der Küche und der Schlafnische war zur Seite gezogen. Sie testete die Matratze und öffnete die schmale Tür neben dem Bett, die in das enge Badezimmer führte, wo ein Duschkopf über der Toilette hing.

Lise konnte es kaum glauben. Sie holte ihr Handy, fotografierte das Minibad und schickte das Bild an Børge: DANKE, DASS DU MICH ÜBERREDET HAST, FÜNF WOCHEN LANG SO ZU WOHNEN.

Dann öffnete sie den Schrank über dem Bett. Das Bettzeug lag sauber gefaltet ganz vorne, und als sie es herauszog, kam etwas anderes zum Vorschein. Lise stellte sich auf die Bettkante, um besser zu sehen.

Tief im Schrank lagen etliche Bücher, deren Rücken nicht beschriftet waren. Sie streckte sich, zog eines hervor und sah, dass es Fotoalben waren. Die Plastikfolie zwischen den Seiten knisterte, als sie sich hinsetzte und das Album aufschlug. Das erste Bild zeigte Hilmar in voller Montur in der Manege vor voll besetzten Tribünen. Nach der Kleidung des Publikums zu urteilen, war das Bild mindestens zwanzig Jahre alt. Die Leute applaudierten, man sah die Begeisterung in ihren Gesichtern. Mit ausgebreiteten Armen nahm Hilmar den Applaus entgegen. Sein goldener Anzug glitzerte mit dem Zylinder um die Wette, aber am intensivsten leuchteten seine Augen. Hinter ihm standen alle Artisten in ihren Kostümen und verbeugten sich. Lise erkannte einige wieder, vor allem eine Frau, die stolz zu Hilmar aufblickte. Ihr Haar war glänzend schwarz statt grau, die Stirn glatt statt faltig, doch es war ganz klar Diana.

Lise blätterte weiter. Auf dem nächsten Bild half Hilmar einem etwa zehnjährigen Jungen, auf Lucilles Rücken zu klettern. Die Kinder standen Schlange, um kurz auf dem Elefanten zu reiten, umringt von lächelnden Erwachsenen. Lise studierte die Gesichter. Sie hatte die Angewohnheit, auf Fotos nach Menschen zu suchen, die nicht lächelten. Unzufriedene oder traurige Gesichter regten ihre Fantasie an, sie bargen sicher viel interessantere Geschichten. Dass Lise nie herausfinden würde, warum diese Personen nicht lächelten, machte es noch reizvoller. Doch zu ihrem Verdruss gab es auf diesem Bild niemanden, der nicht lächelte.

Auf dem nächsten Bild stand Hilmar vor einer leeren Tribüne. Vor ihm balancierte ein Artist auf dem Seil. Hilmar streckte die Arme nach oben, als wolle er ihm helfen. Lise blätterte weiter. Ein großformatiges Bild zeigte Hilmar mit allen Artisten hinter dem Zelt. Er zeigte auf den Eingang, und sie schienen seine Worte aufzusaugen wie eine Fußballmannschaft, die kurz vor dem Spiel von ihrem Trainer angestachelt wird. Lise wollte weiterblättern, doch ihr Telefon unterbrach sie. KEINE URSACHE, VIEL SPASS!, schrieb Børge. Wütend warf sie das Telefon und das Fotoalbum aufs Bett.

15

Ein schepperndes Trompetensolo weckte Lise aus einem bizarren Traum über ein Eichhörnchen und einen Karamellpudding. Die lange Fahrt hatte sie müde gemacht, und um sich für die Konfrontation mit den Artisten zu wappnen, hatte sie einen Powernap auf Hilmars Sofa eingelegt. Leider träumte sie meist wild, wenn sie an fremden Orten schlief.

Sie versuchte sich zu erinnern, was das Eichhörnchen mit dem Pudding vorhatte, doch das Dröhnen einer Tuba und die Schläge einer großen Trommel lenkten sie ab. Gemeinsam mit der Trompete spielten sie eine schiefe, aber enthusiastische Version von Taylor Swifts *Shake it off*. Verwirrt richtete sie sich auf, hob die Gardine an und sah drei Männer um die fünfzig, die mit nackten Oberkörpern in der Sonne saßen. Der Erste stützte die Tuba auf seinen behaarten Bierbauch und blies mit dicken Backen und schweißglänzender Stirn hinein. Der Zweite überragte ihn um mindestens dreißig Zentimeter und trug einen Bart, der sich wie eine rote Bürste um das Mundstück der Trompete schmiegte. Der Dritte saß auf einem Bierkasten vor seinem Schlagzeug. Jedes Mal, wenn er die Trommelstöcke schwang, runzelte das Totenkopftattoo auf seinem Oberarm die Stirn.

Alle anderen Angehörigen des Zirkus saßen auf Campingstühlen vor ihren Wagen und ließen sich nicht von dem Lärm stören. Lise schüttelte den Kopf über den absurden Anblick.

Durch eine Lücke zwischen den Lastwagen, die das Elefantengehege bildeten, sah sie einen der Kleinwüchsigen, der einen Gartenschlauch in der Hand hielt. Plötzlich schlang sich Lucilles Rüssel um den Mann und hob ihn in die Luft. Ein paar Sekunden hing er dort, ehe er aus ihrem Blickfeld verschwand. Lise sprang zur Tür und lief auf den Platz zwischen den Wagen. »Der Elefant hat ihn!«, schrie sie. »Ihr müsst ihm helfen, der Elefant hat ihn!«

Keiner reagierte, alle setzten ungerührt ihre Arbeit fort. Lise sah sie ungläubig an und rannte zwischen den Wagen hindurch ins Elefantengehege. Wenige Meter vor Lucille blieb sie jäh stehen.

Der Kleinwüchsige hing noch immer in ihrem Rüssel, zwei Meter über dem Boden, und richtete den Schlauch auf Lucille, die zufrieden grunzte, als das Wasser ihre hellgraue Haut dunkel färbte.

»Kannst du mir bitte den Besen reichen?«

»Hä?«

»Den Besen. Er steht am Lastwagen.«

Sie drehte sich um, nahm den Besen und reichte ihn hinauf. »Ich dachte, du … Ich dachte, der Elefant …«

»Ja?«

Mit einer Hand spritzte er Lucille ab, mit der anderen schrubbte er sie. Lucille hob ihn näher zu sich heran.

»Ach, es sah so aus, als ob … Vergiss es.«

Lucille grunzte wieder vor Wohlbehagen und hielt den Kleinwüchsigen so, dass er sie überall mit dem Besen erreichte.

Über den Dächern der Wagen sah Lise das Schild des Fjordhotels Valldal und murmelte: »Der Elefant bekommt natürlich sein Spa.«

»Ich kann dich auch abspülen, wenn du möchtest.«

»Nein, danke.« Sie drehte sich um und verließ das Gehege.

Hinter dem nächsten Wagen erblickte sie einen alten Mann, der mühsam die Treppe zu einem Trampolin hinaufstieg. Sein Gesicht war faltig, das schüttere Haar silbergrau, und die Altersflecken auf den Armen passten zu dem gebeugten Oberkörper, der einmal aufrecht und athletisch gewesen sein musste. Lise sah zu, wie er zur Mitte des Trampolins stapfte und das Unterhemd in die kurze Sporthose stopfte. Er sah aus, wie ein gewöhnlicher Rentner auf dem Weg zu seinem Fernsehsessel, aber anstatt sich zu setzen, streckte er die Arme nach vorn. Dann richtete er den Oberkörper auf und versuchte, sich zu strecken, verlor die Balance und tippelte ein paar Schritte nach vorn, ehe er sich wieder fing. Er begann mit einem kleinen Hopser und gewann langsam, aber sicher an Höhe.

Lise kam näher. »Hallo. Vielleicht solltest du nicht …«

Er wurde langsamer. »Was sollte ich nicht?«

»Du weißt schon … so hoch springen.«

»Warum nicht?«

»Weil … vielleicht wäre es besser, etwas langsam zu machen.«

»Langsam?« Seine Beinmuskeln zuckten, als er wieder an Tempo zulegte. »Bloß weil ich so alt bin?« Seine Knie zitterten bei der Landung, doch das Tuch schickte ihn wieder nach oben. »Du meinst, ich sollte lieber in meinen Wagen gehen und Zwetschgensuppe essen?«

»Nein, ich …«

Die Federn quietschten bei jeder Landung lauter. »Und mich mit Kampfer einreiben?« Steif wie ein Brett schraubte er sich höher und höher.

»Nein, ich finde nur …«

In diesem Moment knickte sein Kniegelenk ein, und er landete an der Seite des Trampolins. Sein verzweifelter

Versuch, sich zu fangen, bewirkte das Gegenteil, und er landete längs auf dem strammen Tuch. Mit kleinen Hopsern rollte er zum Rand und verschwand aus Lises Blickfeld.

Sie lief auf die andere Seite des Trampolins, wo Reidar wie ein Käfer im Gras zappelte. »Alles in Ordnung?«, fragte sie.

Er schlug ihre ausgestreckte Hand aus und rappelte sich auf, als wäre nichts geschehen. »Natürlich. Glaubst du, ich wäre noch nie vom Trampolin gefallen? Das habe ich schon getan, als du noch in die Windeln gemacht hast. Noch früher sogar. Das nennt sich üben, weißt du?«

»Ja, aber …«

»Und jetzt möchte ich gern in Ruhe weiterüben, wenn du nichts dagegen hast.«

»Okay.« Lise zog sich zurück. Im Augenwinkel sah sie, wie er sich erneut aufs Trampolin schleppte und dabei die Hüfte hielt.

Ein Stück weiter erblickte sie den Schwertschlucker. Er stand vor der Tür eines Wohnmobils und richtete seinen Kragen. In einer Hand hielt er einen Strauß Löwenzahn. Er wollte gerade anklopfen, doch dann verließ ihn der Mut. Lise versteckte sich hinter einem Wagen und beobachtete heimlich die Szene. Der Schwertschlucker schien mit sich selbst zu reden, während er den Strauß einer unsichtbaren Person überreichte. Sie konnte kaum hören, was er sagte.

»Möchtest du … Ich meine, hättest du vielleicht …« Er überreichte der imaginären Person den Strauß. »Du und ich, wir zwei, und … Abendessen? Ich … mag Hering.« Er knurrte, schüttelte den Kopf und drehte sich um, aber genau in diesem Moment ging die Tür auf, und Tatjana schaute hinaus. Er blieb stehen, als wäre er zu Stein erstarrt.

»Jacobi?« Tatjana trat hinaus auf die kleine Metalltreppe. Jacobi rührte sich nicht. Sie ging zu ihm. »Kann ich dir irgendwie helfen?«

Er zögerte, dann atmete er tief ein und drehte sich zu ihr. »Ja, ich ...« Ein paar Löwenzahnsamen flogen durch die Luft, als er mit dem Strauß wedelte. »Also, ich wollte dich fragen, ob du ...«

»Ja?« Tatjana sah den Strauß verwundert an.

»Ich möchte Löwenzahnsalat machen und dachte, vielleicht kennst du ein passendes Dressing. Sehr gesund. Antioxidanzien ...«

Tatjana lächelte und zuckte mit den Schultern. »Tut mir leid, ich habe noch nie Löwenzahnsalat gemacht.«

»Okay. Lecker ... der Salat, meine ich.«

»Aha.« Sie musterte ihn. »War das alles?«

»Äh, ja ... nur das mit dem Dressing.«

16

»Die Fotoalben. Sie standen absichtlich so, dass ich sie finden würde, nicht wahr?« Bis auf Lise und Diana war noch niemand in der Manege.

»Welche Fotoalben? Ich weiß nicht, wovon du redest.«

»Tu nicht so. Das war doch ganz klar. Massenweise Bilder aus dem *fantastischen* Zirkusleben meines Onkels. Begeisterte Zuschauer, eifrige Artisten und so. Fast wie aus einem Disney-Film. Glaubst du wirklich, auf die Weise könntet ihr mich dazu bringen, auch so ein Leben zu führen?«

»Sie müssen so tief im Schrank gestanden haben, dass ich sie übersehen habe.« Diana ließ sich nichts anmerken. »Und bevor die anderen kommen, solltest du wissen, dass *keiner* von ihnen wünscht, dass du den Zirkus übernimmst.«

»Da sind wir wenigstens mal einer Meinung. Ich werde nur die fünf Vorstellungen durchziehen.«

»Was hast du dann mit dem Zirkus vor?«

»Das weißt du genau.«

»Wart's ab. Wenn es so weit ist, sehen wir weiter.«

»Jepp.« Lise checkte ihr Handy. »Apropos so weit sein, es ist Viertel nach sechs. Wo bleiben die alle?«

»Mach dich auf Widerstand gefasst. Wie gesagt wünscht hier keiner, dass du …«

»Schon verstanden.« Lises Finnmarksdämon meldete sich. »Ich kann auch andere Saiten aufziehen, wenn ihr das unbedingt wollt.« Sie schritt resolut zum Hinterausgang, stellte sich in die Mitte des Platzes und stemmte die Hände in die Hüfte. »Alle mal herhören! Netter kleiner

Versuch, euer Aufstand gegen die schlimme Frau aus der Stadt. Aber jetzt ist Schluss damit!« Sie schaute von Fenster zu Fenster, aber niemand bewegte sich. »*Ich* bestimme jetzt, was hier geschieht und wann ihr euch zu versammeln habt!«

Diana stand am Hintereingang und schaute zu. »Jeder, der nicht in fünf Minuten in der Manege steht, bekommt einen halben Tageslohn abgezogen!« Sie drehte sich um und marschierte an Diana vorbei ins Zelt.

Viereinhalb Minuten später stand sie in der Manege und sah auf ihre Handy-Stoppuhr. Noch war Diana die Einzige. »Sieht aus, als wollten sie weniger Geld verdienen.«

»Noch eine halbe Minute. Wie willst du morgen eine ganze Vorstellung durchführen, wenn du überhaupt nicht weißt, was du tun musst?«

»Fünfzehn Sekunden. Verdammter Mist.« Lise blickte von ihrem Handy auf und ging zum Ausgang, als sie draußen Schritte hörte.

Als Erster kam Jacobi herein. Er verneigte sich übertrieben tief vor Lise, als wäre sie die Königin von England, und ging weiter in die Manege, den Blick auf den Boden geheftet. Fünf Sekunden später kam Wolfgang herein, gefolgt von Dieter, Tatjana und den anderen. Lise trat zur Seite und ließ sie durch. Als alle im Halbkreis in der Manege standen oder saßen, drehte sie sich um und ging auf sie zu.

»Schön. Geld ist euch also doch wichtig, das ist gut zu wissen. Mir übrigens auch.« Keiner sagte ein Wort, alle starrten sie gespannt an. »Ihr seid vielleicht eine lebhafte Bande. Ich dachte, Zirkusleute wären immer fröhlich … ein bisschen wie Hippies, mit freiem Leben und so.« Die Blicke wurden härter, und sie zuckte mit den Schultern.

»Offenbar nicht. Aber das macht nichts. Ihr müsst euch nicht darüber freuen, dass ich hier bin. Ich freue mich auch nicht. Sind alle anwesend? Was ist mit der Kanonenkugel?« Alle schwiegen. »Weiß jemand, wo er ist?«

Diana beugte sich zu ihr und flüsterte ihr ins Ohr: »Adam ist nie bei Besprechungen dabei.«

Lise sah ein, dass es zwecklos war, und flüsterte zurück: »Dann rede ich eben später mit ihm.« Sie wendete sich wieder den anderen zu. »Okay. Die Vorstellung morgen. Wer macht was?«

»Du nennst dich Zirkusdirektorin und weißt nicht einmal, welche Artisten was aufführen?« Jacobi war entsetzt.

»Nein. Ich nenne mich nicht Zirkusdirektorin. Von mir aus könnt ihr mich so nennen. Dann ist wenigstens klar, wer hier der Boss ist. Und nein, ich weiß nicht, wer was tut. Aber dich habe ich bei der Beerdigung mit einem Schwert im Hals gesehen, du musst der Schwertschlucker sein?«

Jacobi schloss die Augen und öffnete sie wieder. »Nein. Kein Schwertschlucker. Gastronomischer Akrobat.«

»Wirklich?« Lise musterte ihn. Ob er es ernst meinte?

Anstatt zu antworten, kletterte Jacobi in eine VIP-Loge und nahm ein Programm von einem Stuhl. Er hielt es hoch, zeigte auf einen Programmpunkt und las laut vor: »DER FANTASTISCHE JACOBI MONTEBLEU – GASTRONOMISCHER AKROBAT.«

Lise riss ihm das Programm aus der Hand. »Danke. Das ist also …«

»Nicht nur Schwerter. Ich schlucke alles Mögliche. Angelhaken, zum Beispiel. Oder Ketten, einen Zeigestock, einen Golfball an einer Schnur, einen Schalthebel, eine …«

»Maus!«, rief Wolfgang. »Eine lebendige Maus!«

Lise sah Jacobi an. »Eine Maus? Igitt.«

»Das habe ich früher mal gemacht. War immer gut gegangen, aber bei einer Vorstellung riss die Schnur.«

»Mit der Maus dran?«

»Ja.«

»Und du ...«

»Ja.«

»Okay.« Lise verdrängte den Gedanken an die Maus, die von innen an Jacobis Magenwand kratzte, und konzentrierte sich auf das Programm. »Gilt das für morgen?«, fragte sie Diana.

»Für die ganze Saison. Der gleiche Auftritt an allen Orten – außer, Adam wäre plötzlich wieder bereit.«

»Sehr gut.« Sie legte den Finger auf Punkt Nummer zwei und las: »DIE UNGLAUBLICHE JONGLAGESHOW DER BRÜDER HEINE. Das müsst ihr sein, euch hab ich auch vor der Kirche gesehen ... und einen von euch bei Lucille.«

»Aber du weißt nicht, welcher von uns es war, stimmt's?« Einer der beiden trat einen Schritt vor.

»Nein, ich ...«

Der Zweite trat ebenfalls vor. »Bist du bereit?«

»Wofür?«

»Errate den Zwillingszwerg.«

»Nein. Und ich habe euch nicht Zwerge genannt.«

»Gut. Das dürfen nämlich nur wir. Also, wen von uns hast du bei Lucille gesehen?«

Lise bemerkte, dass die Stimmung sich lockerte. »Hört zu, ich ...«

»Ich heiße Wolfgang, und mein Bruder heißt Dieter. Rate mal.«

»Ich rate, dass ihr nicht wisst, wie egal mir das ist.« Das Grinsen verschwand aus ihren Gesichtern. »Von mir aus könntest du Boy George heißen und du Elvis Aaron Presley, und ihr könntet so viele Elefanten waschen, wie ihr wollt. Lasst uns lieber weitermachen. TATJANA ZOLJOWSKA – KÖNIGIN DER LÜFTE?«

»Hier.« Zwischen den Heine-Brüdern und Jacobi reckte sich eine Hand in die Höhe. »Ich bin Trapezkünstlerin.«

»Gut. Dann kommt FILLIP – DER LUSTIGSTE CLOWN DER WELT. Den kenne ich. Clown? Ganz sicher. Aber lustig?« Lise spürte seinen Blick, ignorierte ihn aber.

»MIRANDAS MAGISCHE KANINCHEN.« Sie sah sich um. »Wer ist Miranda?«

»Das bin ich.« Die Frau, die aufstand, war etwa Mitte dreißig. Sie hatte dunkle Augen, markante Wangenknochen, und ihr braunes Haar hing in einem dicken Zopf über der Schulter. Ihr Blick flackerte zwischen Fillip und Lise hin und her.

Mirandas Akzent war schwierig einzuordnen. Lise nahm an, dass sie Osteuropäerin war. Dann bemerkte sie, wie Fillip die Frau ansah. »Okay. Deine Kaninchen sind also magisch? Mit kleinen Zauberstäben und Zylindern, und sie lassen einander verschwinden?«

»Nein. Ich bin die Zauberkünstlerin, nicht meine Kaninchen.«

»Dann solltest du vielleicht den Namen deiner Show ändern.« Lise ignorierte Fillips bösen Blick und ging zum nächsten Punkt über. »REIDAR – DIE TRAMPOLIN-LEGENDE.«

Reidar trat vor. »Ja, ich weiß, was du denkst. Mein Name klingt zu langweilig für ein Zirkusprogramm.«

Lise war fassungslos. »Du bist einer der Artisten? Wie alt bist du?«

»Geboren in Svolvær im Jahr des Herrn 1928.«

»Du bist einundneunzig?«

»Ja, aber ich fühle mich wie siebzig.«

»Und du trittst noch auf? Das ist ja verrückt. Keine Versicherung macht das mit. Wie konnte Hilmar sich auf ein solches Glücksspiel einlassen?«

»Glücksspiel? So eine Frechheit! Ich habe bei der Olympiade in Helsinki 1952 eine Goldmedaille gewonnen.«

»Das war vor siebenundsechzig Jahren …«

Reidar hob den Zeigefinger. »Warte bis morgen bei der Show. Dann wirst du sehen, dass meine Fähigkeiten auf dem Trampolin kein Glücksspiel sind.«

Sie streckte den Daumen nach oben. »Ich kann es kaum erwarten. Soll ich gleich einen Krankenwagen bestellen?«

Fillip wollte protestieren, aber Lise kam ihm zuvor. »Dann zum letzten Punkt. LUCILLE – DIE KÖNIGIN VON INDIEN. Wer ist der Elefantendompteur?«

»Keiner.« Fillip grinste breit.

»Was soll das heißen?«

»Hilmar war der Elefantendompteur.«

»Gibt es sonst keinen, der den Elefanten antreiben kann?«

»Nein. Lucille hat nur auf Hilmar gehört. Ich habe versucht, mit ihr zu üben. Alle haben es versucht, aber sie weigert sich. Seit Hilmar tot ist, betritt sie nicht mehr die Manege.«

»Keiner von euch kann den Elefanten bewegen?« Lise sah sich um, aber alle schüttelten den Kopf. Schließlich fragte sie Diana: »Können wir nicht irgendjemanden anrufen? Einen Elefantenflüsterer oder so?«

»Nix.« Fillip grinste noch breiter. »Das ist dein Job.«

»Vergiss es.«

»Schön für uns. Wenn Lucille morgen nicht auftritt, hast du keine komplette Vorstellung geliefert. Dann gehört der Zirkus mir.«

17

»So ...« Børge betrachtete den Mann im Gehirnkostüm, der vor seinem Schreibtisch stand. Sein Gesicht war vollkommen ausdruckslos, Augenbrauen und Schädel waren rasiert, sodass sein Kopf wie eine rosa Warze aussah, die aus dem Gehirn herausragte. Unter den grauen Windungen aus Gummi, welche die Hirnhälften darstellten, steckten zwei dünne Beine in Strumpfhosen. Er drohte ständig, die Balance zu verlieren.

»Mogens schickt dich? Hör zu, wenn du mir seine Mailadresse gibst, könnte ich ihm ganz einfach ein paar Infos und einen Link schicken ...«

Das wandelnde Gehirn unterbrach ihn: »Mogens benutzt keine E-Mail. Digitalisierung laugt die Seele aus.«

»Ja, ja, aber ich habe etwas, das ihn interessieren könnte. Vielleicht kann er es für seine Kunst gebrauchen. Wenn du mir seine Telefonnummer gibst, kann ich ihn anrufen und ...«

»Ich bin Mogens' Gehirn, du kannst mit mir reden.«

»Okay ...« Mit einer Geste verscheuchte Børge die Neugierigen, die sich vor der offenen Tür versammelt hatten.

»Oder möchtest du lieber mit seinem Herzen reden?«

»Wie bitte?«

»Dann könnte ich sein Herz an meiner Stelle rufen.«

»Und das Herz ...« Børge musterte den Mann und zögerte. »... Bist ebenfalls du?«

»Was willst du damit sagen?«

»Du würdest das Kostüm wechseln und wiederkommen?«

Der Mann schnaubte, als sei Børge ein Vollidiot. »Ich bin Mogens' Hirn, nicht sein Herz!« Er hob die Arme, als wolle er sagen: *Sehe ich etwa aus wie ein Herz?*

»Schon gut.« Børge seufzte und rieb sich die Stirn. »Richte ihm einfach aus, dass ich ihn gern treffen würde. Ich habe einen ganzen Zirkus zu verkaufen, ein einmaliges Angebot. Ich würde ihm eine Option geben. Kannst du das ausrichten?« Das wandelnde Gehirn machte *Denken-* und *Speichern*-Grimassen, Børge seufzte noch lauter. »Und sag ihm, dass ein Elefant dabei ist. Ein großer indischer Elefant. Ich habe gehört, dass Mogens Elefanten mag.«

18

„Komm schon, sei ein braver Elefant.« Die Sommersonne stand tief am Himmel und warf einen rötlichen Schimmer auf die Lastwagen, die das Gehege bildeten. Die anderen hatten sich in ihre Wagen zurückgezogen, Lise war mit Lucille allein und hielt ein paar Meter Respektabstand. Sie zeigte auf den Eingang zur Manege. »Jetzt geh schon da rein und mach deine Sache, dann kriegst du auch ein … Snickers? Schmeckt voll lecker. Oder vielleicht einen Zuckerwürfel?«

Lucille drehte ihr den Hintern zu.

»Stell dich nicht so an. Ich habe keine Ahnung, was Elefanten mögen. Du kriegst alles, was du willst, egal, was.«

»Was sie wirklich will, kannst du ihr nicht geben.«

Lise drehte sich um und sah Diana. »Und was wäre das?«

»Hilmar. Sie vermisst ihn.«

»Super. Dann muss ich wohl die Gelben Seiten aufschlagen und in Valldal einen Therapeuten finden, der deprimierte Elefanten über Nacht heilt.«

»Elefanten verstehen mehr, als du glaubst. Du solltest aufpassen, was du sagst.« Sie ging zu Lucille und streichelte sie behutsam am Rüssel. »Früher war sie immer eifersüchtig auf mich. Wenn ich Hilmar zu nahe kam, schob sie mich mit dem Rüssel fort, aber das hat sich mit der Zeit gelegt. Ich glaube, sie hat mich akzeptiert, weil sie begreift, dass ich Hilmar genauso liebe wie sie. Und jetzt ist da eine große Leere – in uns beiden.«

»Ich muss sie also nur dazu bringen, mich ebenso zu lieben wie Hilmar?«

Diana ignorierte Lises Sarkasmus. »Auf jeden Fall kannst du versuchen, die Leere zu füllen. Rede einfach mit ihr.«

»Worüber?«

»Alles Mögliche. Hilmar hat mit ihr über alles geredet. Über den Seeadler, den er am Tag zuvor gesehen hatte. Den Oldtimer, der sie unterwegs überholt hatte. Den neuesten Skandal im britischen Königshaus. Aber nie über den Zirkus. Sie sollte wissen, dass sie mehr als ein Zirkustier ist, und ich glaube, sie hat das geschätzt.« Diana tätschelte Lucille am Ohr und verschwand wieder zwischen den Lastwagen. »Viel Glück!«, rief sie, ohne sich umzudrehen.

Lise starrte ihr ratlos hinterher. Es dauerte eine Weile, bis sie sich aufraffte. »Na gut. Einen Versuch ist es wert. Lass uns ein bisschen plaudern.« Sie kam vorsichtig näher, aber Lucille drehte sich wieder um. »Okay. Ich bleibe hier stehen, du dort. Also ... Worüber willst du reden?«

Lucille ließ den Rüssel hängen.

»Bitcoin, vielleicht? Ich habe mich noch nicht genug damit befasst. Geht rauf und runter, wie ich höre. Ich habe von einem Typen gelesen, der vor fünf Jahren eine Pizza mit Bitcoins bezahlt hat.« Lucille reagierte nicht, aber Lise fuhr fort: »Nach dem heutigen Kurs würde die Pizza über zehn Millionen Kronen kosten. Verdammt teuer, findest du nicht?«

Lucille rührte sich nicht vom Fleck. Lise schüttelte den Kopf, als wollte sie sagen: *Was zum Teufel tue ich hier?* »Wenn mich Børge jetzt sehen könnte.«

Plötzlich hob Lucille kaum merkbar ein Ohr, als würde sie zuhören.

»Børge? Möchtest du über Børge reden? Geht in Ordnung. Børge ist mein Chef, und er hat mir alles beigebracht, was ich kann. Wenn er mich jetzt sehen könnte, würde er sich vor Lachen bepissen.« Lucille drehte den Kopf ein Stück. »Eigentlich ist er eiskalt, aber wenn er einmal lacht, ist er nicht zu halten. Deshalb wehrt er sich dagegen. Man soll nicht sehen, dass unter der dicken Rüstung auch ein Herz steckt. Das hat er mir beigebracht. Wie man eine Rüstung trägt.«

Lucille drehte den Kopf ein paar Zentimeter weiter zu Lise.

»*Um dich in dieser Branche zu behaupten, Lise, brauchst du eine Rüstung*, hat er immer gesagt. *Und du darfst sie nicht ablegen, wenn du das Büro verlässt, sondern du musst sie immer tragen. Sie muss ein Teil von dir werden, eine zweite Haut, die alles abwehrt, was dich schwächen kann.* Børge hasst schwache Menschen. Jedenfalls unter seinen Angestellten. Er hat schon Leute entlassen, weil sie eine Entscheidung aus Empathie getroffen haben. *Zeig niemals Empathie.* Einer seiner Lehrsätze. *Empathie lässt dich die Dinge vom Standpunkt des anderen betrachten. Doch um deine Ziele zu erreichen, musst du alles von DEINER Warte aus sehen.* Schwache Menschen mag Børge nur, wenn sie auf der anderen Seite des Verhandlungstisches sitzen. Euch würde er sicher mögen. Er nutzt die Schwäche anderer, um seinen Willen zu bekommen. Und den bekommt er immer. Ich übrigens auch. Du kannst also genauso gut aufgeben und gleich mit mir in die Manege kommen.«

Lucille wandte sich wieder ab.

»Aber lass uns über was anderes reden. Hilmar, vielleicht?«

Lucille horchte auf und drehte den Kopf zu Lise.

»Ja, ja. Ich habe schon gehört, dass ihr gute Freunde

wart. Du hast ihn gemocht, stimmt's? Ich habe ihn nie persönlich kennengelernt. Vor seinem Tod wusste ich nicht einmal, dass es ihn gab. Sieht aus, als hätten ihn alle gemocht. Von mir hingegen sind sie nicht sonderlich begeistert.«

Lucille hörte ihr aufmerksam zu. Lise dachte kurz nach, dann fuhr sie fort: »Ist schon in Ordnung. Ich scheiß drauf, schließlich bin ich nicht hier, um Leute zu begeistern. Oder meinetwegen auch Elefanten.«

Lucille drehte sich wieder weg und trottete in eine andere Ecke des Geheges.

»Du machst es mir wirklich nicht leicht. Aber sogar das geht in Ordnung.«

Wieder hob Lucille ein Ohr, als warte sie auf die Fortsetzung, aber Lise bemerkte es nicht.

»Ich habe nämlich nicht vor, dich aufzugeben.«

19

Lise wachte auf, weil jemand sie behutsam an der Schulter rüttelte. Sie rieb sich die Augen, und als sie sie öffnete, sah sie direkt in Lucilles Rüssel, der erwartungsvoll vor ihrem Gesicht hin und her schwang. Beinahe wäre sie vor Schreck von dem Stuhl gefallen, auf dem sie eingeschlafen war.

»Der größte Wecker der Welt.«

Lise drehte sich um und entdeckte Diana, die wenige Meter hinter ihr stand. »Ich hab keinen Wecker bestellt.«

»Aber du hast die ganze Nacht hier bei Lucille gesessen.« Diana ging zu ihr und legte ihr die Hand auf die Schulter. »Das hätte deinem Onkel gefallen. Worüber habt ihr gesprochen?«

»Auf jeden Fall nichts, was sie aufgeheitert hätte.« Lise schüttelte Dianas Hand ab und stand auf. »Ich habe geredet, und sie hat mir die kalte Elefantenschulter gezeigt. Das kann sie ziemlich gut. Aber ich gebe nicht auf. Heute Abend steht sie in der Manege, das ist so sicher wie das Amen in der Kirche.« Sie drehte sich zu Lucille um, die ein Ohr halb anhob, als würde sie zuhören. »Hast du gehört? Du trittst heute Abend auf, verstanden?«

Lucille schnaubte, als wolle sie sagen *Wart's ab,* und trottete zu ihrem Wassertrog. Hinter dem Trog war Miranda zu sehen, die gerade ins Zirkuszelt ging, und fünf Kaninchen hoppelten hinter ihr her. »Miranda ... ist sie ...?«

»Was soll mit ihr sein?«

»Sie und Fillip, sind sie ein Paar? Den Eindruck hatte ich gestern.«

»Warum fragst du das?«

»Weil es mir wichtig ist, die Beziehungen meiner Angestellten zu kennen. Dann habe ich sie besser im Griff.«

»Natürlich. Nun, Miranda und Fillip waren bis vor einigen Jahren ein Paar, aber es endete plötzlich.«

»Warum?«

»Darüber können wir ein andermal reden, du hast Wichtigeres zu tun. Es gibt viel Arbeit vor der Vorstellung.«

»Da hast du vielleicht recht. Schieß los.«

»Wir müssen mehr Karten verkaufen. Bis jetzt ist nicht mal ein Drittel der Plätze verkauft, das ist zu wenig.«

»Valldal ist ein Kuhkaff. Von mir aus reicht ein einziger Zuschauer, Hauptsache, ich mache die Vorstellung.«

»Wenn wir nicht mehr Karten verkaufen, wird es keine Vorstellung geben.«

»Wie bitte?«

»Die Artisten werden für jede Vorstellung bezahlt. Ein Drittel des Verkaufs ist das Minimum, um ihr Honorar zu decken. Wenn das nicht der Fall ist, können sie sich weigern aufzutreten. So steht es im Vertrag.«

»Na, wunderbar.« Die beiden verließen das Gehege und traten auf den Platz zwischen den Wagen. Die meisten Angehörigen des Zirkus saßen in der Sonne und tranken ihren Morgenkaffee.

»Ich nehme an, dass keiner besonders scharf darauf ist, mehr Karten zu verkaufen.« Lise ging Richtung Parkplatz. »In Hareid hingen überall Plakate, aber hier habe ich noch kein einziges gesehen. Wer ist dafür verantwortlich?«

Lise blieb stehen und drehte sich um, weil Diana nicht sofort antwortete.

»Hilmar liebte es, mit den Plakaten durch die Dörfer und Städte zu fahren. So lernte er Land und Leute kennen. Sein Publikum war ihm genauso wichtig wie seine Artisten.«

»Ja, natürlich. Sankt Hilmar.«

Diana folgte ihr zum Auto. »Er hat in jeder Stadt, in der wir einmal aufgetreten sind, Freunde.«

»Ich bin nicht hier, um Freunde in Valldal zu finden.« Lise öffnete den Kofferraum und zog einen Koffer heraus. »Ich bin hier, um …«

»Freunde sind warmherzig zueinander.«

»Aha, clever.« Lise warf den Kofferraumdeckel zu und zog den Rollkoffer zu Hilmars Wagen. »Schmeichle den Dorfbewohnern und tu, als wärst du ihr Kumpel, dann verkaufst du mehr Karten. Vielleicht haben Hilmar und ich doch mehr gemeinsam, als ich dachte.«

»Hilmar war nicht wie du. Aber am Anfang war es notwendig, sich einen Ruf aufzubauen. Bis ihn …« Diana folgte Lise in Hilmars Wagen.

»Ja, ja, verstehe. Bis ihn die Magie des Zirkus zu einem besseren Menschen machte. Besser, als ich es jetzt bin. Das ist doch sein Plan für mich, nicht wahr?«

»Du solltest dich auf die Vorstellung heute Abend konzentrieren.« Diana sah zu, wie Lise den Koffer öffnete und in den Kleiderstapeln wühlte.

Plötzlich stand Fillip in der Tür. »Nur noch zehn Stunden«, konstatierte er.

Lise wühlte ungerührt weiter. »Herzlichen Dank für die Erinnerung.«

»War mir ein Vergnügen. Wie ich höre, brummt der Vorverkauf?«

»Hast du nichts Besseres zu tun, als hier herumzulungern? Du solltest lieber deine Clownereien proben, denn eins kann ich dir versprechen.« Sie drehte sich um und sah ihm in die Augen. »Du wirst heute Abend auftreten. Du und alle anderen.«

20

Mit einem Joghurt in der Hand ging Fillip über den Platz. Er winkte Wolfgang und Dieter zu, die mit Kegeln unter den Armen zum Zelt gingen, und dem Trompeter, der sein Instrument mit einem Lappen polierte, während er auf einer Kochplatte sein Essen zubereitete. Schrille Probestöße bliesen den Dampf aus dem Kochtopf zum Nachbarwagen, wo der Tubaspieler neidisch von seinem Knäckebrot aufblickte. Fillip ging bis zu einem braunen Siebzigerjahre-Wohnwagen und klopfte an.

»Komm rein!«, antwortete Jacobi von innen.

Die Tür knarrte, und Fillip trat ein. Die Einrichtung entsprach dem Äußeren des Wagens. Diverse Brauntöne gingen in das Schwarz und Weiß des Sofas über, auf dem Jacobi saß. Auf dem Tisch vor ihm lag ein Blatt Papier, und er hielt einen Stift in der Hand. Fillip reichte ihm den Joghurt. »Du hast einen rauen Hals, habe ich gehört.«

»Danke, nett von dir. Mein Hals ist nicht rau, sondern wund. Ich habe versucht, eine Tastatur zu schlucken. Die Jugend von heute mag doch Computer, und ich wollte meine Nummer etwas aufpeppen. Ist nicht gut gelaufen, obwohl ich sie vorher zerteilt habe. Muss ein wenig warten, bis ich wieder essen kann.«

»Verstehe.« Fillip stellte den Joghurt in den Kühlschrank. Dann schaute er auf Jacobis Blatt. »Was machst du da? Feilst du an deiner Nummer?«

»Nein. Ich schreibe einen Lebenslauf. Zum ersten Mal in meinem Leben. Das Problem ist nur, dass es nichts gibt, was ich reinschreiben kann.«

»Warum schreibst du einen Lebenslauf? Du hast doch einen Job.«

»Aber wie lange noch?«

»Wegen Lise? Von der haben wir nichts zu befürchten, Jacobi.« Er legte die Hand auf Jacobis Schulter. »Sie wird es niemals schaffen, fünf Vorstellungen durchzuziehen.«

»Vielleicht nicht. Aber für uns Zirkusleute sieht die Zukunft auch so nicht gerade rosig aus. Wir verkaufen immer weniger Karten, wie du weißt. Hilmar hat immer versucht, uns zu beschützen, aber letztendlich verschwindet alles Alte, so ist es nun mal. Wir sind ein aussterbender Menschenschlag.«

Fillip dachte nach, während Jacobi auf das leere Blatt starrte. Dann schnappte er sich das Blatt, knüllte es zusammen wie einen Schneeball und warf es in den Papierkorb. »Du wirst keinen Lebenslauf brauchen, dafür werde ich sorgen.«

21

Weiße Holzhäuser aus den Fünfzigerjahren säumten die Straße, die Lise entlangfuhr. Hecken und Zäune grenzten die quadratischen Gärten voneinander ab, und in einem davon mühte sich ein alter Mann mit einem altmodischen Spindelmäher ab. Im Rückspiegel sah sie das letzte Plakat, das sie an einem Laternenpfahl befestigt hatte. Bislang hatte sie fünfundzwanzig Stück aufgehängt, aber noch mit keiner Seele geredet. Nun bremste sie, parkte vor dem Garten des alten Mannes und sah ihm zu. Dann zog sie das Telefon aus der Tasche und rief Vanja an.

»Hallo?«

»Hei, ich bin's, Lise. Hast du fünf Minuten Zeit?«

»Na klar. Was gibt's?«

»Weißt du noch, wie wir als Kinder Lose für den Turnverein verkauft haben?«

»Ja, ich war ungefähr zwölf, und du zehn. Ich habe die Lose verkauft, auch deine, während du auf dem Tretschlitten gesessen hast.«

»Du konntest schon immer besser mit Leuten reden. Du hast von den Gewinnen geschwärmt und ihnen das Geld aus der Tasche geschwatzt. Vielleicht kannst du mir jetzt ein paar Tipps geben?«

»Verkaufst du Lose?«

»Zirkuskarten. Für die Vorstellung heute Abend. Mein Onkel war offenbar ein zupackender Typ, der mit Hinz und Kunz geplaudert hat, wenn er für den Zirkus plakatiert hat. Er war bekannt wie ein bunter Hund. Das ist nicht so mein Ding, ich weiß nicht, was ich tun soll. Worüber soll ich mit den Leuten reden?«

»Er war beliebt, dein Onkel?«

»Ja, und wie.«

»Dann rede über ihn. Lass sie in Erinnerungen an die alten Tage schwelgen und ...«

Lise unterbrach sie: »Super Idee, Vanja! Ich ruf dich wieder an, jetzt muss ich los.« Sie legte auf, ehe Vanja antworten konnte, nahm ein Plakat und Schnur vom Rücksitz und stieg aus. An der Laterne nickte sie dem alten Mann freundlich zu. »Hei.«

Sein Gesicht leuchtete auf, als er sah, dass sie ein Zirkusplakat aufhängte. »Ja, ich habe gehört, dass der Zirkus Fandango in der Stadt ist.«

Lise trat einen Schritt zurück und betrachtete das Plakat. »Das stimmt. Die Vorstellung beginnt um sieben Uhr.«

Der alte Mann ließ die Mundwinkel fallen. »Mein Beileid. Ich war sehr traurig, als ich von Hilmars Tod hörte.«

»Kannten Sie ihn?«

»*Kannte?*« Das Lächeln war zurück. »Das kann man wohl sagen. Das erste Mal, als ich ihn traf, stand er in seinem goldenen Anzug genau da, wo du jetzt stehst, und hängte Plakate auf. Das muss über zwanzig Jahre her sein. Seitdem kam er fast jedes Jahr hier vorbei, und er hatte immer Zeit für ein Schwätzchen. Und wenn der Zirkus mal nicht in Valldal gastierte, schrieb er mir einen Brief und fragte, wie es uns ging. Als meine Frau letztes Jahr starb, rief er mich an und sprach mir sein Beileid aus. Mein Vater hat immer gesagt: *Alle kennen den Affen, aber der Affe kennt niemanden.*« Er zeigte auf das Nachbarhaus. »Aber Hilmar war nicht so. Er kannte jeden und kümmerte sich um jeden. Frag nur die Leute hier, sie werden das alle bestätigen.«

»Er war mein Onkel.« Die unmittelbare Anerkennung, die sich auf dem Gesicht des alten Mannes abzeichnete, verwirrte sie. Als bürge die bloße Verwandtschaft dafür, dass sie ebenfalls ein guter Mensch war!

»Du Glückliche. Und du arbeitest auch im Zirkus?«

Lise besann sich. »Ja, ich habe seinen Posten als Zirkusdirektor übernommen. Heute Abend ist meine allererste Vorstellung.« Sie versuchte, aufrichtig und gleichzeitig besorgt zu klingen. »Und vielleicht auch die wichtigste.«

»Warum denn?«

Sie befand sich im Endspurt, legte noch mehr Trauer in ihre Stimme. »Weil die Vorstellung Hilmar gewidmet ist. Wir treten zu seinen Ehren auf. Und ich bin ein bisschen nervös.« Sie schaute auf den Boden, tat bescheiden.

»Aber dazu gibt es doch keinen Grund?«

»Doch. Wir haben weniger als ein Drittel der Karten verkauft. Ein nicht mal halb volles Zelt wäre eine traurige Ehrung für Hilmar.«

Der alte Mann sah sie nachdenklich an. »Ja, das wäre wirklich traurig. Wir müssen etwas dagegen tun.«

Lise grinste innerlich, spielte aber weiter die Besorgte. »Das ist sehr nett von Ihnen, aber ich fürchte, es ist zu spät. Die Vorstellung beginnt in sieben Stunden.«

»Dann haben wir ja noch jede Menge Zeit.« Der Mann legte die Hand auf ihre Schulter. »Ich werde die Neuigkeit verbreiten und alle anrufen, die ich kenne. Mein Cousin in Stordal hat vierzehn Enkel, den werde ich auch anrufen. Außerdem gehe ich ins Altenwohnheim und sage allen Bewohnern Bescheid. Die haben bestimmt Lust auf etwas Abwechslung. Und Roger.«

»Roger?«

»Roger vom Lokalradio. Der ist zwar ziemlich verrückt, mit seiner modernen Jaulmusik, aber alle hören ihn hier, und wenn ich es ihm sage, wird er die Leute scharenweise zu Hilmars Gedenkvorstellung schicken. Mach dir keine Sorgen, alles wird gut.«

22

»Gedenkvorstellung?« Fillip stand in der Tür von Hilmars Wohnwagen.

»Ja, zu Ehren Hilmars.« Lise zwinkerte Diana zu, die mit Nadel und Faden auf dem Sofa saß und Hilmars goldenen Anzug umnähte. »Ist das nicht eine tolle Idee?«

»Aber … du hast ihn nicht einmal gekannt. Du kannst nicht so einfach entscheiden, dass wir eine Gedenkvorstellung machen, darauf sind wir nicht vorbereitet. Das sollten alle gemeinsam entscheiden.«

»Du willst also Hilmar nicht die Ehre erweisen?«

»Das habe ich nicht gesagt. Ich finde nur, dass …«

»Das spielt keine Rolle.« Glitter rieselte von dem Zylinder, als Lise ihn vom Tisch nahm und aufsetzte. »Ich bin der Zirkusdirektor. Verstanden? Der Verkauf brummt, wir sind so gut wie ausverkauft, also müsst ihr auftreten. Und weil ihr für Hilmar auftretet, erwarte ich, dass ihr es nicht verbockt.« Sie lächelte ihn an. »Das hattet ihr Schlauköpfe doch vor, oder? Den Auftritt so zu verkorksen, dass es sich in der ganzen Gegend herumspricht.«

Fillips Schweigen und sein finsterer Blick bestätigten ihren Verdacht. »Hab ich's mir doch gedacht. Ihr abgefeimten Schlitzohren!«

»Die nächste Vorstellung wird keine Gedenkvorstellung. Es wird überhaupt kein nächstes Mal geben.«

»Und warum nicht?«

»Noch zwei Stunden bis zur Vorstellung. Was hast du mit Lucille vor, willst du sie hypnotisieren?«

Lise versuchte, die Fassade zu wahren. »Ich werde dafür sorgen, dass Lucille auftritt. Kümmer du dich lieber um deinen eigenen Auftritt, anstatt hier dumm rumzustehen.«

»Nur eins noch.« Er zeigte auf den goldenen Anzug. »Näh ihn nicht zu sehr um. Er muss bald mir passen.« Fillip zwinkerte Lise zu und verschwand, ehe sie etwas sagen konnte.

Diana arbeitete konzentriert am Ärmel der Jacke und fragte ohne aufzuschauen: »Was hast du mit Lucille vor?«

»Vielleicht gar keine schlechte Idee mit Hypnose. Kannst du hypnotisieren? Du bist doch Weissagerin?«

»Nein, leider nicht.«

Lise lächelte sarkastisch. »Vielleicht kann ich es googeln. *Wie hypnotisiere ich einen Elefanten?* Bestimmt gibt es dazu ein YouTube-Video. *Elefantenhypnose für Dummies.*«

Sie schwiegen eine Weile, bis Diana von ihrer Arbeit aufschaute. »Das mit der Gedenkvorstellung war eine gute Idee.«

»Stimmt. Fillip hat nicht schlecht gestaunt, als er hörte, dass wir fast ausverkauft sind.«

»Ich denke nicht an den Kartenverkauf. Ich denke an Hilmar. Die Artisten wissen, warum du das getan hast, aber heute Abend werden sie es vergessen, aus Respekt vor Hilmar.«

»Zwei Fliegen auf einen Streich.«

»Und Hilmar zuliebe hoffe ich, dass du ihm auch den nötigen Respekt erweisen wirst. Und allen Menschen, die heute Abend kommen, weil sie ihn liebten.«

Lise war aufgestanden und schaute zur offenen Tür hinaus. »Hast du Angst, dass ich mich nicht benehme?«

»Was willst du sagen?«

»Worüber?«

»Du solltest ein paar Worte über Hilmar sagen, nachdem du das Publikum willkommen geheißen hast. Nicht viel. Ich weiß, dass er dir nichts bedeutet hat, aber du könntest erzählen, wie viel er den Artisten bedeutet hat. Und dem Publikum – und das Publikum ihm.«

»Könntest du das nicht übernehmen? Dir hat er wohl am meisten von allen bedeutet.«

»Ich? Nein …« Sie wischte sich eine Träne aus dem Augenwinkel. »Das ist zu viel für mich. Außerdem bist du die neue Zirkusdirektorin und seine einzige lebende Verwandte. Die Leute erwarten das von dir.«

»Dann muss ich wohl auch noch *Gedenkworte für Zirkusdirektoren* googeln.« Sie drehte sich um, aber die Trauer in Dianas Augen war so tief, dass sie sich gleich wieder abwendete. In den letzten Jahren hatte sie zu viele trauernde Menschen gesehen. Weinende Männer und Frauen, die sie nicht trösten konnte, weil sie der Grund für ihre Tränen war. Weil sie ihnen die Lebensgrundlage genommen hatte. Plötzlich verspürte sie einen Stich, dessen Ursache sie sich nicht erklären konnte, und sie wendete sich wieder Diana zu. »Keine Angst, ich werde Hilmar den nötigen Respekt erweisen.«

»Siehst du!«

»Was?«

»Der Zirkus hat dich schon verändert. Fillip hat unrecht, wenn er behauptet, du würdest dich nur um dich selbst scheren.«

»Ja, er hat mich schon verändert. Ich fange schon an, den Verstand zu verlieren. Und im Moment schere ich mich nur darum, wie ich Lucille heute Abend in die Manege bekomme.«

23

Die Schlange reichte vom Zelteingang über den ganzen Parkplatz. Während die Leute auf Einlass warteten, aßen sie Popcorn, Zuckerwatte und riesige Liebesäpfel. Wenige Meter vor dem Eingang saß Diana an einem runden Tisch. Sie trug ein schwarzes Kleid und ein schwarzes Kopftuch. Hinter ihr stand ein Schild.

DIANA LIEST DEINE ZUKUNFT –
NUR 50 KRONEN

Auf dem Tisch glitzerte eine Kristallkugel in der Sonne, aber der Stuhl auf der anderen Seite war leer.

Lise zog das Telefon aus der Tasche. Noch zwanzig Minuten bis Vorstellungsbeginn. Mit raschen Schritten ging sie um das Zelt herum zum Elefantengehege.

»Okay. Lass uns einen Deal machen.«

Lucille drehte ihr den Rücken zu und hob nur ganz leicht ein Ohr.

Lise trat vorsichtig näher heran. »Wenn du heute Abend auftrittst, bekommst du so viele Elefanten-Süßigkeiten, wie du nur essen kannst. Was auch immer. Wie wär's mit Äpfeln?«

Keine Reaktion.

»Kekse? Schokoriegel? Bist du eine Naschkatze, Lucille?«

Immer noch keine Reaktion.

Lise sah wieder auf die Uhr. »Zum Teufel, Lucille. Denk drüber nach, okay? Überleg es dir gut. So viel zu naschen, wie du willst. Das ist ein verdammt guter Deal.«

Sie drehte sich um und ging zum Hintereingang des Zeltes. Als sie Fillips Stimme hörte, blieb sie jäh stehen.

»Gebt euer Bestes!«, sagte er.

Sie spähte zwischen den Vorhängen durch. Fillip kniete auf dem Boden, die Arme um Wolfgangs und Jacobis Schultern. Die Artisten formten einen Kreis und senkten die Köpfe. Lise fühlte sich wie ein Spion oder ein Forscher, der eine bisher unbekannte Spezies im Dschungel entdeckt und Zeuge eines geheimen Rituals wird.

»Denn heute treten wir für Hilmar auf«, fuhr Fillip fort. »Heute gehört die Manege Hilmar, aber nicht bei der nächsten Vorstellung – wenn es eine gibt. Dann zeigen wir Lise Gundersen, wie viel Respekt wir vor *ihr* haben. Sie gehört nicht hierher. Sie ist keine von uns und wird es nie sein.«

Die anderen nickten still.

Plötzlich spürte Lise eine Hand auf ihrer Schulter. Es war Diana. »Jesus, hast du mich erschreckt. Du hättest dich wenigstens räuspern können.«

»Ich habe meine Kristallkugel eingepackt. Die Leute wollen nichts mehr von ihrer Zukunft wissen.«

»Dass sie einen großen, dunkelhaarigen Schönling kennenlernen, der ein Geheimnis hütet, und so? Dafür benutzen sie heute Dating-Apps, das sind die neuen Kristallkugeln. Meistens ist das Geheimnis sowieso lächerlich, es sei denn, du magst Typen, die Ninja-Sterne sammeln.«

»Auf jeden Fall wollen sie kein Geld mehr für Wahrsagerinnen ausgeben. Die Einzigen, die gekommen sind, waren ein paar Typen in Sandalen mit Tätowierungen und Ziegenbart, die Fotos mit mir machen wollten.«

»Hipster auf Selfie-Jagd?«

Diana schaute ebenfalls zwischen den Vorhängen

durch. »Hilmar musste sich am Anfang das Gleiche anhören. Dass er nicht zum Zirkus gehörte. Er hatte keine lange Ahnenreihe aus Zirkusleuten, wie die meisten da drinnen. Aber er gewann ihr Vertrauen durch sein Engagement und harte ...«

»Ich habe keine Zeit für noch eine inspirierende Hilmar-Anekdote, okay? In fünf Minuten wird das Publikum hereingelassen, und ich muss mich umziehen.« Sie lief hinaus zu Hilmars Wagen.

Eine Viertelstunde später stand Lise in Hilmars goldenem Anzug vor dem Spiegel. Sie sah aus, als hätte man sie entführt, mit Drogen vollgepumpt und in ein psychedelisches Musical aus den Siebzigern verschleppt. »Was zum Teufel tust du da, Lise?«, fragte sie. Ihr Spiegelbild sah sie fragend an, doch in diesem Moment klopfte es an der Tür.

»Ja?«

»Es ist so weit«, rief Diana von draußen.

Lise starrte sich kurz in die Augen, dann öffnete sie die Tür und trat hinaus.

»Bereit? Du siehst gut aus«, sagte Diana auf dem Weg zum Zelt.

»Ja, wie aus dem Ei gepellt.« Sie sah an sich selbst hinab. »Einem goldenen Osterei.«

Lise war nie nervös, wenn sie auf Versammlungen redete, weil sie stets dafür sorgte, dass sie ihr Publikum kannte. So wusste sie immer, welche Knöpfe sie drücken musste. Aber dort drinnen saßen keine Investoren, Firmenbesitzer, Aktionäre oder Betriebsleiter, sondern ein Haufen unbekannter Menschen aus den unterschiedlichsten Schichten. Bei dem Gedanken, dass ihr die Kontrolle entgleiten könnte, drehte sich ihr der Magen um.

»Wie läuft das ab? Soll ich einfach in die Manege gehen und drauflosreden?«

»Du wartest bis zum Trommelwirbel, dann gehst du rein.«

Im Vorbeigehen warf Lise einen Blick auf Lucille. »Gummibärchen, Lucille? Oder Erdnüsse? So viele du willst, okay?« Sie gingen weiter ins Zelt, wo alle Artisten in ihren Kostümen hinter dem Vorhang warteten. Sie ignorierten Lise, die wortlos an ihnen vorbeiging und das Mikrofon vom Stativ nahm.

Totale Stille senkte sich über das Zelt. Lise blickte über die Schulter und sah, dass Diana aufmunternd nickte. Wie eine Maschinengewehrsalve brach in der Manege ein lauter Trommelwirbel los. Die Artisten traten zur Seite, dann ging der Vorhang auf, und die Trommel verstummte. Ehe sie das Publikum richtig sehen konnte, wurden drei blendende Scheinwerfer auf sie gerichtet. Sie hielt die Hand über die Augen und sah, dass die Tribünen vollbesetzt waren. Aber alle saßen stumm und starr auf ihren Plätzen. Es war wie ein Wachsfigurenkabinett aus fünfhundert Dorfbewohnern. Lise biss die Zähne zusammen und trat in die Mitte der Manege.

Jetzt hingen die Scheinwerfer direkt über ihr. Die Krempe des Zylinders beschattete ihr Gesicht, und sie sah die Erwartung in den Gesichtern. Sie hob das Mikrofon. »Hei ...«

Das Publikum blieb versteinert. Verzweifelt drehte sie sich zu Diana um, die unter der Orchestertribüne stand und mit den Lippen den Namen *Hilmar* formte.

Lise zögerte kurz, dann wandte sie sich wieder ans Publikum: »Wir widmen diese Vorstellung Hilmar, der ...«

Kaum hatte sie den Namen ausgesprochen, tobte der Applaus auf den Rängen.

Der Knoten in ihrem Magen löste sich. Sie hob die Hand und fuhr fort: »Hilmar, der mein Onkel war.«

Der Applaus verklang, und die Leute hörten ihr zu.

»Die meisten hier im Zelt kannten ihn, und er kannte die meisten von euch.« Wieder musste sie die Hand heben, um den Applaus zu bremsen. »Er war ein Teil eures Lebens und machte euch zu einem Teil seines Lebens. Heute Abend wollen wir ihn ehren, und ich will damit beginnen, dass ich die Artisten in der Manege willkommen heiße.« Sie drehte sich um und sah Fillips verwirrten Blick. Alle sahen einander ratlos an. »Eine Runde Applaus für unsere Künstler!«

Im Vorbeigehen zischte Fillip leise: »Was tust du da?«

»Wir wollten doch Hilmar ehren.«

»Zirkusartisten betreten nie die Manege, bevor sie auftreten. Das bringt Unglück!«

»Ja, ja. Ich habe sogar eine schwarze Katze gesehen. Und der Weihnachtsmann kommt auch zur Vorstellung, also sei ein lieber Clown und tu, was ich sage.«

Fillips Augen funkelten, aber er stellte sich zu den anderen.

Lise hob wieder das Mikrofon. »Und nun möchte ich Sie um eine Minute Stille bitten, für …« Sie hielt ein und dachte nach. »Nein, das möchte ich nicht … Ich glaube, Hilmar mochte den Applaus lieber. Und die Freude seines Publikums. Deshalb möchte ich lieber um ein Minute Jubel bitten.«

Diana, die zuerst enttäuscht ausgesehen hatte, brach in Freudentränen aus, als das Publikum klatschte und jauchzte.

Als die Minute vorüber war, bedeutete Lise den Artisten, die Manege wieder zu verlassen, und der Jubel legte sich. Sie stand wieder allein im Licht der Scheinwerfer.

»Und jetzt, meine Damen und Herren, begrüßen Sie ...« Sie zog einen Zettel aus der Brusttasche. »Den großen gastronomischen Akrobaten: Jacobi Montebleu!«

Unter leiserem Applaus betrat Jacobi die Manege. Lise zog sich zurück, bemerkte die Angel in Jacobis Hand und schüttelte sich bei dem Gedanken, was er damit tun würde.

»Du bist ganz die Nichte deines Onkels«, sagte Diana lächelnd.

»Wie meinst du das?«

»Wie selbstverständlich du mit dem Publikum redest. Das ist nicht allen vergönnt. Sah aus, als hätte es dir gefallen.«

»Gefallen?« Lise lupfte den Zylinder. »Du glaubst, es gefällt mir, im Willy-Wonka-Kostüm da draußen zu stehen und mich vor fünfhundert Leuten zum Narren zu machen?«

»Ja, so sah es aus. Und es sah aus, als würden die Leute dich auch mögen.«

»Vielleicht habe ich mich ein bisschen von dem Applaus mitreißen lassen, das habe ich noch nie erlebt. Es war irgendwie ...«

»Stark.«

»Vielleicht. Aber ...« Das Publikum klatschte erneut, und Lise spähte zwischen den Vorhängen hindurch.

Jacobi verbeugte sich, und das Klatschen verstummte. Dann kniete er sich auf ein Bein, hob die Angel und öffnete den Mund. Ein Trommelwirbel schallte von der Orchestertribüne, als er die Angel langsam in den Hals steckte, bis nur noch die Hälfte herausschaute. Dann ließ er sie los und hob beide Arme.

Lise krümmte sich bei dem Anblick, schluckte und wendete sich ab. »Ich muss schon vom Zusehen fast kotzen«, sagte sie und zeigte mit dem Daumen über die

Schulter. »Da gibt es nichts, was mir gefällt. Glaub mir. Absolut nichts.«

Nach der Nummer mit der Angel zog Jacobi ein Handy aus der Tasche, das an einer kaum sichtbaren Schnur befestigt war. In derselben, halb knienden Positur steckte er es in den Mund und schluckte. Dann ging er zu einer Frau im Publikum und fragte: »Entschuldigung, darf ich mal Ihr Telefon benutzen?«

Die Frau zögerte.

Mit einem berückenden Lächeln strich er sich über die Lippen, als würde er einen Reißverschluss zuziehen. »Keine Angst, ich werde es nicht essen. Aber, wissen Sie, ich habe meines verloren und möchte es anrufen.« Die Frau gab ihm ihr Telefon, er verbeugte sich zum Dank und wählte seine Nummer. Dann hob er den Zeigefinger an die Lippen und vollführte eine Drehung.

Es war mucksmäuschenstill, und plötzlich erklang ein Klingelton aus Jacobis Bauch: *La cucaracha, la cucaracha, ya no puede caminar…*

Lise konnte sich ein Lächeln nicht verkneifen.

Unter lautem Applaus zog Jacobi sein Handy wieder aus dem Hals, gab der Frau das geliehene Telefon zurück und verbeugte sich tief.

Auf der anderen Seite schob Fillip ein Stativ mit verschiedenen Schwertern in die Manege. Jacobi zeigte auf das Sortiment. »Und nun, meine Damen und Herren …« Er war so stolz, dass seine Stimme zitterte. »… habe ich die Ehre, den gefährlichsten Trick vorzuführen, den die Manege je gesehen hat.«

Während er redete, nahm er das kürzeste Schwert aus dem Stativ, zog ein seidenes Taschentuch aus der Brusttasche und warf es in die Luft. Dann fing er es mit der Schwertklinge auf, sodass es entzweigeschnitten wurde.

Die Begeisterung hielt sich in Grenzen. Während das Schwert unter Trommelwirbeln immer tiefer in Jacobis Hals verschwand, sagte Diana: »So ist das heute, leider. Die Leute wollen ständig etwas Neues, was sie noch nicht gesehen haben. Sie haben keinen Sinn mehr für Tradition. Vieles wird verloren gehen, fürchte ich.«

Ein zweites, längeres Schwert verschwand unter noch lauterem Trommelwirbel in Jacobis Hals, ebenso das dritte und längste, aber der Applaus war bescheiden. Jacobi verbeugte sich und schlurfte mit hängendem Kopf aus der Manege.

Lise holte tief Luft, trat wieder in die Manege und hob das Mikrofon. »Nun ist es Zeit, die fantastischen Heine-Brüder willkommen zu heißen!«

Der Vorhang ging auf, und Wolfgang kam auf einem Einrad in die Manege geradelt. Auf seinen Schultern stand Dieter und jonglierte mit zwei Kegeln. Wolfgang zog einen dritten Kegel aus einer Halterung am Fahrrad und warf ihn zu Dieter hinauf, dann noch einen und noch einen, während er im Kreis durch die Manege radelte. Doch selbst beim achten Kegel reagierte das Publikum nur mit höflichem Applaus; die Begeisterung hielt sich in Grenzen.

Dieter gab Wolfgang ein Zeichen, worauf dieser zwei Augenbinden aus der Tasche zog. Eine band er sich im Fahren um, die zweite gab er Dieter, der die Kegel höher in die Luft warf und sich blitzschnell die Binde umlegte. Trommelwirbel – Wolfgang warf noch einen Kegel zu Dieter hinauf, der blind weiterjonglierte. Doch auch beim zehnten Kegel blieb der Applaus gedämpft. Sie schlossen die Nummer ab, indem Dieter die Kegel immer höher warf und von Wolfgangs Schultern sprang. Dieser sprang ebenfalls vom Fahrrad, stellte sich neben ihn, und dann fing jeder von ihnen fünf Kegel auf, noch immer mit verbundenen Augen. Sie nahmen die Binden ab und verbeugten sich tief.

Zu Lises Erstaunen hielt der Applaus nicht lange an. Damals, als sie mit Vanja Zirkus spielte, hatte sie einmal versucht zu jonglieren, aber schon zwei Apfelsinen waren schwierig. Die Flecken auf dem Teppich hatten ihnen eine Woche Stubenarrest eingebracht.

Wolfgang und Dieter verließen die Manege ebenso kleinlaut wie Jacobi.

Als Lise wieder hineinging, war Tatjana schon auf ihrem Platz hoch oben im Gestänge. Mit der Schaukel in den Händen sah sie auf Lise hinab. »Und jetzt, meine Damen und Herren, Tatjana, die Königin der Lüfte!«

Tatjana sprang von ihrem Absatz und sauste über das Publikum. In der Mitte der Manege ließ sie die Schaukel los und schwebte frei durch die Luft. Lise zuckte zusammen. Als Tatjana die zweite Schaukel ergriff, die ihr entgegenschwang, keuchte Lise: »Ohne Netz? Das ist doch verrückt!«

»Nein, ist es nicht«, antwortete Diana. »Obwohl es mir auch lieber wäre, wenn sie eines benutzen würde.«

Tatjana holte Schwung, ließ die Schaukel erneut los und vollführte einen Salto rückwärts, ehe sie die zweite Schaukel ergriff.

Das Publikum reagierte weiterhin verhalten. Diana zeigte auf die Tribünen. »Jeden Abend, wenn diese Leute auf ihren Sofas sitzen und fernsehen, trainiert Tatjana, bis sie Krämpfe bekommt. Und jeden Morgen, wenn diese Leute noch schlafen, geht sie im Kopf die Routine durch, wieder und wieder, bis alles zum Reflex wird. Bis ihr Körper von selbst weiß, was er zu tun hat. Das ist knallharte Arbeit. Hingabe – nicht Verrücktheit.« Tatjana vollführte einen doppelten Rückwärtssalto. »Aber das wissen diese Leute nicht. Sie wissen nicht, wie schwer das alles ist, und wie gefährlich. Das hat Tatjana dazu gebracht, ohne Netz aufzutreten.«

Sie sahen schweigend zu, wie Tatjana mit einem doppelten Salto mortale vorwärts abschloss. Auf dem kleinen Absatz nahm sie den lauwarmen Applaus entgegen, bis die Scheinwerfer wieder auf die Manege gerichtet wurden und sie allein hoch oben im Dunkeln stand.

Lise trat ins Licht. »Und jetzt, meine Damen und Herren, Applaus für … Miranda und ihre magischen Kaninchen.« Der Enthusiasmus in ihrer Stimme war nun ebenfalls gedämpft. Auf dem Weg hinter den Vorhang mied sie Mirandas Blick.

Jacobi und Wolfgang schoben eine große Holzkiste in die Manege, gefolgt von Miranda mit Zylinder und Zauberstab. Sie stellte den Zylinder auf die Kiste, schwang den Zauberstab und zog ein Kaninchen nach dem anderen heraus.

Lise beobachtete das Publikum. Viele zogen ihre Telefone aus der Tasche. »Scheinbar reißt der gute alte Kaninchentrick niemanden mehr vom Hocker«, sagte sie zu Diana.

»Wart's ab.«

Nachdem die Kaninchen ein paar Runden auf einer Hindernisbahn gedreht hatten, schwang Miranda erneut den Zauberstab. Ein Kaninchen sprang auf die Kiste, und sie stülpte den Zylinder über das Tier. Ein Trommelwirbel erklang, sie schnippte den Hut mit dem Stab in die Höhe und fing ihn auf. Das Kaninchen war rosa.

»Das ist ja …« Lise war verblüfft. »Wie hat sie das gemacht?«

»Magie.«

Lise rollte mit den Augen und betrachtete wieder das Publikum. Die meisten waren zu beschäftigt mit ihren Telefonen, um überhaupt zu bemerken, was in der Manege vor sich ging. Selbst als das nächste Kaninchen auf die Kiste sprang und neongrün unter dem Zylinder hervorkam, gab es nur vereinzelten Applaus. Dasselbe wiederholte sich in verschiedenen Farben, bis Miranda die Nummer abschloss, indem alle Kaninchen zu einer ziemlich schrägen Version von Rihannas *Take a Bow* auf den Hinterbeinen tanzten. Dann verbeugten sie sich, hüpften eines nach dem anderen in den Zylinder und waren verschwunden.

Der spärliche Applaus war rasch vorbei. Lise machte sich bereit, aber Diana legte ihr die Hand auf die Schulter.

»Du brauchst Fillip nicht vorzustellen.«

»Warum nicht? Will er nicht auftreten? Das ist Vertragsbruch!«

Diana unterbrach sie. »Miranda stellt ihn vor. Sie haben ihre Routine.«

In der Manege stellte Miranda den Zylinder wieder auf die Kiste. Sie zog ein knalloranges Kaninchen heraus, schüttelte den Kopf und steckte es wieder hinein. Dann zog sie ein gelbes hervor, schüttelte wieder den Kopf und stopfte es zurück. Beim dritten Versuch tat sie, als ob etwas nicht stimmte. Scheinbar ratlos wühlte sie in dem Zylinder, bis sie etwas gefunden hatte und mühsam zu ziehen begann. Schließlich verlor sie die Geduld und nahm beide Hände. Da erschien Fillips Kopf, den sie an der roten Pappnase gepackt hatte. Miranda zog weiter, bis sie von der Kraftanstrengung auf den Rücken fiel und Fillip im Clownkostüm aus der Kiste poppte, mit Mirandas Zylinder auf dem Kopf. Fillip stand auf und wankte wie betrunken, dann tat er furchtbar erschrocken, als er das Publikum sah. Er griff sich ans Herz und atmete schwer.

Die älteren Zuschauer schmunzelten und klatschten. Fillip verbeugte sich tief, half Miranda auf die Beine und gab ihr den Zylinder zurück.

Lise bemerkte, wie er Miranda ansah, ehe sie die Manege verließ und alle Kaninchen hinterherhoppelten. *Das ist mehr als Kollegialität*, dachte sie und ärgerte sich über sich selbst. Dann bemerkte sie noch mehr. Sie erkannte die Glut in Fillips Augen und die Freude in seinem Gesicht, als er mit voller Konzentration vor zwei Kindern stand, die in der ersten Reihe saßen.

Mit einem albernen Lächeln bohrte er sich in der Nase, schnitt eine entsetzte Grimasse, als hätte er etwas gefunden, und zog eine Miniaturtrompete heraus. Die beiden Kinder glotzten teilnahmslos zu ihm auf, dann wendeten sie sich wieder ihren Telefonen zu. Für den Bruchteil einer Sekunde sah Fillip aus, als wolle ihn die Wut packen, doch er beherrschte sich und machte weiter. Er hielt sich ein Nasenloch zu, hob die Trompete an das andere und blies hinein. Er tanzte zu der schrägen Melodie, als hätte ihn eine Wespe in den Hintern gestochen.

Die zwei Kinder waren so teilnahmslos wie zuvor.

»Früher waren die Clowns der Höhepunkt, aber diese Kinder sind derart vielen Reizen ausgesetzt, dass sie die wahren Dinge nicht mehr zu schätzen wissen. Das ist traurig«, sagte Diana.

Lise antwortete nicht, sondern beobachtete Fillip, der vergeblich versuchte, die Aufmerksamkeit der Kinder zu erheischen. Es war, als wäre er der einzige Mensch im ganzen Zirkuszelt und trete nur für sich selbst auf. Doch dann sah er Diana an, der Tränen über die Wangen kullerten, und Lise verstand, dass dies nicht der Fall war. Er trat für Hilmar auf. Lise schluckte. Sie räusperte sich, während Fillip sich verbeugte und den bescheidenen Applaus entgegennahm.

Als er an ihr vorbeiging, sah er auf den Boden. Lise hatte das Bedürfnis, ihn zu trösten, doch stattdessen trat sie wieder ins Scheinwerferlicht und hob das Mikrofon. »Und nun ist es an der Zeit, eine Trampolin-Legende willkommen zu heißen ...« Unter der Orchestertribüne wärmte sich Reidar auf. Sein Trikot war so eng, dass jede Ader sich wie auf einer topografischen Karte unter dem Stoff abzeichnete. »Meine Damen und Herren – Reidar!«

Reidar versuchte, in die Manege zu spurten, aber seine Bewegungen waren steif und träge. Er schleppte sich auf das Trampolin und verbeugte sich. Dann sprang er an und stieg mit jedem Satz höher in die Luft.

Jedes Mal, wenn seine klapprigen Beine auf das Trampolin trafen, dachte Lise, sie würden einknicken, und sie musste den Blick abwenden. Doch Reidars Beine hielten, und er schraubte sich höher und höher. Beim ersten stocksteifen Salto vorwärts war Lise sicher, dass die Nummer ein bitteres Ende nehmen würde, aber es folgte ein doppelter Salto rückwärts. Selbst das Publikum starrte ungläubig den einundneunzigjährigen Mann an.

Lise flüsterte Diana zu: »Ich muss raus, um Lucille zu überreden. Kannst du uns dann vorstellen?«

Diana nickte.

Als Lise durch den Hinterausgang schlüpfte, rief Fillip ihr nach: »Viel Glück!«

Sie ignorierte ihn und ging weiter zum Elefantengehege. Die Abendsonne stand tief über den Bergen auf der anderen Seite des Fjords. Lucille stand mit dem Kopf zum Zelt, als wolle sie hören, was darin vor sich ging. Respektvoll hielt Lise Abstand. »Du bist bald dran.«

Lucille wedelte mit dem Rüssel, ohne sie groß zu beachten.

»Komm schön brav mit in die Manege und mach dein Ding, ja? Nur zehn Minuten, dann darfst du wieder zurück und kannst weitertrauern, okay? Was meinst du?«

Aus der Manege tönte Dianas Stimme: »Einen großen Applaus für den fantastischen Reidar!« Das Publikum klatschte, und Lucille hob ein Ohr.

»Das gefällt dir, was? Der Applaus? Gib's schon zu. Ein bisschen Stolz hat noch nie geschadet. Wenn du jetzt mit mir kommst, wirst *du* den Applaus ernten.«

Lise lockte und klopfte sich auf den Oberschenkel, als wäre Lucille ein Hund. »Bei Fuß! Komm!«

Aber Lucille rührt sich nicht. *Wirklich?*, schien sie zu sagen und sah Lise an.

Die Zeit drängte. »Verdammt, Lucille. Wir müssen uns beeilen. Wir Frauen müssen doch zusammenhalten. Zeig ein bisschen Girlpower.«

Lucille drehte sich um.

Lise seufzte. »Okay, scheiß drauf. Scheiß auf alles. Du bleibst hier stehen und schmollst, und ich fahre heim nach Oslo und vergesse deine Sauermiene, den ganzen Zirkus und Hilmar.«

Als Lucille Hilmars Namen hörte, drehte sie sich um und sah Lise an.

»Hilmar?«, wiederholte Lise. Lucille hob beide Ohren an und prustete durch den Rüssel. »Ja, heute Abend trittst du für Hilmar auf, nicht für mich.«

Lucille kam ein paar Schritte näher, und Lise ging vorsichtig rückwärts in Richtung des Zeltes.

»Das ist Hilmars Gedenkvorstellung. Habe ich das

nicht gesagt? Die Leute sind Hilmar zu Ehren gekommen, auch die Artisten, und er hätte bestimmt gewollt, dass du auch mitmachst, also solltest du vielleicht …«

Lucille antwortete, indem sie entschlossen auf das Zelt zutrampelte.

Lise trat zur Seite und folgte ihr in sicherem Abstand. »Okay, gut …«

Lucille trottete ins Zelt, wo die anderen Artisten große Augen machten und ebenfalls zur Seite traten.

Lise rief ihr hinterher: »Stopp, Lucille! Warte, bis …«

Wenige Zentimeter vor dem Vorhang blieb Lucille stehen.

Lise stellte sich neben sie. Sie tauschten einen kurzen Blick aus. »Braves Mädchen!«

Diana streckte den Kopf zwischen den Vorhängen durch und lächelte breit. »Ich wusste, dass du es schaffen würdest«, flüsterte sie.

»Noch habe ich gar nichts geschafft. Ich habe nicht die geringste Ahnung, was ich da drinnen mit ihr tun soll.«

»Mach dir keine Sorgen. Lucille kann das selbst. Du musst nur dabeistehen, damit sie nicht alleine ist.« Dianas Kopf verschwand, und gleich darauf tönte ihre Stimme über die Lautsprecher: »Und nun, meine Damen und Herren, habe ich die Ehre, Ihnen Lucille anzukündigen – die Königin von Indien!«

Lucille sah auf Lise herab, die mit den Schultern zuckte, dann schob sie den Vorhang mit dem Rüssel auf und schritt andächtig in die Manege.

Das Publikum verstummte auf der Stelle. Das Trampolin war weggeräumt, in der Mitte der Manege stand der Elefantenschemel. Lucille drehte zuerst eine Runde am Rand, Lise trottete ihr hinterher.

Vor einer Loge blieb Lucille stehen und streckte den

Rüssel zu einem Mann, der vor Schreck erstarrte. Er hielt eine Zuckerwatte in der Hand.

Lise dachte, der Elefant wolle den Mann emporheben und zerschmettern, und lief hinzu, aber Lucille schubste sie mit einem eleganten Hüftschwung zur Seite. Dann nahm sie dem Mann die Zuckerwatte ab und gab sie einem kleinen Jungen, der neben ihm saß. Das Publikum lachte schallend.

Lucille ging in die Knie, um sich zu verneigen, und der Jubel wurde lauter. Dann stand sie auf und vollendete die Runde, ehe sie in die Mitte ging und die Vorderbeine auf den Schemel stellte. Sie schaukelte hin und her, bis sie das Gleichgewicht fand und sich ganz auf die Hinterbeine stellte. So drehte sie sich auf der Stelle und winkte dem Publikum mit den Vorderbeinen zu.

Lise staunte über das massige Tier und über sich selbst. Im Augenwinkel sah sie Fillip, der kopfschüttelnd neben Diana stand. Die beiden konnten es kaum fassen.

24

Bunte Spitztüten, abgelutschte Holzstiele und Popcorn lagen auf den Rängen verstreut – ein Fest für die Vögel, wenn der Zirkus am nächsten Vormittag abreiste.

Nachdem Lucille die Manege verlassen hatte, hatte Diana alle Artisten hereingerufen, um den Schlussapplaus entgegenzunehmen. Nun saß Lise allein auf dem Elefantenschemel mitten in der Manege. Von draußen hörte sie das Gelächter und die Rufe der Zirkusleute, die unten am Fjord um ein Lagerfeuer saßen und die Vorstellung feierten. Sie hatten sie nicht gefragt, ob sie mitkommen wollte. Aber sie hätte sowieso Nein gesagt.

Das erste Projekt, für das Børge ihr die Verantwortung übertragen hatte, war eine Fischveredelungsfabrik in Nordnorwegen gewesen, die rote Zahlen schrieb. Sie gehörte einer Kaufmannsfamilie, die seit dem 18. Jahrhundert mit Fisch handelte. Trotz mehrerer Angebote eines Trawler-Konzerns aus Sunnmøre weigerten sie sich zu verkaufen, weil sie befürchteten, die Küstenfischerei dadurch noch mehr zu schwächen. Sie dachten an die Fischer, die ihre Lebensgrundlage Stück für Stück verloren. Børge entwarf ein Kaufangebot mit einem glaubwürdigen Vorschlag zur Fortsetzung des Betriebs nach den Vorstellungen der Besitzer und schickte Lise nach Norden.

Die Besitzer öffneten ihr alle Türen. Sie genoss zwei Wochen lang ihre Gastfreundschaft und reiste mit einem unterschriebenen Kaufvertrag im Koffer nach Oslo zurück. Lise freute sich, dass sie diesen warmherzigen Menschen einen Ausweg bieten konnte.

Børge war höchst zufrieden. Nachdem er sie gelobt hatte, zeigte er ihr eine kaum verständliche Klausel in dem Vertrag, die besagte, dass er die Fabrik nach eigenem Gutdünken verkaufen konnte, wenn der weitere Betrieb wirtschaftlich nicht tragfähig sein sollte. In Sunnmøre hingegen sei ein großer Konzern zur Übernahme bereit, um sich lukrative Fangquoten für seine Trawler im Norden zu sichern.

Lise war fassungslos. Wie konnte er sie nur so missbrauchen? Er sagte, er habe es verschwiegen, damit sie den Deal unvorbelastet angehen konnte. Ihre nächste Aufgabe sei, zu den ehemaligen Besitzern zurückzufahren und ihnen zu erklären, dass die Fabrik verkauft werden sollte. Das könne er vergessen, antwortete sie und drohte mit der sofortigen Kündigung. »Bitte«, sagte Børge. »Du kannst kündigen und die Welt retten.« Dann schrieb er etwas auf einen gelben Post-it-Zettel und gab ihn ihr. »Oder du fliegst nach Nordnorwegen und überbringst jemandem, mit dem du nie wieder zu tun haben wirst, eine einfache Nachricht. Dann fliegst du heim und checkst deinen Kontostand.« Die Summe auf dem Zettel war höher als ein Jahresgehalt ihres Vaters. »Wenn das Alte dem Neuen im Weg steht, geht es immer gleich aus«, sagte Børge. »Das gilt für alle Gesellschaften und Technologien. Auch für Fischfabriken in Nordnorwegen. Wir können das nicht ändern, es ist größer als wir. Letztendlich geht es ums Überleben, also warum nicht gleich ein wenig eigennützig sein. Das hat nichts mit Betrug oder Ungerechtigkeit zu tun, die Welt funktioniert nun mal so. Fressen oder gefressen werden.«

Ob es mehr wegen des Geldes oder wegen Børges Sündenerlass war, wusste Lise nicht, aber sie flog zurück zu der Kaufmannsfamilie. Dort wurden ihre schlimmsten

Befürchtungen bestätigt. Sie reagierten heftig, aber anders, als Lise erwartet hatte. Keine Wutausbrüche, keine Beschimpfungen, nur pechschwarze, apathische Niederlage – als sei die Welt exakt so, wie Børge sagte.

Und bald wurde sie auch für Lise so, was die Dinge einfacher machte. Sie beschloss, sich nie wieder persönlich involvieren zu lassen und nie wieder am Leben von Menschen teilzuhaben, die von ihrer Arbeit betroffen waren. Ebenso würde sie die anderen nicht an ihrem eigenen Leben teilhaben lassen.

Der goldene Anzug hing im Schrank in Hilmars Wagen. Lise war direkt nach der Vorstellung dorthin gegangen. Das Erlebnis mit Lucille in der Manege hatte überraschend stark auf sie gewirkt. Sie konnte nicht leugnen, dass sie eine innere Freude verspürte, doch das sollten die anderen nicht merken. Erst als die Manege leer war, war sie zurückgekehrt. Um sich selbst davon zu überzeugen, dass die Freude daher rührte, ihrem Ziel eine Vorstellung näher gekommen zu sein.

25

»Børge?«
Børges Gabel war nur einen Zentimeter von dem braisierten Ochsenschwanz mit Trompetenpfifferlingen und Thymian entfernt, als er die Stimme hinter sich hörte. Der Gesichtsausdruck der zwei Geschäftsleute, die ihm gegenübersaßen, ließ ihn das Schlimmste befürchten.

Er drehte sich um und sah den Kopf eines Mannes, der aus einem massiven, roten Herz herausschaute. Die Hände, die links und rechts aus Löchern ragten, versuchten verzweifelt, die Balance zu halten. Er schwankte auf seinen dünnen Beinen, die in schwarzen Strumpfhosen steckten.

Børge sah die Geschäftsleute an und stand auf. »Entschuldigen Sie mich bitte einen Augenblick«, sagte er und führte den Mann im Herzkostüm vom Tisch.

Auf dem Weg ins Foyer stieß das breite Herz gegen etliche Tische und Gäste. Bei der Garderobe blieben sie stehen. Der ernsthafte Gesichtsausdruck des Mannes stand in absurdem Kontrast zu dem lächerlichen Kostüm. Børge holte tief Luft. »Ich nehme an, dass Mogens Interesse an dem Zirkus hat, weil er sein Herz schickt?«

»Nein.«

»Nein? Dann schickt er dich, um zu sagen, dass er kein Interesse hat? Hierher? Während ich mit zwei wichtigen Klienten am Tisch sitze. Das ist doch die ...«

Der Mann schüttelte das gesamte Kostüm und stieß beinahe einen Kellner um, der mit einem Stapel Tabletts vorbeilief. »Mogens ist nicht interessiert. Wenn er nur interessiert wäre, hätte er sein Gehirn geschickt. Aber wenn Gefühle dabei sind, schickt er natürlich sein Herz.«

»Natürlich. Welche … Gefühle?«

»Für den Zirkus.«

»Dann hat er also Inter…« Børge besann sich. »Dann hat er also Gefühle für den Zirkus?«

»In einem Herzen ist Platz für vieles: Liebe, Hass, Stolz, Wut, Besessenheit, Neugier, Verliebtheit. Im Augenblick ist es Neugier. Die durchaus zu Verliebtheit führen kann.«

»Gut! Dann passt es ja, dass ich ein verdammt guter Kuppler bin.«

Wieder schüttelte der Herzmann den ganzen Körper. »Du solltest das lieber ernst nehmen. Keiner spielt mit Mogens' Herz.«

Børge hielt die Handflächen in die Höhe. »Nein … ja. Natürlich tu ich das. Ihn ernst nehmen, meine ich. Ich käme nie auf den Gedanken, mit Mogens' Herz zu spielen.«

Der Herzmann schwieg und musterte ihn. »Sein Gehirn wird dich anrufen und dir ein paar Fragen stellen. Wenn die Antworten richtig sind, wird es ein Treffen zwischen dir und Mogens vereinbaren. Zunächst jedoch braucht sein Herz die Antwort auf eine Frage: Kannst du garantieren, dass der Elefant inklusive ist?«

26

Ein warmer Wind blies die Wolken nach Nordosten und enthüllte den Vollmond, der einen silbernen Schimmer über das Zirkuszelt warf, nur unterbrochen von dem dunklen Spalt am Eingang, als Lise das Zelttuch zur Seite schob und hinaustrat.

Auf dem Weg zu Hilmars Wagen sah sie, wie Lucille den Rüssel hob, und ging zu ihr. »Du bist doch hoffentlich kein Wer-Elefant?« Sie zeigte auf den Mond. »Dicht behaart wie ein Mammut mit Hormonstörungen und mit doppelt so großen Stoßzähnen? Dann brichst du aus und verwüstest das Dorf ...«

Lucille antwortete mit einem Schnauben.

»Gut. Das hätte gerade noch gefehlt.« Sie trat ein paar Schritte näher heran. »Heute Abend, da drinnen ... Hättest du mir vor ein paar Wochen gesagt, dass ich als Zirkusdirektorin in einer Manege stehen würde, ich hätte die Männer im weißen Kittel angerufen, um dich zu holen. Obwohl sie kaum Zwangsjacken in deiner Größe auf Vorrat haben dürften.«

Lucille sah sie an.

Lise zuckte mit den Schultern. »Jetzt kann ich das tatsächlich in meinen Lebenslauf schreiben. Dank dir, muss ich sagen.«

Lucille hob den Rüssel und wedelte mit den Ohren.

»Okay, okay. Bilde dir bloß nicht zu viel darauf ein. Aber heute Abend hast du mich gerettet, Lucille. Jetzt darf ich weiter Zirkusdirektorin spielen.«

»Und darüber würde Hilmar sich sehr freuen!« Zwischen zwei Lastwagen trat Diana aus der Dunkelheit. In der Hand hielt sie einen weißen Briefumschlag. »Bitte schön.« Sie gab ihn Lise und trat ein paar Schritte zurück. »Der ist von Hilmar. Er hat dir fünf Briefe geschrieben, einen für jede Vorstellung. Lies ihn in Ruhe durch.« Diana verschwand wieder im Dunkeln.

Als Lise den Umschlag öffnete, kam Lucille näher. »Okay. Möchtest du hören, was Hilmar schreibt?«
Lucille schnaubte.

Lise zog ein handgeschriebenes Blatt hervor und las laut:

Liebe Lise,

wenn Du diesen Brief liest, hast Du die erste Vorstellung geschafft. Ich nehme an, dass dies eine völlig neue Erfahrung für dich war – anders als alles, was Du je erlebt hast. Für mich war es immer ein besonderes Gefühl, in der Manege zu stehen und meinen Zirkus zu leiten. Es ist schwer zu beschreiben, aber es war so stark, dass es mein Leben bestimmte. Natürlich kann ich nicht wissen, was Du heute Abend gefühlt hast, aber es war bestimmt überwältigend. So ging es mir auch beim ersten Mal. Dabei hätte es gut und gerne das letzte Mal sein können. Das gespannte Raunen auf den Tribünen machte mich nervös. Alle Plätze waren besetzt, und als ich ins Rampenlicht trat, um das Publikum zu begrüßen, wurde es immer schlimmer. Alle Augen waren auf mich gerichtet, alle erwarteten, dass ich etwas sagte, also überwand ich mich und stammelte ein paar Begrüßungsworte. Dann sollte ich den ersten Artisten ankündigen, Hombolt Galtus DeVreyne, ein belgischer Jongleur, der für seinen Jähzorn berüchtigt war.

Er hatte mir etliche Male erklärt, wie ich ihn ankündigen müsse. Es war ihm ungeheuer wichtig, weil er eine neue Nummer einstudiert hatte. Ich kündigte feierlich an, dass er versuchen würde, als erster Artist der Welt mit fünfzehn Kegeln zu jonglieren, und das Publikum begrüßte ihn mit einem Riesenapplaus. Aber er hatte zwölf Kegel gesagt, nicht fünfzehn. Einer der Kegel brach ihm die Nase. Mit blutender Nase und einem Kegel in der Hand jagte er mich aus der Manege bis in den Wald hinter dem Zirkusplatz. Ich musste mich auf einen Baum flüchten, bis die anderen ihn endlich beruhigt hatten.

Vielleicht warst Du heute Abend auch nervös, vielleicht ist nicht alles einwandfrei verlaufen, aber das spielt keine Rolle, denn Du hast es durchgezogen, und ich hoffe, Du bist stolz darauf. Das solltest Du auch, denn ich rechne damit, dass die Artisten es Dir nicht leicht machen. Zirkusleute halten so fest zusammen, dass ein Außenstehender kaum zu ihnen durchdringt. Und es gibt sehr unterschiedliche Meinungen darüber, was im Leben zählt. So ist es nun einmal. Du weißt nicht viel über das Zirkusleben, woher auch? Genauso wenig wissen die Zirkusleute von Deinem Leben. Der Schlüssel liegt darin, sie kennenzulernen. Das ist gar nicht so schwer. Zeige echtes Interesse, nimm an ihrem Leben teil und erlaube ihnen, Dich kennenlernen. Wenn Du das schaffst, wird Dein Weg viel leichter.

Liebe Grüße,
Dein Onkel Hilmar.

Lise faltete den Brief zusammen und sah Lucille gedankenverloren an. »Echtes Interesse zeigen ...« Im Augenwinkel sah sie Tatjana, die am Gehege vorbeiging, während Jacobi ihr hinterhertappte. »Nimm an ihrem Leben teil ...« Wieder sah sie Lucille an. »Gar keine schlechte Idee.«

27

»Åndalsnes.« Adams Kanone, die auf dem Lastwagen vor Lises Wagen verzurrt war, wackelte auf und ab. Lise war die Letzte in dem Konvoi von Wohnmobilen und Lastwagen, der von der Landesstraße 63 nach Westen auf die E136 am Ufer der Rauma entlang abzweigte.

Es war faszinierend gewesen, wie sie den Zirkus auseinandergenommen und auf die Lastwagen gepackt hatten. Alle hatten mit angepackt. Die Artisten und Musikanten machten die Zeltseile los, sammelten die Pflöcke ein, zogen das riesige Zelttuch ab und breiteten es mithilfe von Schleppseilen und zwei Autos aus. Das Aluminiumskelett wurde zusammengelegt und in lange Kisten sortiert, die mit einem kleinen Kran auf die Lastwagen geladen wurden. Die Tribünen wurden abgebaut und ebenfalls in Kisten sortiert, und nach drei Stunden war nur noch das Popcorn im Gras übrig.

Mit dem Handy zwischen Schulter und Ohr schaltete sie einen Gang herunter und setzte den Blinker. »Ja, die nächste Vorstellung findet übermorgen in Åndalsnes statt.« Sie legte das Telefon ab, aktivierte die Bluetooth-Verbindung und drehte das Autoradio auf volle Lautstärke.

Børges amüsierte Stimme kam nun aus den Lautsprechern. »Gedenkvorstellung. Genial, Lise, ich bin stolz auf dich.«

»Danke. Aber so leicht wird es nicht noch einmal. Die Artisten werden gegen mich arbeiten und sich in der Manege dumm anstellen, damit es sich bis zum nächsten Ort herumspricht. Wenn zu wenige Karten verkauft werden, können sie sich weigern, aufzutreten. Und dann kann ich einpacken.«

»Du wirst das rocken, wie immer. Du *musst* sogar, denn ich habe bereits einen potenziellen Käufer.«

»Wie bitte?«

»Einen, der vielleicht den ganzen Plunder kauft.«

»Wer?«

»Mogens Arafat Nilsen. Ein steinreicher Künstler aus Bergen, der den Zirkus vielleicht für eine Kunstinstallation benutzen wird. Total verrückter Typ. Aber wie gesagt stinkreich. Ich habe gerade mit seinem Gehirn, äh, mit einem seiner Mitarbeiter gesprochen und einen Termin vereinbart.«

»Wie … steinreich?«

»Sehr. Wenn er den Kaufvertrag unterschreibt, kannst du hier Teilhaberin werden, glaube ich.«

»Heilige Sch…« Lise fuhr mit offenem Mund weiter.

»Du hast es verdient, Lise. Ich will ihn dazu bringen, eine Absichtserklärung zu unterschreiben. Dann füge ich eine Auktionsklausel ein, damit ich den Preis noch etwas in die Höhe treiben kann. Eine Kommission für meine Firma … *unsere* Firma muss natürlich auch rein, damit es juristisch wasserdicht ist. Nur eine symbolische Summe.«

»Fantastisch. Danke.«

»Gut. Du hörst von mir, wenn ich Mogens getroffen habe. Sorg dafür, dass du lange genug Zirkusdirektorin bleibst, um das durchzuziehen. Du schaffst das, das weiß ich, weil du die Nummer eins bist. Keiner über dir, keiner neben dir. Vergiss das nicht.«

»No problemo.« Sie legte auf und sah verbissen in die Mündung der Kanone.

28

Ein Dutzend Kinder beobachtete von der Tribüne des benachbarten Stadions, wie das Zirkuszelt in die Höhe wuchs. Ein paar Industriegebäude trennten die Rasenfläche vom Fjord, von dem auf beiden Seiten Berge aufragten.

Durch das Fenster sah Lise das Muskelspiel auf Fillips nacktem Oberkörper, als er ein Seil spannte.

»Imposanter Anblick?« Diana stand in der offenen Tür.

»Nein, ich … ich weiß nicht, wovon du redest.«

»Das Zirkuszelt. Ich kann mich nicht daran sattsehen. Jedes Mal, wenn es aufgebaut wird, weiß ich wieder, dass wir die richtige Wahl im Leben getroffen haben.«

»Da bin ich mir nicht so sicher.« Der Tisch knarrte, als Lise die Arme darauf abstützte und sich vorbeugte. »Wie viele Karten sind bis jetzt verkauft?«

»Ungefähr die Hälfte.«

»Gut. Eine Sorge weniger. Hast du mit den Artisten gesprochen? Ich rechne mit Meuterei heute Abend.«

»Einen gewissen Widerwillen wirst du zu spüren bekommen, ja. Deshalb habe ich einen Vorschlag für dich, sofern du gewillt bist, etwas dagegen zu tun.«

»Ja?«

»Zirkusartisten werden von Stolz getrieben. Lobe sie und lasse sie wissen, dass du an sie glaubst. Appelliere an sie, ihr Publikum nicht zu enttäuschen.«

»Danke für den Tipp.« Lise sah wieder aus dem Fenster. Jacobi kam gerade aus dem Zelt. »Aber ich habe einen anderen Plan.« Sie ging zur Tür und rief: »Jacobi!«

Er blieb stehen und sah zu ihr herüber. »Komm doch mal her«, rief sie.

Als er den Wagen erreicht hatte, sah er Lise ungeduldig an. »Was willst du?«

»Komm rein, ich möchte mit dir reden. Diana, kannst du uns einen Augenblick allein lassen?«

Diana ging hinaus und ließ ihn vorbei.

Lise bat ihn, auf dem Sofa Platz zu nehmen. Dann schloss sie die Tür und setzte sich ihm gegenüber. »Du magst mich bestimmt genauso wenig, wie es die anderen da draußen tun. Aber ich möchte dir einen Vorschlag machen.«

»Einen Vorschlag?«

»Ja. Ich glaube, ich kann dir helfen.«

»Womit?«

»Mit Tatjana.«

»Für so einen Unsinn habe ich keine Zeit.« Jacobi stand auf und wollte gehen.

»Warte kurz.« Lise stand ebenfalls auf. »Hör mir einfach kurz zu, okay? Zwei Minuten.«

Jacobi überlegte kurz, dann ließ er sich wieder aufs Sofa fallen. »Zwei Minuten.«

»Ich habe bemerkt, wie du Tatjana ansiehst. Ich erkenne die Liebe in den Augen eines Mannes.« Die eigene Wortwahl ließ sie erschaudern, aber sie verbarg es. »Und wenn man so viel Liebe für eine Frau fühlt, macht einen die Angst, sie *nicht* zu gewinnen, unsicher und nervös. Man weiß nicht, was man sagen soll, und die Worte kommen ganz falsch heraus. Obwohl du weißt, dass du der Richtige für sie bist, kannst du es ihr nicht zeigen.«

Sie musterte ihn, um zu beurteilen, ob er den Köder schluckte. Die Art, wie er die Augenbrauen senkte, deutete an, dass er fast so weit war.

»Ich bin eine Frau, und ich weiß, was wir Frauen uns von einem Mann wünschen. Was er sagen und tun soll, damit wir ihm unser Herz öffnen.« Der Schauder war wieder da. »Und das kann ich dir beibringen. Ich kann dir zeigen, wie du Tatjana gewinnst.«

Der Köder war geschluckt.

»Unter einer Bedingung.«

»Bedingung? Welche Bedingung?«

»Dass du mir auch hilfst.«

»Womit?«

»Indem du dafür sorgst, dass ich in den nächsten vier Vorstellungen die Zirkusdirektorin bin. Alles, was du tun musst, ist, mit deinen Kollegen zu reden. Überrede sie, ihr Bestes zu geben.«

Jacobi stand wieder auf. »Du willst also, dass ich meine Zirkusbrüder und -schwestern verrate?«

»Nein.« Sie versperrte ihm den Weg. »Du verrätst sie nicht, du hilfst ihnen. Du hast doch auch bemerkt, dass die Kinder längst nicht mehr so begeistert vom Zirkus sind? Glaubst du, sie werden als Erwachsene noch in den Zirkus gehen? Oder ihre Kinder mitnehmen? Der Zirkus ist so oder so am Ende. Nicht nur eurer, sondern alle. Ich glaube, das weißt du selbst. Aber deine Zirkusbrüder und -schwestern müssen nicht das sinkende Schiff verlassen, ohne etwas aus der Schatzkiste mitzunehmen.«

»Welche Schatzkiste?«

»Ach, vergiss die Schiffsmetaphern. Aber *du* kannst dafür sorgen, dass ihr mit mehr Geld aus der Krise kommt. Wenn du tust, was ich dir sage, wird euch mehr bleiben, als wenn Fillip den Zirkus übernimmt und euch in ein paar Monaten entlassen muss.«

»Und wie könnte ich dafür sorgen?«

»Indem du deinen Kollegen Folgendes klarmachst:

Wenn ihr in den restlichen Vorstellungen euer Bestes gebt, werde ich euch siebzig Prozent des Kartenverkaufs geben. Damit kommt ihr ein paar Monate zurecht, während ihr eine neue Arbeit sucht. Du auch, zusammen mit Tatjana. Wenn du mir erlaubst, dir zu helfen.«

Jacobi zögerte. »Ich brauche etwas Zeit, um darüber nachzudenken.«

»Bis morgen Vormittag musst du dich entscheiden, sonst mache ich jemand anderem das Angebot. Wolfgang Heine, zum Beispiel. Ich weiß, dass auch er ein Auge auf Tatjana geworfen hat.«

Jacobi sah ihr tief in die Augen, dann ging er an ihr vorbei und verließ den Wagen.

29

Hast du einen besseren Vorschlag?« Mit dem Handy zwischen Schulter und Ohr versuchte Lise, ein Zirkusplakat mit Klebeband an einem Laternenpfahl zu befestigen. Außer ein paar Menschen, die auf den Zug nach Dombås warteten, war kaum jemand auf der Straße zu sehen, in der moderne Häuser und alte Holzhäuser nebeneinanderstanden. Lise verzog das Gesicht, weil es im Telefon plötzlich laut knisterte.

»Sorry, Snickers-Pause«, sagte Vanja. »Zumindest darin sind wir uns ähnlich. Ich kapiere bloß nicht, warum die so lautes Schokoladenpapier machen. Als wollten sie, dass jeder im Umkreis von zehn Metern auf meine beschämende Gier aufmerksam wird ... Aber sag mal, ist es nicht ein bisschen fies, einen Insider zu engagieren, um die anderen zu beeinflussen?«

»Das ist nicht fies. Das ist Strategie. Du weißt nicht, wie diese Zirkusleute sind. Sie halten fest zusammen. Nicht nur, weil sie so eng zusammenleben, sondern auch, weil sie verdammt stolz auf ihren Beruf sind.«

»Wie Seeleute.«

»Hä?« Lise riss das letzte Stück Klebeband ab und setzte sich neben der Laterne auf eine Bank.

»Yngve hat hier oben mal als Hafenspediteur gearbeitet. Die Seeleute haben ein ähnliches Berufsethos, sagt er. Es ist eine ganz eigene Welt, in die kein Fremder eingeweiht wird, wenn er nicht selbst Seemann ist. Er fand es faszinierend.«

»Ich finde es ärgerlich. Und am meisten ärgert mich Fillip. Er wiegelt die anderen gegen mich auf.«

»Weil er nicht will, dass du den Zirkus einstampfst und sie alle arbeitslos machst? So ein Drecksack.«

»Nein. Weil er selbst Zirkusdirektor werden will. Er will im goldenen Anzug herumstolzieren, bis der Laden pleite ist. Und das wird nicht lange dauern. Ich biete ihnen wenigstens einen Fallschirm für den Sprung ins Leben nach dem Zirkus an.«

»Und wie sicher ist dein Fallschirm?«

Lise antwortete nicht. Eine Krähe hüpfte in der Hoffnung auf ein paar Brotkrümel um ihre Beine. »Ich muss jetzt weiter. Muss noch fünfzig Zirkusplakate aufhängen.«

»Denk darüber nach, ja?«

»Und nicht nur an mich selbst, wie immer, meinst du?«

Vanja ignorierte die Stichelei und fragte: »Trägst du den goldenen Anzug?«

»Wie bitte?«

»Na, während du Plakate aufhängst. Und den Zylinder natürlich. Das solltest du – ist gute Reklame.«

Lise schwieg und beobachtete die Krähe.

»Übrigens: Ich habe ein paar Kronen für einen Urlaub gespart. In Sunnmøre soll es sehr schön sein, habe ich gehört. Traditionelles Kulturangebot inklusive. Du hast doch wohl zwei VIP-Karten für Yngve und mich?«

»Nein, Vanja. Ich habe wirklich genug um die Ohren. Sei so lieb und lass mich …«

»Glaubst du wirklich, ich lasse mir die Chance entgehen, dich als Zirkusdirektorin in der Manege zu sehen?«

Die Krähe hatte aufgegeben und sah Lise mit geneigtem Kopf an, als fühle sie sich ungerecht behandelt. Lise legte auf, steckte das Telefon in die Tasche und sagte zu der Krähe: »Geht mir genauso.«

30

Nachdem sie alle Plakate aufgehängt hatte, fuhr Lise zur Tankstelle an der Brücke und stopfte sich einen Hotdog in den Mund – eine weitere schlechte Gewohnheit, die im Gegensatz zu ihrem sonstigen Lebensstil stand.

Als sie für Børge zu arbeiten begonnen hatte, bestand sie noch darauf, selbst zu kochen. Dieser Grundsatz stammte aus ihrer Kindheit in der Finnmark. Man war stolz darauf, sein Essen selbst zu kochen und sein Haus selbst zu putzen. Aus unerfindlichem Grund glaubten die Leute, dass man dadurch zu einem besseren Menschen wurde. Doch ihre Prinzipien fielen mit den länger werdenden Arbeitszeiten. Meist kam sie erst spät am Abend heim, und selbst am Wochenende arbeitete sie so lange, dass sie einfach zu müde war, um selbst zu kochen, geschweige denn hinterher den Abwasch zu erledigen. Sie engagierte eine Putzhilfe und aß mit Børge in Restaurants. Er war der Ansicht, Speisen seien essbare Kunst. »In der Küche steht ein Künstler und erschafft ein einzigartiges Kunstwerk für dich. Nur für dich, Lise«, sagte er immer. »Wenn du es isst, wirst du ein Teil der Kunst und die Kunst ein Teil von dir.« Die Restaurants, die er auswählte, waren entsprechend teuer.

Ein Hotdog an der Tankstelle war keine Kunst. Børge würde sich an seinen Shiso-Austern verschlucken, wenn er sie jetzt sähe. Aber darauf wollte sie nicht verzichten. Außerdem schmeckte es himmlisch.

Als Lise mit fettglänzendem Kinn zum Zirkus zurückkehrte, wartete Diana mit einer Liste von Dingen, die vor der Vorstellung am nächsten Tag zu erledigen waren. Auf einer Tribüne musste ein Geländer repariert werden. Niemand anders habe Zeit dazu, meinte Diana. Und die, die Zeit hätten, litten unter diversen Gebrechen. Der Trompeter habe plötzlich unerklärliche Schmerzen in der Hüfte. Ein Kartenverkäufer habe sich bei einer Kollision mit einer geschlossenen Tür fast die Nase gebrochen.

So ging es weiter mit den Ausfällen, und sämtliche Ausreden waren absurd genug, um Lise klarzumachen, dass die Aktion gegen sie gerichtet war. Nun stand sie also mit einem Schraubenschlüssel in der einen und einer Zange in der anderen Hand auf der Tribüne, fluchte still vor sich hin und versuchte das Geländer zu reparieren.

In der Manege probten die Brüder Heine. Die Kegel flogen von Bruder zu Bruder, während sie Rückwärtssaltos machten oder Abstand und Geschwindigkeit variierten. Als Wolfgang bemerkte, dass Lise zuschaute, patzte er absichtlich und ließ die Kegel mit einem blöden Blick zu Boden rasseln. Dann rief er: »Am Abend sitzt alles! Wie findest du es? Hoffentlich wird niemand aus dem Publikum getroffen.«

Lise ignorierte ihn. Sie konzentrierte sich auf das Geländer und zog die Schrauben fest an. Dann rüttelte sie daran, um die Stabilität zu prüfen. Im Gang hinter der Tribüne erblickte sie Jacobi. »Jacobi, warte!« Sie legte das Werkzeug ab und lief die Treppe hinauf.

»Alle betreiben Sabotage, was das Zeug hält, das wird eine Riesenblamage. Die Zeit drängt, du musst dich entscheiden. Wenn nicht, gehe ich zu Wolfgang. Das ist deine letzte Chance.«

Jacobi schaute sich nervös um. Da sah er Tatjana in der Manege. »Ich habe mich entschieden.« Er sah Lise in die Augen. »Ich werde dir helfen.«

Sie nickte erleichtert, und Jacobi ging weiter. Im selben Moment zuckte sie vor Schreck zusammen, weil sie Fillips Stimme hinter sich hörte. »Wobei wird er helfen?«

»Jesus, ihr Zirkusleute seid unheimlich. Du kannst dich doch nicht einfach in einem dunklen Gang an einen heranschleichen.«

Fillip sah Jacobi misstrauisch hinterher. »Sieht aus, als wäre ich nicht der Einzige, der herumschleicht. Was habt ihr besprochen? Wobei wird er dir helfen?«

»Das geht dich nichts an.«

»Gut, dann frage ich ihn selbst.«

Fillip ging an Lise vorbei, die ihm hinterherrief: »Vielleicht hat er beschlossen, seinen Stolz zu wahren.«

»Wie meinst du das?«

»Nicht wie ihr anderen, die dem Zirkus und eurem eigenen Ruf Schande machen wollt, nur um gegen mich zu agitieren.«

Fillip kam zurück. »Willst du wirklich behaupten, dass …«

»Ich behaupte, dass ihr dem Zirkus Schande macht, wenn ihr euch selbst blamiert. Nicht nur diesem, sondern allen. Keiner im Publikum wird jemals wieder dreihundert Kronen für eine Zirkuskarte ausgeben. Ihr macht euch selbst den Garaus.«

»Sollen wir das lieber dir überlassen?«

»Dann würdet ihr wenigstens eure Würde behalten.«

Er stand so dicht vor ihr, dass sie seinen Atem spürte, als er verbissen sagte: »Du erzählst uns etwas von Würde? Du, die das Leben anderer zerstört, um ihr eigenes zu bereichern?« Er trat ein paar Schritte zurück. »Wenn du wieder in Oslo bist und ich diesen Zirkus leite, werde ich jeden Abend für ein volles Zelt sorgen, bis wir ein größeres kaufen müssen, unser Programm erweitern und weitere Artisten einstellen.«

»Spannend. Ein neuer Frühling für den Zirkus Fandango mit dem Clown Fillip unter dem Zylinder. Wie willst du das anstellen?« Fillip zögerte. »Du hast doch einen Plan, oder? Wie willst du sonst die Kinder von heute überzeugen, dass deine Pappnase und deine großen Schuhe cooler sind als ihre YouTube-Helden?«

Er drehte sich um und ging.

»Das habe ich mir gedacht.« Sie ging in die andere Richtung zum Haupteingang. Das Zelt schirmte den Wind vom Fjord ab, und sie schloss die Augen und genoss die Sonne.

Zehn Meter weiter stellte Diana ihren Hellseherinnen-Tisch auf. »Lise! Du musst Lucilles Gehege ausmisten. Der Tubaspieler sollte es tun, aber er hat plötzlich solche Schmerzen im Solarplexus.«

Lise öffnete die Augen und seufzte: »Natürlich. Der Arme.«

31

»Mogens?« Børge stand am Fuß des Monolithen im Vigelandspark. Mit einer Dokumentenmappe in der Hand wandte er sich an einen Mann mit Schiebermütze, beiger Golfjacke und Cordhose. »Mogens Arafat Nilsen?«

Der Mann schüttelte den Kopf, sah Børge skeptisch an und entfernte sich. Gegenüber war ein Mann in Fahrradkleidung aufgetaucht. Die Muskeln, die sich unter dem engen Trikot abzeichneten, standen im Kontrast zu den Falten in seinem Gesicht, die andeuteten, dass er die vierzig längst überschritten hatte. In der Hand hielt er einen Fahrradhelm, der seinen Bürstenschnitt platt gedrückt hatte. Er schaute dem Mann mit der Golfjacke hinterher und sagte im tiefsten Bergenser Dialekt: »Ist das der Künstlertyp, wie du ihn siehst?« Er ließ Børge keine Zeit zum Antworten. »Oder wie die Welt ihn sieht? Ich verrate dir ein Geheimnis: Die Welt sieht uns nicht. *Wir* sehen die Welt.«

Mit dem Absatz stampfte er so fest auf, dass Børge vor Schreck zusammenzuckte. Dann neigte er den Kopf und starrte auf den Boden. »Da hast du die Welt. Zu unseren Füßen. Nichts als ein Punkt im unendlichen, pechschwarzen Universum aus unzähligen anderen Punkten. Aber die Geschichten vor dem Punkt, die Buchstaben, Sätze, Absätze und Kapitel, sie schildern Schicksale, Lebensweisheit, Todesangst und Wahrheit. Und diese Buchstaben schreiben *wir*.« Er schüttelte den Kopf und zeigte auf Børge. »Nein, nicht du.« Dann zeigte er auf sich selbst. »Aber *wir*. Die Künstler. Hüter der Seele.

Wahrsager. Mit unseren Stiften, Tastaturen und Pinseln. Wir sehen die Welt, und ... ja, einmal habe ich sogar eine Welt erschaffen. Einen eigenen Planeten. Mogensapien Alpha. Ein Globus mit dreißig Metern Durchmesser aus in Paraffin getauchtem Toilettenpapier. Im Auftrag der Kommune Søgne und der Stiftung ›Kunst im öffentlichen Raum‹. Ich habe ihn zwischen Rathaus und Pflegezentrum aufgehängt und mit Ameisen und Spinnen besiedelt. Wie erwartet, eskalierte das Konfliktniveau auf Mogensapien Alpha rasch, aber als Schöpfergott stand es in meiner Macht, mein Werk zu zerstören. Im Babykostüm mit Pfeil und Bogen. Ärgerlicherweise interpretierten das viele als Amor und Symbol für die Unmöglichkeit der Liebe. Tatsächlich war ich ein unbesudelter Gott, der noch nicht die Gier, den Neid und den Hass der Menschen hatte ertragen müssen. Ein Babygott, der einen brennenden Pfeil auf seine eigene Schöpfung abschoss, ehe sie ihn besudeln konnte. Eine Konditorei und ein Opel Corsa gingen ebenfalls in Flammen auf, aber die Menschen haben doch meine Botschaft verstanden.«

»Ja, davon habe ich gehört.« Børge besann sich und streckte die Hand aus. »Du bist Mogens Arafat Nilsen, nehme ich an?«

»Sag nicht Arafat.« Mogens ignorierte die ausgestreckte Hand. »Arafat ist taub.«

»Okay. Das wusste ich nicht. Ist trotzdem schön, dich ...«

»Arafat ist ein tauber Schuster, den ich in einem Dorf im Jemen traf. Ich nahm seinen Vornamen als Zwischennamen an, um ihm Würde zu verleihen. Er hat seinen eigenen Namen nie gehört, aber er war trotzdem Arafat. Verstehst du?« Mogens legte eine Hand auf seine Brust. »Ich bin Arafat.« Dann legte er die Hand auf Børges

Brust. »Du bist Arafat. Wir sind alle Arafat. Aber wir brauchen es nicht zu sagen. Weil niemand es hören muss. Verstehst du?« Er senkte die Hand und lächelte. »Du verstehst es.«

Børge lächelte zurück, erleichtert, dass Mogens fertig war, und öffnete die Dokumentenmappe. »Die Papiere sind bereit.«

»Und ich bin bereit.« Mogens betrachtete den Monolithen. »Das ist eher ein Denkmal als Kunst. Statisch, nicht lebendig. Ich werde lebendige Kunst machen. Das Zirkuszelt ist die Haut, verblichen und aufgesprungen. Die Masten und Stangen sind die zerbrechlichen Knochen, die im Wind knarren. Die Manege ist das Herz, auf dem unzählige Male herumgetrampelt wurde, bedeckt von Sägemehl und Elefantendreck. Und die einzige Methode, zu beweisen, dass etwas lebt, ist, es sterben zu lassen. In einem Meer aus Flammen. Ich werde jede Menge Tablets auf den Rängen platzieren, damit die Menschen den Verlust des Vergangenen online verfolgen können. Sie verbrennen gemeinsam mit dem Zirkus, nachdem ich ihn mit Benzin getränkt und angezündet habe.«

Børge versuchte, dem stechenden Blick des Künstlers auszuweichen. »Ja, das klingt ja wie ein ... faszinierendes Projekt. Apropos lebendige Kunst: Letztes Jahr war ich in London bei einer Performance von Marina Abramović. Sie lag auf einem Tisch mit lauter Werkzeug um sich herum und ließ das Publikum tun, was es ...«

»Findest du, dass ich darin fett aussehe?« Mogens zog am Bund der Radhose und ließ ihn auf das behaarte Bein zurückschnalzen. »Ich fühle mich fett.«

Børge zögerte. »Fett? Aber nein. Im Gegenteil.« Mogens' Blick verdunkelte sich. »Oder ... willst du ... fett aussehen?«

Mogens ignorierte die Frage. Er deutete mit dem Helm auf den Ausgang. »Komm, wir gehen ins Café. Da können wir das mit den Papieren regeln.«

»Okay. Steht dein Fahrrad am Eingang?«

»Fahrrad? Ich habe kein Fahrrad.« Mogens setzte den Helm auf und begab sich zum Ausgang. »Wir müssen übrigens bald nach Sunnmøre, damit ich den Zirkus sehen und mein Projekt vorbereiten kann. Dann kann ich auch den Elefanten auf sein Schicksal vorbereiten. Mogens Arafat Nilsen hat nämlich einen aufrüttelnden künstlerischen Gruß an die Tyrannei des Freitagssnacks: Elefantentacos.«

32

Ein Vogel hatte Lise mit seiner Morgengymnastik auf Hilmars Antenne geweckt. Sie war zum Supermarkt gefahren und hatte eine Viertelstunde im Auto gesessen, bis er öffnete. Als sie mit Knäckebrot, einer Tube Schmelzkäse mit Schinken und Apfelsaft zurückkam, stand Jacobi vor dem Wagen.

Kurz darauf saß er ihr am Tisch gegenüber. »Was ich über Tatjana weiß?«

Lise wischte sich Schmelzkäse aus dem Mundwinkel. »Ja. Was macht sie in ihrer Freizeit, welche Musik mag sie …« Sie dachte kurz nach, dann hob sie ihr Knäckebrot. »Was isst sie gern?«

»Hm.« Jacobi grübelte, dann entblößte ein Lächeln seine schiefen Zähne. »Eingemachte Sachen, die liebt sie. Gurken, Eier, Zwiebeln, alles Eingemachte. Ich kann ihr ein Glas Gurken kaufen und …«

Lise unterbrach ihn. »Guter Vorschlag, aber ich bin mir nicht sicher, ob saure Gurken der Weg zu ihrem Herzen sind. Konzentriere dich auf Dinge, die sie glücklich machen. Ganz alltägliche Kleinigkeiten, die sie berühren. Engagiere dich, finde mehr darüber heraus und hypnotisiere sie mit deiner Kenntnis.«

Jacobis Gehirn lief auf Hochtouren. »Yoga.«

»Was?«

»Sie macht sehr gern Yoga. Jeden Morgen um …« Er warf einen hektischen Blick auf die Wanduhr, es war halb acht. »Jeden Morgen um acht. Wie kann ich in einer halben Stunde alles über Yoga lernen?«

»Google.« Lise griff in das Regal hinter sich, zog ein

iPad hervor und tippte »Yoga« in das Suchfeld ein. Dann reichte sie Jacobi das iPad. »Bitte schön. Und denk daran, auch über mein Anliegen zu reden, in Ordnung?«

33

Eine Minute nach acht sprang Jacobi mit einer schäbigen Matte in der Hand aus seinem Wagen. Im Wohnmobil nebenan streckte Adam den Kopf aus dem Fenster, um die frische Morgenluft zu genießen. Er sah aus wie eine Schildkröte, die den winzigen Kopf aus dem Panzer streckt. Jacobi jedoch interessierte sich nur für Tatjana, die noch nicht herausgekommen war.

Erleichtert rollte er die Matte vor seinem Wagen im Gras aus und stellte sich darauf. Er versuchte sich an die Anleitung zu erinnern und positionierte die Füße dicht nebeneinander. Dann hob er die Arme, führte die Handflächen über dem Kopf zusammen und atmete tief ein. Beim Ausatmen schob er den Oberkörper vor und beugte die Beine, während er den Blick fest auf Tatjanas Tür richtete. Dann atmete er wieder ein und verharrte, als wisse er nicht, was er als Nächstes tun sollte. Er stand auf wackligen Beinen, als Tatjana mit der Matte unter dem Arm herauskam. Jacobi winkte ihr zu. »Guten Morgen, Tatjana.«

»Guten Morgen ... Machst du Yoga?«

»Jepp«, sagte Jacobi, als wäre es das Selbstverständlichste der Welt. »Der Sonnengruß. Meine liebste Aufwärmübung.«

Sie lächelte und ging zu ihm. »Welchen Sonnengruß machst du? A oder B?«

»Ach, das ist doch ...« Jacobi geriet ins Schwanken. »Meistens A.«

»Dann hättest du jetzt den Rücken strecken und den Blick heben müssen.« Sie rollte die Matte neben ihm aus.

»Ja, natürlich, aber ...« Er schwankte immer stärker

und sah sich nervös um, als suche er die richtigen Worte irgendwo auf dem Zirkusplatz. Dann verdrehte er den Körper wie eine Schlange an einem Stock. »Ich vermische gern beides. A und B, und andere Übungen.«

»Verstehe.« Tatjana begab sich in den Lotussitz. »Ich wusste gar nicht, dass du dich für Yoga interessierst, Jacobi.«

»Doch, doch. Vor allem klassisches Yoga, wie es Patanjali im *Yogasutra* beschreibt.« Jacobi kippte fast um, weil er zu sehr auf Tatjana schielte.

»Patanjali?« Tatjana lockerte ihre Stellung und drehte sich ihm zu. »Du bist der erste Zirkusartist, der weiß, wer Patanjali ist.«

Jacobi streckte den Rücken. »Ja, er war ... ein faszinierender Typ.« Sie nickte, und er genoss ihre Zustimmung. Doch nach kurzem Schweigen kam die Unsicherheit wieder. Er gab sich einen Stoß: »Vielleicht können wir uns mal abends auf eine Tasse Tee treffen und mehr über ihn sprechen ...«

»Über Patanlaja?« Wolfgang war zwischen Tatjanas und Adams Wagen aufgetaucht. »So hast du ihn doch genannt, Jacobi?«

»Patanjali. Wir machen hier Yoga, das benötigt Konzentration. Am besten, du verziehst dich und störst jemand anderen.«

»Aber ich möchte mehr über deinen Lieblingsguru hören. Zum Beispiel, wann er gelebt hat?«

»Ja, natürlich. Also ... er lebte zu einer Zeit, in der ... Im Grunde ist er zeitlos.« Jacobi bemerkte, dass Tatjana aufhorchte. »Es wäre geradezu unwürdig, Patanjali auf eine bestimmte Zeit festzulegen ... weil er immer noch lebt. Im Yoga.«

»Klar. Interessant. Erzähl mir mehr von ihm. Wo hat

er gewirkt? Sag jetzt nicht, dass er überall ist, in allen Menschen, die Yoga machen.«

Jacobi atmete tief ein, veränderte seine Position und öffnete den Mund, um Wolfgang zu antworten. In diesem Moment sah er Lise, die mit einer Tasse in der Hand vor ihrem Wagen saß und die Szene beobachtete. Sie deutete abwechselnd auf sich selbst und das Zirkuszelt.

Er brach den Sonnengruß ab und sagte zu Wolfgang: »Du wirst bald viel Zeit haben, um mehr über Patanjali zu lernen.« Dann wandte er sich Tatjana zu. »Und wir werden viel Zeit für Yoga haben.«

»Was willst du damit sagen?«, fragte Tatjana.

»Dass es vielleicht an der Zeit ist, der Wahrheit ins Auge zu sehen. Wir verkaufen seit Jahren immer weniger Karten. Es geht konstant bergab, das wisst ihr. Die Leute wollen uns nicht mehr. Wir sind überflüssig geworden, veraltet.« Ein Kloß bildete sich in seinem Hals, aber er räusperte ihn fort. »Selbst wenn Fillip den Zirkus übernimmt, werden wir nicht lange überleben. Wir müssen überlegen, wie wir uns über Wasser halten, wenn es vorbei ist. Wir brauchen einen Plan.«

Wolfgang schnaubte. »Lass mich raten. Du wirst Yoga-Kurse und Vorträge über Patanlaja halten?«

»Patanjali.« Tatjana gab ihre Übung auf und sah Jacobi an. »Hast du einen Plan?«

»Keinen genauen, aber die Möglichkeit, eine Weile über die Runden zu kommen, bis wir Arbeit finden. Lise bietet uns …«

»Lise?«, rief Wolfgang entsetzt. »Arbeitest du mit ihr zusammen?«

»Nein. Aber sie hat einen Vorschlag gemacht und mich gebeten, ihn euch zu unterbreiten. Ich finde, wir sollten wenigstens darüber nachdenken.«

»Was schlägt sie vor?«, fragte Tatjana.

»Dass wir in den letzten vier Vorstellungen unser Bestes geben und sie uns siebzig Prozent des Verkaufserlöses gibt.« Jacobi versuchte, die Reaktion der anderen zu deuten. Wolfgang schaute ins Leere, als würde er nachdenken, Tatjanas Blick war schwer einzuschätzen. War er jetzt etwa ein Verräter für sie? Er fuhr fort: »Ich finde, es wäre eine doppelte Chance für uns. Wir treten mit Würde ab, anstatt dem Zirkus Schande zu machen. Das schulden wir Hilmar. Und uns selbst. Und wir bekämen etwas mehr Zeit, uns zu orientieren und neue Arbeit zu finden. Nicht wahr?«

34

»Verdammtes, elendes Mistding!« Das Klischee, dass Fluchen in der Finnmark zum Alltag gehörte, beruhte auf Fakten. Fluchen galt dort als effektive Methode, seine Meinung auszudrücken. Über einen ungehobelten Kerl in der Kneipe, zum Beispiel. Oder eine Biskuitrolle, die man besonders mochte. Es hinterließ keinen Zweifel darüber, was man meinte. Lise hatte sich das »Alltagsfluchen«, wie sie es nannte, in Oslo abgewöhnt. Ihr Klientel rümpfte die Nase über Leute, die sagten: »Dieser Bordeaux schmeckt scheißgut.« Aber nun hatte die Zuckerwattemaschine den Geist aufgegeben, und Lise fluchte aus vollem Hals. Nach mehreren Versuchen mit Schraubendreher und Hammer war sie mit einem Mal wieder angesprungen und hatte ihr das Gesicht und die Haare mit Zuckerfäden verklebt.

»Man sollte vorher den Deckel draufmachen.«

Mit einer Maschinengewehrsalve von Flüchen drehte sie sich um. Vor der Bude stand Jacobi.

»Welchen Deckel?«

»Auf den Zuckertopf. Bevor du die Maschine anstellst.« Er ließ den Zeigefinger vor seinem Gesicht kreisen und grinste.

»Danke für den guten Rat, Jacobi. Hast du noch mehr, oder kommst du nur zum Plaudern?«

»Sie warten auf dich.«

»Wer?«

»Der ganze Zirkus. In der Manege.«

»Warum?«

»Sie wollen über deinen Vorschlag reden.«

»Du hast es allen gesagt?«

»Das hat sich schnell verbreitet. Wolfgang hat es weitererzählt.«

»Bravo, Jacobi! Hast du ihn überzeugt?«

»Ich weiß nicht. Er ist ohne ein Wort gegangen. Komm, wir beeilen uns. Sie warten.«

Lise riss mehrere Blatt Küchenrolle von der Halterung an der Wand, wischte sich den Zucker notdürftig aus dem Gesicht und lief ihm hinterher.

Als sie hineinkam, stand Jacobi bei den anderen am Rand der Manege. Lise stellte sich in die Mitte und sah jeden Einzelnen an. Keiner sagte ein Wort. Dann räusperte sie sich. »Ich habe gehört, dass ihr über meinen Vorschlag nachdenkt.« Die Stille war bedrückend. »Und ich rechne damit, dass ihr einseht, wie vernünftig er ist, und deshalb mit mir reden wollt?«

»Nein.« Fillip trat vor. »Glaubst du wirklich, dein ›lukratives‹ Angebot bringt uns dazu, den Zirkus zu verraten?«

»Verraten? Ich versuche, euch zu helfen, damit ihr für den Anfang versorgt seid, wenn das hier vorbei ist.« Sie deutete auf die Zeltwand und ließ den Arm schweifen.

»Das hier ist unser Leben«, sagte Fillip.

»Nicht mehr lange. Egal, wie sehr ihr die Vorstellung sabotiert oder nicht. Hat Fillip euch schon gesagt, wie er den Zirkus zu retten gedenkt, wenn er Direktor wird?« Alle schwiegen. »Nein? Weil er keinen Plan hat. Diana hat mir gesagt, dass Åndalsnes früher immer ausverkauft war. Jetzt ist erst die Hälfte der Karten verkauft, und es sind nur noch vier Stunden bis zur Vorstellung. So wird es weitergehen. Die Leute gehen einfach nicht mehr in den Zirkus, und das wird Fillip nicht ändern können.

Oder hat er euch gesagt, wie er das schaffen will? Ihr müsst euch entscheiden. Entweder ihr lasst Fillip den Zirkus übernehmen und sitzt in einem halben Jahr mit nichts auf der Straße, oder ihr hört auf, gegen mich zu intrigieren, und habt nach den letzten vier Vorstellungen genug in der Tasche, um eine Zeit lang über die Runden zu kommen. Ich weiß, wofür ich mich entscheiden würde.«

»Das ist leicht gesagt, wenn man keinerlei Loyalität empfindet.«

»Loyalität? Wem oder was soll ich hier treu sein? All eurer Liebe?«

»Deinem Onkel.«

»Den ich vor seiner Beerdigung nie gesehen habe.«

»Er glaubte an diesen Zirkus.« Fillip trat weiter vor und drehte sich zu den anderen um. »Und ich weiß, dass ihr an ihn geglaubt habt. Jetzt bitte ich euch, an mich zu glauben. Dieser Zirkus hat eine Zukunft. Ihr habt eine Zukunft hier, das weiß ich sicher, und dafür werde ich sorgen.«

Einige nickten zustimmend, andere schauten skeptisch. Lise ergriff erneut das Wort: »Das sind schöne Worte.« Sie sah an Fillip vorbei in die Menge. »Erinnert euch daran, wenn ihr eure Wagen auf eBay verkauft, um genug Essen auf dem Tisch zu haben. Oder vergesst sie und kommt zur Vernunft. Lasst uns in den letzten vier Vorstellungen das Zelt füllen, dann fülle ich eure Bankkonten.«

Die Leute blieben schweigend stehen, bis Fillip das Zelt durch den Hinterausgang verließ. Leise diskutierend folgten sie ihm, und Lise blieb allein in der Manege zurück.

Nach einer Weile teilte sich der Vorhang wieder, und

die Mündung von Adams Kanone erschien in der Öffnung. Sie hörte angestrengtes Schnauben, dann kam der Rest der Kanone zum Vorschein und schließlich Adam, der sie an den Rand der Manege schob.

»Was glaubst du, wie werden sie sich entscheiden?«, fragte Lise.

Adam ignorierte sie und kletterte in die Kanone. »Aus dem Weg!«, rief er von innen.

»Für das Geld, glaube ich.«

Sein Helm glänzte in der Mündung, während er es sich in der Kanone bequem machte. Seine Stimme schallte verärgert aus dem Rohr: »Verschwinde! Raus hier!«

Lise trollte sich. »Letztendlich entscheiden sich alle fürs Geld.«

Draußen entdeckte sie Jacobi und beeilte sich, um ihn einzuholen. »Jacobi, warte!«

Er blieb stehen und schaute sich ängstlich um. »Sie werden glauben, ich sei ein Verräter, wenn ich mit dir rede.«

»Scheiß drauf, wir haben sie fast so weit.«

»Wie weit?«

»Hast du nicht gesehen, wie verunsichert sie waren? Mindestens die Hälfte zweifelt an Fillips Plan, da bin ich mir sicher. Die Chance müssen wir nutzen und den Zweifel nähren.«

»Ich weiß nicht, ob ich so weitermachen kann.«

»Denk an Tatjana. Denk an die Zukunft mit ihr, statt mit Fillip in den Untergang zu marschieren.«

Jacobi machte ein gequältes Gesicht.

»Wie ist es mit dem Yoga gelaufen?«

»Ganz gut, bis Wolfgang auftauchte.«

»Ich werde dafür sorgen, dass es noch besser läuft.

Nächstes Mal klappt es. Man muss nur genau planen und sich gründlich vorbereiten. Aber du musst mir auch helfen. Ich rechne damit, dass die Vorstellung heute Abend eine Katastrophe wird. Aber bis zur nächsten Vorstellung musst du mit allen reden, die am Zweifeln sind.« Sie legte die Hand auf seine Schulter. »Du musst sie zur Vernunft bringen. Es ist zu ihrem Besten, du hilfst ihnen nur. In Ordnung?«

Jacobi hob den Blick und sah ihr in die Augen. »In Ordnung.«

35

»Die Leute entscheiden sich immer fürs Geld, Lucille.« Lise saß mit dem Smartphone in der Hand auf dem Elefantenschemel im Gehege, wenige Meter von Lucille entfernt. Die Sonne war hinter den Bergen untergegangen, und Motten schwärmten um die Lichter der Wagen. »Am Ende. Wart's nur ab.«

Die Vorstellung des Abends hatte damit begonnen, dass Lises Mikrofon nicht eingestöpselt oder kaputt war. Trotzdem musste sie das Publikum begrüßen, also schrie sie so laut wie möglich, was alles andere als ein herzliches Willkommen war. Das Publikum verstand sie nicht und dachte, sie würde es beschimpfen. Der Unmut wurde noch größer, als die Brüder Heine die Manege betraten. Sie jonglierten tollpatschig mit nur einem Kegel, bis sie aus der Manege gebuht wurden, weil der Kegel eine alte Dame auf der Tribüne getroffen hatte. Tatjana huschte bloß auf dem Trapez hin und her wie ein Kind auf dem Spielplatz. Miranda brachte einen neunjährigen Jungen zum Weinen, indem sie sein Smartphone unwiderruflich wegzauberte. Fillip trat einen Mann so fest mit seinen Clownschuhen, dass dessen Brille herunterfiel und zerbrach. Noch bevor Reidar sich zum Mittagsschlaf auf sein Trampolin legte, war ein Großteil des Publikums nach Hause gegangen. Nur Jacobi zog seine Nummer durch. Und Lucille.

Der Elefant sah sie aus dem Augenwinkel an. »Du jedenfalls hast mich nicht im Stich gelassen«, sagte Lise.

Lucille wandte sich von ihr ab, als wolle sie demonstrieren, dass Lise sich täuschte.

»Okay. Du hast Hilmar nicht im Stich gelassen.« Lise aktivierte ihr Handy. »Aber das reicht leider nicht. Das Publikum hat den ganzen Abend auf Facebook Gift und Galle gespuckt. Daniel Stette aus Åndalsnes: *Zirkus Fandango ist das Schlimmste, was ich je gesehen habe. 300 Kronen für zwei Stunden Mist. Schwindel!* Grete Jansen aus Isfjorden: *Geht bloß nicht in den Zirkus Fandango. Ein Haufen hoffnungsloser Verlierer. Die sollten sich schämen. Der schlechteste Zirkus der Welt!* Schon tausendzweihundertmal geteilt.« Sie steckte das Telefon in die Tasche. »Als schlechtester Zirkus der Welt verkaufen wir wohl kaum ein Drittel der Karten für die nächste Vorstellung.«

In diesem Moment trat Diana zwischen zwei Wagen aus der Dunkelheit. »Vielleicht solltest du vor der nächsten Vorstellung meinen Rat beherzigen und sie motivieren?«

»Noch habe ich meinen Plan nicht aufgegeben. Sie werden ihre Meinung ändern und die Entscheidung treffen, die vernünftig ist.«

Über dem Zirkuszelt jagte eine Fledermaus Insekten. Lise folgte ihr mit den Augen, bis sie in der Dunkelheit verschwand. »Aber die Zeit läuft uns davon. Hoffentlich verbreitet sich die Nachricht nicht so schnell, dass wir zu wenig Karten verkaufen. Und wenn die Artisten noch einmal so einen schlechten Auftritt hinlegen, können wir die vierte Vorstellung vergessen. Keiner kauft Karten für den schlechtesten Zirkus der Welt.« In Lises Augen leuchtete eine Art Galgenhumor auf. »Außer wir schreiben es gleich aufs Plakat.«

»Was?«

»*Der schlechteste Zirkus der Welt.* Dann glauben die Leute, es sei so schlecht, dass sie es nicht verpassen dürfen.«

Diana lachte herzlich. »Ich glaube, das hätte Hilmar nicht gefallen.« Sie zog einen Umschlag aus der Tasche und gab ihn Lise. »Hier ist der nächste Brief von ihm.« Dann streichelte sie Lucilles Rüssel und verließ das Gehege.

Lise blieb sitzen und starrte den Brief eine Weile an, ehe sie ihn öffnete. Dann winkte sie Lucille mit dem Brief zu. »Bist du bereit?« Lucille hob den Rüssel zur Bestätigung. Das Papier raschelte, als Lise das Blatt auffaltete.

Liebe Lise,

zwei Vorstellungen! Ich hoffe, das Publikum ist mit einem Lächeln auf den Lippen nach Hause gegangen. Der Applaus auf den Tribünen war immer die beste Bestätigung dafür, dass unsere Arbeit den Menschen etwas bedeutet. Viel sogar. Es tat gut, in der Manege zu stehen und diese Bestätigung zu erhalten, das gebe ich zu. Manchmal jedoch versteckte ich mich nach der Vorstellung bei den Parkplätzen. Ich wollte sehen, ob die Leute wirklich lächelten, wenn sie in ihre Autos stiegen. Ob wir es geschafft hatten, ein bleibendes Gefühl von Freude zu schaffen. Es gibt so viele Menschen da draußen, die unter der Last des Lebens leiden. Sorgen, Trauer, Verluste, Ärger. Wenn sie auch nach der Vorstellung noch lächelten, wusste ich, dass ihre Bürde leichter geworden war, wenigstens für eine Weile. Die kleinen Momente der Freude sind der Nährboden der Hoffnung. Deshalb tat ihr Lächeln noch besser als der

Applaus und der Jubel. Was ich sagen will: Bei unseren Entscheidungen sollten wir stets berücksichtigen, was sie für andere bedeuten. Das ist das Wichtigste, besonders wenn das Ende der Zirkustournee bevorsteht.

*Liebe Grüße,
Dein Onkel Hilmar*

Lise neigte den Kopf und sah Lucille an. »Noch eine Dosis schwülstige Lebensweisheit von Hilmar Fandango, dem Dr. phil. der Zirkusdirektoren.«

Die Fledermaus flog wieder über dem Zirkuszelt. Gedankenverloren beobachtete Lise, wie sie rastlos hin und her flatterte, ohne ihre Beute zu erwischen. Sie stand auf. »Vielleicht sollten wir schlafen gehen. Gute Nacht, Lucille.«

36

Die Federn in Hilmars Matratze hatten den Bezug fast durchbohrt. Lise fühlte sich wie ein Fakir auf dem Nagelbrett. Sie hatte sich eine Stunde lang herumgewälzt, bis sie eingeschlafen war. Nun schien die Morgensonne durch die schwarzen Veloursgardinen, sodass sie lila wirkten, aber Lise war noch in einen Traum über Adams Kanone vertieft. Sie steckte in der Mündung fest, ihr Kopf schaute heraus, aber sie konnte sich nicht befreien. Die Kanone zielte auf eine voll besetzte Tribüne, wo das Publikum mit erhobenen Fäusten buhte. Hinter der Kanone stand Adam, klar zum Abfeuern, mit einem bösen Grinsen um die Mundwinkel. Plötzlich bemerkte sie, dass alle Besucher auf der Tribüne Fillips Gesicht hatten. Ein Streichholz wurde entzündet, und alle Fillips riefen im Chor: *Lise!* Mit einer letzten Anstrengung versuchte sie loszukommen, aber es half nichts. Die Lunte zischte immer lauter. Sie gab auf und schloss die Augen. Dann ertönte ein lauter Knall, sie zuckte zusammen und öffnete die Augen.

Sie atmete erleichtert auf, als sie die rissige Decke von Hilmars Wagen sah. Doch dann knallte es noch einmal, oder war es eher ein Pochen? Sie setzte sich auf und rieb sich den Schlaf aus den Augen.

Noch ein Pochen, gefolgt von Fillips Stimme. »Lise? Bist du wach?«

Diesmal begriff sie, woher es kam. »Jetzt schon«, antwortete sie. Sie zog die Hose an, die neben dem Bett auf dem Boden lag, und ging zur Tür. »Was willst du? Es ist erst...« Ihr Telefon zeigte Viertel nach sechs an. »Sogar die Bauern schlafen noch.«

»Ich möchte nur mit dir reden.«

»Worüber?«

»Über den Zirkus. Ich habe einen Vorschlag.«

»Einen Moment.« Sie beugte sich über die Spüle, drehte das Wasser auf und benetzte ihr Gesicht, um ordentlich aufzuwachen. Als sie nach dem Geschirrtuch tastete, warf sie eine halb volle Tasse Milch um, die vom Abendessen übrig geblieben war. Die Milch tropfte auf ihre Füße, was sofort den Finnmarksdämon in ihr weckte: »Verdammte, elende Scheiße!«

»Alles in Ordnung da drinnen?«

»Alles bestens.« Mit dem Geschirrtuch trocknete sie zuerst das Gesicht ab, dann das T-Shirt, die Füße und den Boden. »Ein super Start in den Tag.« Sie warf das Tuch ins Bad, öffnete die Tür. Vor ihr stand Fillip im kompletten Clownkostüm. »Das wird ja immer besser. Hör zu, ich bin nicht in der Stimmung für alberne Clownscherze, okay?«

»Clownscherze? Ich übe jeden Morgen über eine Stunde lang in der Manege.« Die rote Nase glänzte in der Sonne. »Bevor du und alle anderen aufstehen.«

»Wozu denn? Ihr wollt euch doch ohnehin absichtlich blamieren wie gestern Abend.«

»Genau darüber wollte ich mit dir reden.«

Sie zögerte kurz, dann trat sie ein paar Schritte zurück. »Komm rein«, sagte sie und ließ sich müde aufs Sofa fallen.

Das Clownkostüm blieb in der schmalen Tür hängen, und Fillip drehte sich, um loszukommen. Zu Lises Belustigung kam er seitwärts herein. »Versuch dich mal zu setzen. Das wäre doch eine lustige Nummer: Clown im engen Wohnwagen.«

»Ich will mit dir über die nächsten Vorstellungen reden. Was gestern geschehen ist … Die Manege ist der Grund, warum wir morgens aufstehen. Der Moment, in dem die Scheinwerfer angehen und gespannte Stille herrscht …« Er sah Lise in die Augen. »Ich weiß nicht, was dich antreibt. Was dich wirklich bewegt. Was dich blind für alles andere macht und dich dazu bringt, nie aufzugeben. Geld, nehme ich an. Für uns ist es die Manege. Tief im Inneren wissen auch wir, dass die Zeiten sich geändert haben und der Zirkus …« Er senkte den Blick. »Die Ära des Zirkus geht zu Ende.« Er blickte wieder auf. »Aber wir wollen es nicht wahrhaben. Wir sehen nur die Manege, die Erwartung und die Freude in den Gesichtern des Publikums. Für diesen Moment leben wir. Für den Auftritt. Etwas anderes können wir nicht. Vielleicht hast du Jacobi überredet …« Er sah aus dem Fenster. »Aber er wird niemals da draußen zurechtkommen … in deiner Welt. Wer wird einem fünfzigjährigen, starrköpfigen Schwertschlucker einen Job geben? Er wird sich unnütz und wertlos fühlen, und das wird ihm jede Würde rauben. Er wird zu einer leeren Hülle verkommen, in der nichts als Erinnerungen stecken, die immer bitterer werden, wenn die Sehnsucht nach der Manege ihn auffrisst.«

»Ganz schön tragisches Bild, das du da malst. Man könnte meinen, du …«

Fillip schlug die Faust auf den Tisch »Du solltest das ernst nehmen!« Er bemerkte, dass sie zusammenzuckte, und senkte die Stimme. »Hier geht es um Menschen und ihr Leben. Um meine Leute.«

Normalerweise wäre der Anblick eines wütenden Clowns für Lise ein Anlass für sarkastische Scherze gewesen, aber etwas in seinen Augen hielt sie zurück. Wut, Trauer und Sorge hatte sie schon darin gesehen, aber noch keine Verzweiflung. »Du sagst, du hättest einen Vorschlag?«

»Ja. Ich kann diesen Zirkus nicht aufgeben. Ich muss weiter daran glauben, dass ich einen Weg finden werde, das Zelt wieder zu füllen. Hilmar zuliebe, und Jacobi, Tatjana, Wolfgang, Dieter, Diana, Miranda, Reidar und Adam zuliebe. Deshalb schlage ich vor, dass wir in den nächsten drei Vorstellungen unser Allerbestes geben. Besser, als wir je waren, damit der Verkauf in die Höhe geht. Und dann bekommst *du* siebzig Prozent der Einnahmen.«

»Verstehe. Und du bekommst dafür den Zirkus? Lass mich darüber nachdenken, okay?«

»Okay.« Fillip öffnete die Tür und ging seitwärts hinaus.

37

»Und was wirst du antworten?« Zehn Minuten nachdem Fillip gegangen war, hatte Jacobi an ihre Tür geklopft, und nun saß er neben ihr auf dem Sofa.

Zwischen ihnen lag ein leeres Snickers-Papier auf dem Boden. Lise bürstete Schokoladenkrümel von ihrem Pullover. »Ich habe nicht wirklich vor, das Angebot zu überdenken. Das habe ich nur gesagt, um ihn hinzuhalten. Erwartung macht die Leute passiv. Solange er wartet, wird er die anderen nicht gegen mich aufwiegeln. Das werden sie merken und denken, dass er an seinem Plan zweifelt. Und das werden wir ausnutzen. Wir werden dichter an die anderen herankommen. Oder besser gesagt du.« Jacobi starrte auf den Tisch. »Vor allem wirst du näher an Tatjana herankommen, dafür werde ich sorgen. Sieh mir in die Augen.«

Jacobi hob den Kopf. »Warum?«

»Augenkontakt ...« Er schielte auf einem Auge, was sie ablenkte. »Augenkontakt ist wichtig, um das Herz einer Frau zu gewinnen. Wohlgemerkt auf die richtige Art. Kein Anstarren oder Gaffen. Du musst ihr in die Augen sehen, als würdest du direkt in ihre Seele blicken. Das schafft eine Verbindung, der sie sich nicht entziehen kann. Los, sieh mir in die Augen.«

Sein Blick flackerte unsicher. Er konzentrierte sich auf ihr linkes Auge, bis ihm fast schwindlig wurde.

»Nein. Du musst in beide Augen schauen.«

Er blinzelte und bemühte sich, seinen Blick zu justieren.

»So, ja, aber nicht ...« Sein Blick flackerte wieder. Sie

zeigte zwischen ihre Augenbrauen. »Konzentrier dich auf diesen Punkt. Stell dir vor, Tatjanas Seele läge genau da.«

»So?«

»Ja …« Jacobi schielte sie an und versuchte, sich zu konzentrieren. Sie winkte ab. »Gut, gut. Das war … fast …«

»Es ist hoffnungslos.« Er senkte den Blick. »Sie wird niemals mein sein.«

Vor wenigen Tagen noch hätte diese Lektion Lises Geduld gesprengt. Sie wusste nicht, woher es kam, vielleicht von der Verzweiflung in seiner Stimme oder seiner Hilflosigkeit, aber plötzlich tat Jacobi ihr aufrichtig leid. Mitleid – das war Børge zufolge *dein schlimmster Feind*. Sie nahm einen Stift aus dem Regal, beugte sich über den Tisch und malte einen Punkt zwischen Jacobis Augenbrauen. »So. Das ist ihre Seele. Geh und übe vor dem Spiegel.«

»Okay.« Jacobi stand auf und öffnete die Tür, aber bevor er ging, drehte er sich noch einmal um. »Danke.«

»Keine Ursache. Übrigens, Jacobi … Was wirst du danach machen?«

»Wir fangen jetzt mit dem Abbau an, dann fahren wir nach Giske. Und dann …«

»Nein. Ich meine nach dem Zirkus. Kennst du jemanden, der einen Job für dich hätte?«

»Nein, aber …« Er zuckte mit den Schultern. »Das regelt sich sicher.« Dann ging er hinaus.

Lise blieb sitzen und starrte die geschlossene Tür an. Schließlich ging sie ins Bad und sah sich selbst in die Augen. »Beherrsch dich, verdammt noch mal. Konzentrier dich auf das Wesentliche.«

38

Lise saß mit dem Telefon am Ohr auf der Tribüne. Åndalsnes war inzwischen zum Leben erwacht. Autos fuhren hin und her, auf dem Weg zum Kindergarten, zur Schule oder zur Arbeit. Auf der E136 nach Dombås hatte der Schwerverkehr eingesetzt. Der Zirkus würde in die andere Richtung fahren, an Ålesund vorbei zum offenen Meer.

Auf dem Rasen lag das Zelttuch. Fillip stand bei dem Lastwagen, der daran zog, und instruierte den Fahrer. Alle halfen mit, jeder hatte seine Aufgabe. Alles lief wie von selbst, aus Lises Perspektive sah es aus wie eine Modelleisenbahn, während sie in ihrem Hobbykeller saß und die Dinge steuerte. In Wirklichkeit war es nicht leicht gewesen. Keiner hatte einen Finger gerührt, bis sie im Finnmarksdialekt herumgebrüllt und gedroht hatte, sie alle auf der Stelle zu feuern.

»Børge? Endlich!«

»Bist du das, Lise?«

Sein Ton machte sie stutzig. Es fehlte der Funke, der sonst gleich auf sie übersprang. Die Stimme war ein wichtiger Indikator am Verhandlungstisch, weshalb sie immer darauf achtete. Das hatte sie von ihrer – besser gesagt Vanjas – Großmutter in Kirkenes gelernt. Wenn Großmutter herausfinden wollte, wie es Großvater ging, stellte sie ihm alltägliche Fragen und horchte auf seine Stimme anstelle der Antworten. Zu Großvaters Zeiten teilte man keine Gefühle, außer wenn die Schnapsflaschen leer und die Männer voll waren. Was dann gesagt wurde, wurde nie wieder erwähnt. Doch an seinem Ton und seiner Stimme konnte Vanjas Großmutter erkennen, wie es ihrem Mann ging. »Du darfst nichts fragen, was ihn direkt betrifft«, hatte sie erklärt. Stattdessen fragte sie, welches Tischtuch sie zum Abendessen auflegen oder welche Gardinen sie im Schlafzimmer aufhängen sollte.

»Wie ist das Wetter in Oslo?«

Es wurde still am anderen Ende. »Rufst du mich an, um über das Wetter zu reden?«

Der ungeduldige Ton verunsicherte sie. »Alles in Ordnung bei dir?«, fragte sie.

»Ja, natürlich. Bloß ein bisschen Stress im Augenblick. Nichts Ernsthaftes. Wie geht es meiner Lieblingszirkusdirektorin?« Der Funke war zurück.

»Geht so. Sie bauen gerade ab, in ein paar Stunden ziehen wir weiter. Ich wollte nur mit dir reden, weil …«

»Weil?«

»Ich … heute Morgen ist beim Gespräch mit einem meiner Leute etwas passiert. Ich habe mein Ziel aus den Augen verloren. Nur ganz kurz, vielleicht eine halbe Minute. Für einen Moment habe ich daran gezweifelt, ob ich das Richtige tue. Das ist mir seit Jahren nicht mehr passiert.«

»Okay, hör jetzt gut zu: Erstens gehört keiner von denen zu ›deinen Leuten‹. Es sind nur Schachfiguren auf einem Spielbrett. Nur Figuren! So musst du sie sehen und behandeln. Du darfst sie nicht an dich heranlassen, das weißt du!« Er machte eine Pause und fuhr mit sanfterer Stimme fort. »Zweitens bis du der *Terminator*. Vergiss deinen Zweifel, okay? Es gibt ihn nicht. Du scheißt darauf, merzt ihn aus. Ich habe nie an dir gezweifelt. Du bist die Nummer eins. Nur noch drei Vorstellungen, ich weiß, dass du das schaffst. Du *musst* – um deiner Zukunft willen.«

Sie bemerkte den Anflug von Manie in seiner Stimme.

»Okay?«, fragte Børge.

Sie betrachtete sein Profilbild auf dem Display und legte die Stirn in Falten.

»Okay.«

39

Vor jeder Schule und jedem Kindergarten, an denen sie vorbeifuhren, standen die Kinder am Zaun und schauten der bunten Kolonne hinterher. Viele der Lastwagen, Wohnmobile und Wohnwagen waren alt und zerbeult, aber alle waren reich dekoriert. Bilder von Clowns, Artisten und jonglierenden Elefanten zierten die Seiten. Immer wenn sie durch ein Dorf oder eine Kleinstadt fuhren, setzte Fillip die Clownnase und die Perücke auf. Er genoss das Staunen in den Kindergesichtern, wenn er ihnen zuwinkte.

Die Fahrt von Åndalsnes hatte eineinhalb Stunden gedauert. Nun parkte der ganze Zirkus in Moa, einem Vorort von Ålesund, der größtenteils aus grauen, rechteckigen Einkaufszentren bestand.

Mit einem Pappbecher voll Kaffee in der Hand blinzelte Fillip in die Vormittagssonne. Er ging zu Wolfgang und Dieter, die zwischen Tankstelle und Leitplanke mit nacktem Oberkörper im Gras lagen. Neben ihnen lagen zwei leere Becher Softeis, ihre Bäuche ragten ein Stück höher in die Luft als ihre Brustkörbe und schimmerten rosa. »Vielleicht solltet ihr euch eine Sonnencreme kaufen, was?«

Wolfgang öffnete die Augen und schirmte sie mit der Hand gegen die Sonne ab. »Nein, nein. Die Heine-Brüder bekommen nie Sonnenbrand.«

»Sie werden nur knackig braun.« Dieter setzte sich auf und rieb sich den Bauch. »Ist noch nicht ganz durchgebraten.«

Fillip ließ sich neben ihnen im Gras nieder. »Kann

ganz schön wehtun in der Manege, wenn die Haut spannt.«

»Unsere Mutter hat sich immer mit Olivenöl eingerieben, wenn sie sich vor dem Wagen sonnte. Besonders wenn wir durch Südeuropa tourten.« Wolfgang lächelte breit bei der Erinnerung. »Wir wurden von hungrigen Zirkusleuten überrannt, die dachten, wir würden ein Spanferkel grillen.«

»Wie geht es ihr?«

Das Lächeln wich von Wolfgangs Lippen. »Gestern habe ich mit ihr geredet. Sie hat auf meinen Namen reagiert, aber sie verschwindet jeden Tag ein Stück mehr. Nur an die alten Tage erinnert sie sich gut. Manchmal gibt sie den Ablauf ganzer Vorstellungen wieder, die vor fünfzig Jahren stattfanden, oder erzählt von den Leuten, mit denen sie damals unterwegs war, aber ...« Er sah Dieter an. »Sie erkennt ihre eigenen Söhne nicht mehr.«

Fillip legte ihm die Hand auf die Schulter. »Eine schreckliche Krankheit. Ich kann mir kaum vorstellen, wie das ist. Weder für sie noch für euch. Aber wenigstens ist sie in guten Händen.«

»Fragt sich nur, wie lange noch«, sagte Wolfgang. »Du weißt, wie es aussieht, Fillip. Bis jetzt konnten wir das Pflegeheim gerade noch bezahlen, aber wenn es so weitergeht, wissen wir nicht, was wir tun sollen.«

»Ich habe ein paar Ersparnisse. Nicht sehr viel, aber ich könnte euch ...«

Wolfgang unterbrach ihn: »Danke, Fillip, das ist sehr nett, aber das können wir nicht von dir verlangen. Nicht in dieser Lage. In wenigen Wochen könnte alles vorbei sein, dann braucht jeder selbst, was er hat. Auch du.« Er zögerte. »Deshalb überlegen wir, Jacobis Rat zu folgen, damit wir möglichst viele Karten für die letzten Vorstellungen verkaufen. Mit unserem Anteil könnte Mutter noch ein paar Monate länger im Pflegeheim bleiben.«

Dieter nickte zustimmend. »Außerdem machen wir uns selbst und dem Zirkus keine Schande. Wenn es wirklich unsere drei letzten Vorstellungen werden, möchte ich sie lieber in guter Erinnerung behalten.«

»Ja, es ist schrecklich, das Publikum zu enttäuschen. Jede Faser meines Körpers sträubt sich dagegen«, gab Fillip zu. Dann zeigte er auf Lises Auto, das vor einer Pizzeria stand. »Aber vielleicht müssen wir das gar nicht mehr tun, um den Zirkus zu retten. Ich habe Lise einen Vorschlag gemacht. Wenn sie ihn annimmt, können wir morgen in Giske auftreten, ohne unseren Stolz zu verlieren. Und dann ist es nicht in wenigen Wochen vorbei, sondern wir fangen neu an, mit mir als Zirkusdirektor.«

Wolfgang setzte sich auf. »Bekommen wir dann auch siebzig Prozent der Einnahmen?«

»Nein. Lise bekommt die siebzig Prozent, und wir behalten unseren Zirkus.« Fillip sah ihnen in die Augen. »Ihr wisst, wie sehr ich diesen Zirkus liebe, und ich weiß, wie sehr ihr ihn liebt. Er ist unser Zuhause. Unsere Familie. Ich bin sicher, dass wir einen Weg finden, das Zelt wieder zu füllen. Es muss einen geben. Alles, worum ich euch bitte, ist, nicht aufzugeben. Verlasst euch auf mich.«

Fillip versuchte, in ihren Gesichtern zu lesen, aber es gelang ihm nicht. Die beiden sahen einander an, wie es nur Zwillinge können. Wieder zeigte Fillip auf Lises Auto. »Sie wird mir noch vor der nächsten Vorstellung antworten.«

40

»Bist du sicher, dass du nichts willst?« Lucille untersuchte die Pizzareste in der Schachtel mit dem Rüssel. Das Heu am Boden des Trailers stob nach allen Seiten, als sie schnaubte und den Rüssel zu dem Stück bewegte, das Lise ihr hinhielt. »Komm schon, alle mögen Pizza. Oder bekommst du Magenschmerzen davon? Wie viele Mägen hat eigentlich ein Elefant?«

Lucille steckte den Rüssel abweisend in den Wassertrog, als wolle sie zeigen, was für eine dumme Frage dies war.

Lise biss selbst ein Stück ab und lehnte sich an den Trailer. »Selber schuld.« Von Weitem sah sie Fillip und die Brüder im Gras sitzen. »Was die wohl zu bereden haben? Ich kann es mir fast denken.« Sie wandte sich wieder Lucille zu. Der Trailer war gerade breit genug, dass der Elefant nicht gegen die Seitenwände stieß. »Ziemlich eng da drinnen. Erinnert mich an die Ausflüge nach Boden in Schweden, als ich klein war. Zehn Stunden von Kirkenes in einem alten Opel ohne Klimaanlage, eingeklemmt zwischen Großmutter und der Autotür. Und die alte Dame hat nicht viele Mahlzeiten ausgelassen, gelinde gesagt. Wir hatten auch einen Wohnwagen, fast wie im Zirkus. Irgendwie war es trotz allem nett.« Sie legte das letzte Stück Kruste in die Schachtel und tätschelte Lucille am Bauch. »Vielleicht musst du bald nicht mehr so viel reisen.«

Lucille hob ein Ohr.

»Wenn alles nach Plan läuft, bekommst du einen geruhsamen Lebensabend in einem schönen Tierpark. Mit viel Platz und ...« Lucille drehte den Kopf weg. »Ja, ich weiß, du wirst die Manege vermissen, wie die anderen. Aber im Tierpark hast du auch Publikum.« Lucille zog den Rüssel zurück, als Lise ihn streicheln wollte. »Sei doch nicht so, das wird bestimmt klasse. Die haben viele leckere Sachen für dich, von denen du kein Bauchweh bekommst.« Sie wurde nachdenklich. »Was Børge wohl sagen würde, wenn er wüsste, dass ich mir Sorgen um die Zukunft eines Elefanten mache?«

Lucille sah sie aus dem Augenwinkel an.

»Wahrscheinlich würde er sagen, dass du nur eine Spielfigur bist. Aber du bist eine verdammt große Spielfigur, Lucille. Und du fällst nicht in die Kategorie ›andere Leute‹, also kann ich mich um dich kümmern, so viel ich will. Ich werde dafür sorgen, dass du in einem guten Tierpark unterkommst, das verspreche ich dir.«

41

Giske lag flach und grün im Meer vor Ålesund, eingerahmt von kreideweißen Stränden mit feinem Sand. Lise war der Kolonne durch Ålesund, den unterseeischen Tunnel nach Valderøy und dann über die Brücke auf die Insel gefolgt.

Sie parkte das Auto in der Lücke zwischen Hilmars Wagen und dem nächsten Wohnmobil, stieg aus und sah sich um. Der Sportplatz, auf dem sie standen, war von hohem Gras umgeben, das sich im Wind bog. Hinter dem kleinen Vereinshaus standen Einfamilienhäuser mit Gärten zur windabgewandten Seite. Auf der anderen Seite rollten weiße Wellen auf den Strand zu. Es erinnerte sie an die Westküste von Dänemark.

Jacobi half beim Entladen der Tribünenteile. Sie ging zu ihm. »Kann ich kurz mit dir reden?«

Er sah sich um. »Passt gerade schlecht. Viel Arbeit, alle müssen mit anpacken.«

»Nur eine Minute.« Sie zog ihn zur Seite. »Hast du mit den anderen geredet?«

»Ja. Jedenfalls mit Wolfgang und Dieter. Sie zweifeln auch an Fillip, glaube ich.«

»Gut. Bearbeite sie weiter. Die anderen auch.« Sie sah die Unsicherheit in seinen Augen. »Langsam kapieren sie, dass wir ihnen nur helfen wollen, oder? Sie werden uns noch dankbar sein, Jacobi. Wenn unser Plan gelingt.« Als Lise sah, dass Diana sich näherte, schickte sie Jacobi zurück zu den Lastwagen.

»Dürfte ich wissen, woraus euer Plan besteht?«, fragte Diana.

»Mein Gott, du hast wohl ein Supergehör? Okay, lass uns einen Spaziergang am Strand machen und darüber reden.«

Lise und Diana gingen schweigend über die Wiese zum Strand. Die Ebbe hatte einen breiten Streifen dunklen, nassen Sand freigelegt, auf dem sie deutliche Spuren hinterließen. »Und, was planst du zusammen mit dem guten Jacobi?«, fragte Diana.

»Nichts, was du noch nicht wüsstest. Ich will, dass die Sabotage in der Manege aufhört. Damit wir genug Karten verkaufen, um die Vorstellungen durchzuführen. Im Gegenzug bekommen die Artisten siebzig Prozent aller Einnahmen, um eine Weile über die Runden zu kommen, wenn …«

»Wenn sie keine Manege mehr haben, in der sie auftreten können, meinst du?«

»Jacobi hat eingesehen, dass der Zirkus so oder so keine Chance mehr hat.«

Diana sah ihr so tief in die Augen, dass Lise den Blick abwandte.

»Du weißt, wie die Dinge liegen, Diana. Alles, was ich sage, ist …« Plötzlich spürte sie Dianas Hand auf ihrer Schulter.

»Du musst dich nicht entschuldigen, Lise.«

Die Wärme von Dianas Hand strömte durch ihren ganzen Körper. Lise schwankte fast und bekam kein Wort mehr heraus. Es war wie in ihrer Kindheit, als Vanja immer mit offenem Fenster schlafen wollte. Lise wickelte die Decke so fest um sich, dass keine Kälte hereinkam. Als Diana die Hand wieder wegnahm, fühlte es sich an wie morgens, wenn Mutter ihr die Decke weggezogen hatte. Lise schnappte nach Luft, sah Diana mit großen Augen an und versuchte sich zu sammeln. »Mensch, du hast ja eine Hand wie der Snåsamann. Was für eine Wärme!«

»Wer ist der Snåsamann?«

»So ein Greis aus einem Bergdorf, der angeblich Menschen durch Handauflegen heilt.«

Diana setzte sich in den Sand und ließ den Blick über das Meer schweifen. »Ich glaube nicht an solche Dinge. Die Wärme steckt in dir, nicht in meinen Händen. Man muss sie nur finden. Vielleicht gehört dazu weniger, als man denkt, aber manche Menschen finden sie nie.«

»Dann habe ich sie gerade gefunden und gleich wieder verloren.« Lise sank neben ihr in den Sand. »Übrigens glaube ich auch nicht an solche Dinge. Und ich wollte mich nicht entschuldigen, sondern klar und deutlich sagen, was ich mit dem Zirkus vorhabe, obwohl du es ohnehin weißt.«

»Noch hast du Zeit, deine Meinung zu ändern.«

»Das wird nicht geschehen.«

»Mal sehen. Die Wärme steckt jedenfalls noch in dir.«

»Ich werde den Zirkus verkaufen, das weißt du. Ich habe schon einen möglichen Käufer. Gewöhn dich an den Gedanken.«

Eine Möwe flog vom Wasser auf, als wolle sie still gegen Lise protestieren. Sie segelte mit dem Wind nach Osten auf einen Leinenfischer zu, der in den Fjord einfuhr und umschwärmt war von einer Wolke weiterer Möwen.

»Was ich denke oder nicht denke, spielt keine Rolle. Mir ist wichtiger, was Hilmar wollte. Er wollte, dass ich dir helfe. Wir haben noch drei Vorstellungen vor uns, da kann sich noch vieles ändern.«

»Na gut. Viel Glück. Ich muss jetzt Plakate aufhängen.« Der Sand rieselte von ihrer Hose, als sie aufstand und ihren Fußspuren zurück zum Zirkus folgte.

42

»Hei. Dürfte ich vielleicht ein Plakat an den Laternenpfahl da draußen hängen?« Den Rücksitz voller Plakate, war Lise über die schmale Straße zwischen Häusern und Meer gefahren. Nun stand sie vor der Kirche von Giske und hielt eines davon in der Hand. Sie hatte den Pfarrer durch ein Fenster der weiß gekalkten Kirche gesehen und wollte die Chance nutzen, um den Mann für sich zu gewinnen und den Verkauf zu fördern. Mit einem frommen Lächeln rollte sie das Plakat auf und hielt es in die Höhe.

Das Grau im Bart des Pfarrers und die eingefallenen Schultern deuteten an, dass er sich dem Pensionsalter näherte. Er lächelte, als er das Plakat sah. »Zirkus Fandango. Treu wie die Zugvögel.« Das Lächeln verschwand. »Traurig, von Hilmars Tod zu hören. Mein Beileid.«

Lise senkte das Plakat und setzte eine ernste Miene auf. »Danke. Das ...«

Der Pfarrer unterbrach sie und rieb sich den Bauch. »Wussten Sie, dass er mir immer Brotküchlein mitgebracht hat?«

»Brotküchlein? Nein, das wusste ich nicht. Aber ...«

»Die Konditoreien in Ålesund haben die früher verkauft. Jeden Tag, wenn sie mit dem Backen fertig waren, sammelten sie die Krümel und mischten sie mit Zucker und Gewürzen.« Er formte einen Kreis mit Daumen und Zeigefinger. »Ungefähr so groß. Dann wurden sie gebacken und bekamen noch eine dicke Glasur mit bunten Streuseln obendrauf.«

Der Pfarrer war in glücklicher Erinnerung versunken.

»Die habe ich noch nie gegessen«, sagte Lise.

»Das Besondere an den Küchlein war, dass sie nicht nur schmeckten, sondern gebacken wurden, um Verschwendung zu vermeiden. Sie waren aus Resten, die keiner mehr haben wollte, und haben doch viel Freude verbreitet.«

»Das klingt wirklich gut, ich sollte sie probieren.«

»Letztes Jahr brachte Hilmar stattdessen ein Plunderteilchen. Er gibt keine Brotküchlein mehr. Neue Bäcker, neue Kuchen. Viel Altes geht verloren.«

Lise entrollte das Plakat erneut und versuchte, betroffen zu klingen. »Aber der Zirkus Fandango bleibt bei der Stange. Noch. Der Kartenverkauf läuft nicht so gut. Sie kommen doch zur Vorstellung?«

»Ich glaube nicht. Ich habe auf Facebook gelesen, wie schlecht der Zirkus geworden ist.«

»Aber ...« Lise war ratlos. Sie ließ das untere Ende des Plakats los, das sich sofort wieder einrollte. Dann nahm sie sich zusammen und versuchte es noch einmal. »Wir könnten wirklich Unterstützung von allen gebrauchen, die Hilmar geschätzt haben. Sonst könnte es dem Zirkus wie den Brotküchlein ergehen.«

Der Pfarrer zuckte mit den Schultern und lächelte. »Neue Bäcker, neue Kuchen. Aber die alten Rezepte liegen meistens noch in irgendeiner Schublade.« Er zeigte auf das Kirchenschiff. »Ich muss noch eine Predigt schreiben. Sie können das Plakat gerne aufhängen. Viel Glück!«

Ehe Lise mehr sagen konnte, fiel die Tür ins Schloss. Sie ging zu der Laterne und hängte das Plakat auf. Im Hafen schrien die hungrigen Möwen den Fischer an, der seinen Fang in weißen Kisten an Land brachte. Sie beobachtete das Schauspiel eine Weile, dann zog sie das Telefon aus der Tasche. Sie setzte sich ins Auto, aktivierte Bluetooth und wählte Børges Nummer.

»Børge? Hast du Zeit zum Reden?«

»Für dich immer!«, schallte es durch die Lautsprecher. Lise drehte die Lautstärke herunter. »Wie läuft's in der Manege?«

»Der reinste Albtraum.«

»So gut?«

»Ich ertrinke in Metaphern.«

»Und ich soll deine Rettungsweste sein?«

»Sehr lustig. Ich hab das alles so satt. Ich vermisse das Büro. Da muss ich mich nicht mit Leuten herumplagen, auf die ich keine Lust habe.«

»Du ziehst die drei Vorstellungen durch, *I know it*.«

»Du hast keine Ahnung, wie das hier ist. Wie eine Reality-Freakshow, bei der alle mich rausekeln wollen.«

»Klingt, als hätten sie dich mit ihrem Metaphernvirus angesteckt. Aber vergiss nicht, du bist der größte Freak von allen.«

»Was?«

»Nicht wie die – du weißt schon, was ich meine. Sie wollen dich vielleicht rausekeln, aber am Ende wirst du die Königin sein. Nur noch drei Vorstellungen, dann kannst du all das vergessen und in dein neues Eckbüro ziehen.«

»Eckbüro? Das ist doch deins.«

»Ich habe es ernst gemeint damit, dass ich es langsamer angehen will. Und wenn du übernimmst, bekommst du natürlich auch mein Büro.«

Lise sah sich an dem großen Schreibtisch im Eckzimmer sitzen und lächelte. »Das ist ...«

»Deine Zukunft. Aber zuerst musst du diesen Job durchziehen. Wie läuft der Verkauf für die nächste Vorstellung?«

»Beschissen, nach der Katastrophe in Åndalsnes. Wenn sich das bis morgen Abend um sechs nicht ändert, ist es vorbei. Und es sieht nicht danach aus.«

»Verdammt, Lise. Mogens wird das nicht gerne hören.« Børge dachte kurz nach. »Wie viele Karten müssen bis dahin verkauft sein?«

»Ungefähr hundertfünfzig.«

»Und was kostet eine?«

»Die billigsten zweihundert.«

Im Hintergrund wurde eine Tür geöffnet, dann knarrte Børges Chefsessel. »Ich muss jetzt auflegen.«

Lise blieb sitzen und starrte ins Leere. Dann sah sie sich selbst im Rückspiegel und sagte laut: »Verdammter Mist. Was zum Teufel ist los mit dir? Reiß dich zusammen, Lise. Du bist der größte Freak von allen!«

43

Mit der bronzenen Plastik einer nackten Frau in der Hand stand Mogens Arafat Nilsen zwischen Børges Schreibtisch und dem Regal, aus dem er die Figur genommen hatte.

»Per Ung.« Von seinem Platz hinter dem Schreibtisch sah Børge seinen Kunden erwartungsvoll an.

»Was hast du gesagt?«

»Vor ein paar Jahren hatte ich das Glück, mir auf einer Auktion ein Exemplar zu sichern. Es ist ein Per Ung.«

»Nein.« Mogens marschierte zum Schreibtisch und warf die Plastik in den Papierkorb, der danebenstand. »Das ist eine Bankrotterklärung.«

»Aber er ist in ganz Skandinavien anerkannt und …«

»Wenn Kunst nach dem Namen des Künstlers definiert wird, hat sie ihren Wert und ihren Sinn verloren.«

»Ja, aber …«

Mogens stützte beide Handflächen auf den Schreibtisch und beugte sich zu Børge vor. »Bankrott, okay? Aus und vorbei. Niederlage.«

Børge schielte besorgt auf die Plastik, die halb aus dem Papierkorb ragte. »Okay«, seufzte er.

»Und mein Zirkus?« Mogens trat zurück und ließ sich auf einen Lederstuhl fallen. »Wie geht es meinem Zirkus?«

»Bestens. Lise hat alles unter Kontrolle.«

»Wunderbar!«

»Sie sind gerade auf einer Insel vor Ålesund namens Giske. Danach gibt es nur noch zwei Vorstellungen.«

»Insel …«, sagte Mogens verträumt. »Der Zirkus ist eine Insel.«

»Was? Nein, er ist *auf* einer Insel.«

Mogens' Zeigefinger schoss zitternd in die Höhe und brachte Børge zum Schweigen. »Eine Insel auf einer Insel? Und das Meer frisst sich ins Land, Millimeter für Millimeter, Jahr für Jahr. Langsam, aber sicher. Ticktack, ticktack. Sind wir das Meer? Die Wellen, die kommen und gehen? Das hat was, nicht wahr?«

Børge zögerte, versuchte zu erahnen, was Mogens hören wollte, dann wagte er ein zaghaftes »Ja?«.

»Nein!« Mogens schüttelte den Kopf. »Nichts. Das Meer ist bloß Meer. Moleküle in einer bestimmten Zusammensetzung, genau wie wir.«

»Dann sind wir also doch das Meer?«

»Nein.«

Børge seufzte. »Nein.«

»Wir sind nichts.« Plötzlich grinste Mogens breit. »Aber der Zirkus, das ist etwas. Wohin fahren sie danach?«

»Vartdal. Ein kleines Dorf in der Nähe von Ørsta. Die Vorstellung dort ist in drei Tagen.«

»Wir auch.«

»Was?«

Mogens sprang auf und lief zur Tür. »Wir sind auch in drei Tagen in Vartdal. Du besorgst die Flugtickets.«

»Ja, klar.«

»Gut. Hol mich da ab, wo Neu auf Alt trifft und Alt auf Neu.«

»Natürlich. Ich rufe dich an.«

Sofort nachdem Mogens zur Tür hinaus war, ging Børge zum Papierkorb, fischte die Plastik behutsam heraus und betrachtete sie. Ein Stück Pastrami klebte wie ein spärlicher Rock um die Taille der Figur.

44

Nachdem die abendliche Landbrise sich gelegt hatte, war ein warmer Sommerabend angebrochen. Einige Artisten waren zum Strand hinuntergegangen und hatten sich johlend in die Wellen gestürzt, waren aber genauso schnell wieder herausgekommen. Fillip wusste, warum – er hatte nur die Hand ins Wasser getaucht.

Nun saß er in Dianas Wagen auf dem Sofa und betrachtete die alten Bilder, die ihre Wände über und über bedeckten. Er war schon oft dort gesessen, aber jedes Mal entdeckte er neue Details auf den Fotos, Blicke, die sich zwei Menschen zuwarfen, oder eine aufmunternde Hand auf einer Schulter. Sie zeigten die Artisten vor Jahrzehnten und in neuerer Zeit, aber niemals in der Manege. Sie saßen am Lagerfeuer, an langen Tischen hinter dem Zelt oder auf Stühlen vor ihrem Wagen.

»So ist das mit alten Damen«, sagte Diana. »Sie hängen ihre Wände mit Bildern voll. Meistens Familienbilder, und diese Leute sind meine Familie. Du auch, Fillip. Leider sind viele von ihnen schon von uns gegangen.« Sie legte die Hand aufs Herz. »Aber sie leben hier weiter.« Sie stellte eine Teekanne und zwei Tassen auf den Tisch und setzte sich. »Und an meinen Wänden. Was hast du auf dem Herzen, Fillip?«

»Lise. Warum hilfst du ihr?« Er zeigte auf die Bilder. »Alle diese Leute ... Der Zirkus hat sie zu einer Familie zusammengeschweißt. Lise will ihnen den Zirkus wegnehmen und würde damit die Familie zerschlagen.«

»Ich weiß, was auf dem Spiel steht.«

»Und trotzdem hilfst du ihr? Ich verstehe nicht, warum du …« Er unterdrückte seine Frustration. »Wenn du stattdessen mir helfen würdest, könnten wir weiter eine Familie bleiben, und der Zirkus Fandango könnte weiterleben. Ich bin mir sicher, dass Hilmar das so gewollt hätte. Und nicht, dass sein Lebenswerk an den Meistbietenden verschachert wird.«

Diana beugte sich über den Tisch und ergriff Fillips Hände. »Mir ist klar, wie schwer das für dich zu verstehen ist, Fillip. Für euch alle.« Sie stand auf und nahm ein Bild von Hilmar von der Wand. »Hilmar hat es sich für Lise gewünscht. Das Zirkusleben. Und ich muss das respektieren.«

»Nur schade, dass sie es sich selbst nicht wünscht.« Fillip konnte seine Enttäuschung nicht verbergen. »Sie mag ja mit Hilmar verwandt sein, aber sie hat nichts mit ihm gemeinsam.«

Diana hängte das Bild wieder auf. »Was die Leute *werden*, spiegelt nicht unbedingt, was sie *sind*. Oder wie sie wirklich sind. Es gibt viele Scheidewege im Leben, und jede Entscheidung kann dich weiter von dir selbst entfernen. Manchmal so weit, dass du vergisst, wer du bist. Hilmar wollte ihr den Weg zurück zeigen.«

»Sieht nicht so aus, als ob sie ihn gefunden hätte.«

»Deswegen helfe ich ihr.« Diana setzte sich wieder aufs Sofa und legte die Hände um ihre Teetasse.

Fillip stand auf und öffnete die Tür, aber bevor er hinausging, drehte er sich noch einmal um. »Vergiss nicht, dass du deiner Familie da draußen in die Augen sehen musst, wenn alles vorbei ist.«

Nachdem Fillip die Tür geschlossen hatte, sah Diana Hilmars Bild an. »Ich hoffe, du hast recht, was Lise angeht.«

45

Die Morgensonne schien durch die Löcher im Zirkuszelt und schickte schmale Lichtstreifen auf die leeren Ränge. Die Orchestertribüne war aufgebaut, die Scheinwerfer waren montiert. Jacobi stand am Rand der Manege und spannte das Sicherheitsnetz, das Tatjana beim Training benutzte. Er schielte zu ihr hinüber, während sie am Elefantenschemel Dehnübungen machte. Dann holte er tief Luft, als wolle er ins kalte Wasser springen, und ging auf sie zu. Auf halbem Weg hielt er inne, schüttelte den Kopf und drehte sich um, aber dann besann er sich und ging mit verbissener Entschlossenheit auf sie zu.

Als sie ihn sah, verlor sie für einen Augenblick die Balance. »Jacobi! Wo kommst du denn her?«

»Von da drüben.« Er zeigte auf die Stütze. »Ich ...« Sein Blick flackerte, dann biss er die Zähne zusammen und schielte auf den imaginären Punkt zwischen ihren Augenbrauen. »Ich wollte dir nur sagen, dass das Netz sicher befestigt ist. Ganz sicher.«

»Danke, das ist ...« Sie unterbrach die Aufwärmübungen und drehte den Kopf, um ihm in die Augen zu schauen, aber er ruckte den Kopf und entzog sich nervös ihren Blicken. »Alles in Ordnung mit dir?«

»Ja, alles bestens.«

Der Tanz der Köpfe setzte sich ein paar Sekunden fort, bis sie die Hände auf seine Wangen legte, um ihn zu stoppen. »Was hast du da zwischen den Augenbrauen?«, fragte sie.

Jacobi war im siebten Himmel, er spürte die Wärme ihrer Hände. »Was sagst du?«

»Da.« Sie legte den Zeigefinger auf den Punkt über seiner Nase. »Ist das Kugelschreiber? Hast du dich bemalt?«

Er zog den Kopf zurück und rieb sich die Stirn. »Ach, das ist nur ... also ... ich übe eine neue Nummer ein.« Er wandte sich ihr zu, und diesmal sah er ihr wirklich in die Augen. »Die wichtigste Nummer meines Lebens.«

»Oh! Viel Glück, hoffentlich klappt es. Wolltest du noch etwas sagen?«

»Äh ... ich wollte nur fragen, ob du Hilfe brauchst.«

Da erklang von hoch oben Wolfgangs Stimme. Er stand auf dem Absatz, von dem Tatjana immer absprang, und spannte einen Draht. »*Du* brauchst Hilfe, Jacobi!«

Jacobi schaute auf. »Kümmer dich um deinen eigenen Kram!«

Wolfgang ließ den Zeigefinger am Hinterkopf kreisen. »Wird ganz schön dünn da hinten, mein Freund.« Jacobi griff sich erschrocken in die Haare. »Nicht wahr, Tatjana? Aber keine Angst, Jacobi, ich kenne eine gute Haarklinik.«

»Dir hingegen ist nicht mehr zu helfen. Eine Kur gegen Idiotie gibt es noch nicht.«

»Fangt ihr schon wieder an?« Tatjana stellte den anderen Fuß auf den Elefantenschemel und setzte die Dehnübungen fort.

Nachdenklich betrachtete Jacobi die beiden. »Was wollt ihr eigentlich heute Abend in der Vorstellung tun? Habt ihr vor, euer Bestes zu geben? Wenn nicht, werden wir keine Karten mehr verkaufen, und dann haben wir auch keine Chance mehr auf eine Beteiligung.«

Wolfgang setzte sich auf das Plateau und ließ die Beine baumeln. »Ich weiß nicht mehr, was ich tun soll. Dieter will, dass wir Fillips Plan folgen und wieder patzen.«

»Und du, Tatjana?«

»Fillip hat zu einer Versammlung vor der Vorstellung aufgerufen. Er sagte, er hätte Neuigkeiten, die vielleicht alles ändern. Vielleicht müssten wir die Vorstellung gar nicht mehr sabotieren, hat er gesagt.«

»Versammlung? Davon habe ich gar nichts gehört«, meinte Jacobi.

Wolfgang zuckte mit den Schultern. »Vielleicht bist du nicht eingeladen.«

»Was für Neuigkeiten hat er denn?«

Tatjana wechselte wieder die Stellung. »Keine Ahnung, er hat nichts verraten.«

»Ich …« Jacobi rüttelte an dem Tau, um zu prüfen, ob es fest gespannt war. Dann schlurfte er zum Ausgang und sagte über die Schulter: »Ich muss jetzt gehen.«

46

»Was hast du bloß gestern zum Abendessen gegessen, Lucille?« Ein scharfer Geruch schlug Lise entgegen, als sie die Schubkarre ins Gehege schob. Überall lagen große, dampfende Elefantenhaufen. »Ich schenke dir eine Beratung beim Ernährungsexperten zum Geburtstag, wie wär's?« Sie nahm die Schaufel aus der Schubkarre und begann das Gehege auszumisten. »Ja, ich weiß, das ist urkomisch. Wie ein Fisch in der Wüste. Stadtfrau muss Elefantenmist schaufeln. Weil alle anderen mal wieder die tollsten Ausreden haben: Sehnenscheidenentzündung, Gichtanfälle, geplatztes Trommelfell und so weiter.«

Sie hielt inne und stützte sich auf die Schaufel. »Aber das Seltsame ist ...« Mit geschlossenen Augen genoss sie die Sonne auf dem Gesicht. Durch das Fenster eines Wohnmobils klang eine ruhige Melodie aus einem alten Transistorradio herüber. Auf dem Zirkuszelt saß eine Krähe und krächzte matt, als gäbe sie eine halbherzige Karaoke-Einlage. Im Zelt knarzten die Seile am Trapez.

Lise öffnete die Augen und sah Lucille an. »In Oslo ist kein Tag wie der andere. Die Menschen, denen ich auf dem Weg zur Arbeit begegne, sind selten dieselben. Ich habe fast jeden Tag mit neuen Dingen und Menschen zu tun. Das wird nie langweilig, aber ...« Sie zuckte mit den Schultern. »Hier sehe ich Tag für Tag dieselben Gesichter, höre dieselben Geräusche ...« Das Rad der Schubkarre quietschte, als sie sie zum Misthaufen schob. Sie schaufelte und schüttelte lächelnd den Kopf. »Und mache dieselbe Arbeit. Und das Seltsame ist, dass ich eigentlich gar nichts dagegen habe. Nicht mal gegen Elefantenmist.«

»Das wäre eine richtig gute Geschäftsidee, oder?« Fillip stand in der Lücke zwischen zwei Lastwagen und sah ihr zu. »Elefantenmist-Therapie für gestresste Geschäftsleute. Die bezahlen sicher ein Vermögen dafür, um sich selbst zu finden.« Er malte ein imaginäres Schild in die Luft. »*Mist schaufeln – Seele reinigen.*«

Lises Lächeln verschwand. »Meine Seele braucht keine Reinigung.«

»Wenn du das sagst ... Von mir aus darfst du es ruhig weiterhin sein lassen, sie zu reinigen. Ich wollte nur wissen, ob du dich entschieden hast.«

Lise streckte beide Hände aus und drehte die Handflächen nach oben. Zuerst bewegte sie die linke Hand auf und ab, als würde sie etwas wiegen. »Das sind rund 150 000 Kronen. Siebzig Prozent des Kartenverkaufs.« Dann war die rechte Hand an der Reihe. »Und das sind rund drei Millionen. Und die Teilhabe an Børges Firma.« Sie ließ die Hand fallen, als könne sie das Gewicht nicht mehr tragen. »Schwierige Entscheidung, oder? Was glaubst du, wofür ich mich entscheide?«

»Das wirst du noch bereuen.« Fillip drehte sich auf den Hacken um.

»Glaube ich kaum.« Sie sah ihm hinterher, dann wandte sie sich Lucille zu, die ihr das Hinterteil zeigte. »Ja, böse Frau aus der Stadt, ich weiß. Sag es ruhig: keine Seele zum Reinigen.«

Lucille schnaubte und widmete ihre Aufmerksamkeit dem Wassertrog. Erst als Jacobi ins Gehege kam, hob sie wieder den Kopf.

»Fillip sah ganz schön sauer aus. Was hat du ihm gesagt?«

Ein Stück Elefantenmist rutschte von der Schaufel und fiel auf Lises Schuhe. »Verdammte Scheiße!« Sie warf

Lucille einen vorwurfsvollen Blick zu und versuchte, den Dreck abzuschütteln. »Oder Elefantenscheiße.« Das Stück flog in hohem Bogen auf Jacobi zu. »Ich sagte, dass ich bei meinem alten Plan bleibe.«

»Er hat alle zu einer Besprechung zusammengetrommelt.«

»Natürlich.«

»Alle, außer mich.«

Sie wollte sofort antworten, aber dann sah sie, wie verletzt Jacobi war, und besann sich. »Ich weiß genau, wie das ist, Jacobi. Manchmal muss man Entscheidungen fällen, die einen unbeliebt machen. Dann fühlt man sich einsam. Aber wenn alles vorbei ist, werden sie dich als ihren Retter ansehen.« Es entsetzte sie, wie wenig überzeugend sie klang. Wenn sie selbst nicht mehr glaubte, was sie sagte, wie sollte sie dann ihre Kunden überzeugen? Sie widmete sich ganz dem Elefantenmist, um ihre Verwirrung zu verbergen. »Hör zu. Viele von ihnen zweifeln bereits an Fillip und überlegen sich, deinem Rat zu folgen, nicht wahr?«

»Schon … Wolfgang und Dieter sind unschlüssig. Tatjana auch, glaube ich.«

»Weil sie kapiert haben, dass du ihnen helfen willst.«

»Vielleicht.«

»Nicht vielleicht. Ganz sicher. Du musst ihnen helfen, Jacobi. Auch Miranda und Reidar. Mach ihnen klar, dass es die einzig vernünftige Entscheidung ist, eine finanzielle Hilfe für die Übergangszeit anzunehmen.« Sie sah ihm in die Augen. »Übrigens habe ich Tatjana genau beobachtet. Sie sieht dich jetzt mit ganz anderen Augen an. Nicht mehr nur wie einen Freund. Da ist viel mehr in ihrem Blick, ganz sicher.«

Jacobis Gesicht hellte sich auf.

»Ich glaube, du bist jetzt bereit«, sagte Lise.
»Wozu?«
»Sie einzuladen. Jedenfalls fast. Ich sorge schon dafür, dass du es schaffst. Nach der Vorstellung heute Abend gebe ich dir noch eine Stunde, dann wird sie Ja sagen. Garantiert.«

Jacobi lächelte erwartungsvoll und verließ das Gehege.

Lise ging wieder zu Lucille. Sie lehnte die Schaufel an den Wassertrog und streckte die Hand aus, um ihr den Rüssel zu streicheln, aber Lucille zog ihn zurück und entfernte sich. Lise blieb kurz mit ausgestreckter Hand stehen, dann ließ sie den Arm sinken und ergriff wieder die Schaufel. »Was soll ich noch sagen?« Sie versuchte vergeblich, gleichgültig zu klingen. »Keine Seele.«

47

Auf dem Weg zum Kartenkiosk stieg Lise der Duft von frischem Popcorn in die Nase. Auch die Krähen mussten es gerochen haben. Sie zankten sich mit den Möwen um die besten Plätze in der Nähe der Bude. Die Türangeln schrien nach Öl, als Lise die Tür des Kiosks öffnete. »Wie sieht es aus?«

»Schlecht«, sagte Diana und drehte sich auf dem Stuhl um. »Wir haben erst achtundsiebzig Karten verkauft.«

»Neunundneunzig zu wenig.« Lise schaute auf die Uhr. »Und nur eineinhalb Stunden bis zur Vorstellung. Da kann ich auch gleich meine Sachen packen.«

»Es ist noch nicht vorbei.«

»Da müsste schon ein Wunder geschehen.«

Diana zuckte mit den Schultern. »Das soll vorkommen.«

»Ich glaube nicht an Wunder.« Der alte Schemel in der Ecke knackte bedrohlich, als Lise sich auf ihm niederließ. Sie saßen eine Weile still da, bis Lise das Schweigen brach: »Was ist eigentlich los mit den beiden?« Auf dem Parkplatz stiegen Fillip und Miranda lächelnd aus Fillips Auto.

»Ach, die waren bis vor drei Jahren miteinander verlobt.«

»Und dann?«

»Dann lernte Miranda einen anderen Mann kennen und verließ den Zirkus. Aber sie fand bald heraus, dass er nicht der Richtige war, und kam zurück. Seitdem versucht sie, Fillip zurückzugewinnen.«

»Sieht aus, als hätte sie Erfolg.«

»Fillip hat sich verändert seitdem. Er hat sein Herz verschlossen. Er wird es erst wieder öffnen, wenn er die Richtige findet. Vielleicht ist es Miranda, vielleicht auch nicht.«

»Du solltest romantische Geschichten für Illustrierte schreiben.«

»Was ist mit dir?«

»Ich? Nein, Schreiben ist nicht mein Ding.«

»Du weißt schon, was ich meine. Ob der Richtige schon deinen Weg gekreuzt hat?«

»Ich habe noch nicht einmal meinen Weg gefunden.« Lise war überrumpelt. »Mein Gott, was für ein Stuss. Vielleicht sollte ich doch für Illustrierte schreiben.« Sie redete nie über ihr Liebesleben, außer manchmal mit Vanja, wenn diese zu neugierig fragte. »Ich konzentriere mich lieber auf *das* Richtige. Das bringt mir mehr.«

»Geld, meinst du? Das kann ein paar Leerräume füllen.« Diana legte sich die Hand auf die Brust. »Aber du hast einen Leerraum in dir, den kein Geld der Welt füllen kann. Und der wird immer größer, wenn man zu lange wartet. Du solltest ...«

Lise sprang auf. »Spar dir das für die Wahrsagerei auf. Oder meinetwegen für die Illustrierten. Ich starte jetzt einen letzten Versuch und rufe alle lokalen Radiosender an.«

48

»Worüber habt ihr geredet?« Der Plastikbezug auf Wolfgangs und Dieters Sofa quietschte, als Jacobi sich setzte. Über den blauen Gardinen, die die Nachmittagssonne abhielten, hingen glänzend weiße Schränke. Auf einem Flachbildschirm neben der Tür machte Gordon Ramsey, der »Chef ohne Gnade«, einen anderen Koch nieder. An den Wänden hingen eingerahmte alte Zirkusplakate. Ein moderner Kaffeeautomat dampfte und zischte in der Küchennische, wo Dieter mit drei Tassen stand.

Wolfgang schob die Gardine zur Seite und schielte zu Fillip hinüber, der nebenan vor seinem Wagen saß. »Er hat gesagt, dass es bald vorbei ist. Heute Abend muss Lise Gundersen nach Hause reisen. Alles, was wir tun müssen, ist, nicht aufzutreten, weil der Kartenverkauf zu schlecht war.«

»Ihr werdet also nicht auftreten?«

Dieter stellte eine Tasse unter den Kaffeehahn. »Nix. Ich habe eine feste Verabredung mit einem Liegestuhl und einer Dose Bier. Oder drei.«

»Und du, Wolfgang?«

»Ich gehe heute Abend nicht in die Manege.«

»Er hatte also einen Plan?«

»Wie meinst du das?«

»Fillip. Hat er euch gesagt, wie er den Zirkus am Leben erhalten will? Wie er mehr Karten verkaufen will, damit ihr die Raten für euren neuen, schicken Wagen bezahlen könnt. Der muss doch ein Vermögen gekostet haben.«

Der Kaffeeautomat zischte wieder, während Dieter eine weitere Tasse bereitstellte und einen fragenden Blick mit Wolfgang wechselte.

»Ich bin sicher, dass Fillip das Beste für uns alle will«, fuhr Jacobi fort. »Er liebt diesen Zirkus wie wir alle. Aber das bedeutet nicht automatisch, dass er ihn auch retten kann.«

»Vergiss es, Jacobi.« Wolfgang nahm Dieter die erste Tasse ab.

»Nein. Nichts würde mich glücklicher machen, als wenn Fillip dafür sorgen könnte, dass wir weitermachen können wie bisher. Aber so ist es leider nicht. Wenn wir uns an seinen Plan halten, sitzen wir in einem oder zwei Monaten mit nichts da. Deshalb werde ich auftreten. Ich werde in den letzten drei Vorstellungen mein Bestes geben. Nicht nur wegen des Anteils am Kartenverkauf, sondern auch, um meine Zeit in diesem Zirkus mit Würde abzuschließen.«

»Und mit höherem Kontostand? Sie hat dir was extra versprochen, stimmt's?« Dieter stellte die zweite Tasse vor Jacobi auf den Tisch. »Sonst würdest du nicht so predigen.«

»Nein. Es ist nicht so, wie ihr denkt, ich will nur …«

»Irgendwas musst du doch davon haben, das sehe ich dir an. Irgendwas hat sie dir geboten.« Dieter lehnte sich über den Tisch wie ein Fernsehkommissar bei einem Verhör. »Was ist es? Es muss dir eine ganze Menge wert sein, wenn du bereit bist, dafür den Zirkus zu verraten.«

Jacobi schob den Stuhl zurück und stand auf. »Nichts, habe ich gesagt.« Er öffnete die Tür, aber bevor er hinausging, drehte er sich noch einmal um. »Ihr könnt das bestimmt nicht verstehen, aber ich glaube, Lise will nur mein Bestes. Unser Bestes. Ihr kennt sie nicht so gut wie ich.«

49

Eine Stunde und zwanzig Minuten später saß Lise in Hilmars Wagen auf dem Sofa und starrte auf ihr Handy, das auf dem Tisch lag. Zögernd griff sie danach, um Børge über die Niederlage in Kenntnis zu setzen. Sie scrollte zu seinem Eintrag in der Kontaktliste und ließ den Finger darüberkreisen, doch dann steckte sie das Telefon ein und lief hinaus. Sie ignorierte die Arbeiter und Artisten, die sie triumphierend angrinsten. Vor dem Haupteingang reichte die Publikumsschlange nur bis zum Kartenkiosk. Sie bahnte sich einen Weg und klopfte ans Fenster des Kiosks. Es ging auf, und mit einem letzten Hoffnungsschimmer fragte sie Diana: »Wie viele?«

»Fünfundachtzig.«

»Verdammter Mist. Dann sage ich den Leuten lieber gleich, dass die Vorstellung abgesagt ist.« Während Lise zum Haupteingang ging, sich vor die Wartenden stellte und sich laut räusperte, klingelte das Telefon im Kartenkiosk.

»Liebes Publikum, die Vorstellung des Abends muss leider ...«

»Warte!«

Diana beugte sich aus dem Fenster und winkte sie zu sich. »Einen Augenblick, bitte.« Lise lief zum Kartenkiosk zurück, wo Diana aufgeregt mit dem Telefon fuchtelte.

»Was ist?«

»Ein Mann hat angerufen und zweiundachtzig Karten gekauft.«

»Was?«

»Ein Mann mit Osloer Dialekt. Er fragte, wie viele Karten noch verkauft werden müssen, damit die Vorstellung stattfindet, und dann hat er sie gekauft. Er hat nicht einmal seinen Namen gesagt. Wenn das kein Wunder ist! Glaubst du jetzt daran?«

»Ja ... ein Wunder namens Børge.«

50

Nein, wir werden nicht auftreten. Du hast nicht genug Karten verkauft.« Fillip saß mit einem Buch und einer Tasse Kaffee vor seinem Wagen. Er sah Lise nicht einmal an.

»Doch, das habe ich. Ihr müsst auftreten.« Lise riss ihm das Buch aus der Hand. »Und zwar jetzt. Der Einlass hat begonnen.« Sie war noch ganz außer Atem nach dem Sprint vom Kartenkiosk.

»Aber du kannst unmöglich ...«

»Geh und frag Diana, es stimmt.«

»Ja, aber ... das spielt keine Rolle, wir können nicht auftreten. Wir haben uns nicht vorbereitet.«

»Das ist nicht mein Problem, ihr hattet genug Zeit dazu.«

»Wir müssen uns aufwärmen, und ...«

»Aufwärmen? Ich rechne eher damit, dass die Vorstellung, die ihr abliefert, kein Aufwärmen erfordert. Aber auftreten müsst ihr, dazu seid ihr vertraglich verpflichtet. Los, mach dich fertig und clown dich auf!«

Lise warf das Buch auf seinen Schoß, lief weiter zu Reidars Wagen und klopfte fest an die Tür. Reidar öffnete ein Fenster und steckte den Kopf heraus. Sie zeigte auf das Zelt. »Du musst in einer Viertelstunde auftreten.«

»Kommt gar nicht infrage. Ich habe ein Kabeljaugratin im Ofen und ...«

»Wenn du in einer Viertelstunde nicht in der Manege stehst, wird das dein letztes Gratin als Artist im Zirkus Fandango gewesen sein.«

Ehe er antworten konnte, stellte sie sich in die Mitte

des Platzes zwischen den Wagen und rief laut: »Zieht eure Kostüme an, ihr müsst heute Abend auftreten!« Verwirrte Gesichter schauten sie aus Türen und Fenstern an, und sie zeigte auf Fillip. »Nicht wahr, Fillip?«

Die Niederlage stand ihm ins Gesicht geschrieben, aber er nickte. »Vor zwanzig Minuten war gerade die Hälfte der notwendigen Karten verkauft. Wie hast du das geschafft?«

»Ein Bekannter hat mir ein bisschen geholfen.«

»Wer?«

»Jemand, der immer für mich da ist.« Lise verlor sich kurz in Gedanken, doch dann zeichnete sie mit dem Zeigefinger eine imaginäre Träne unter ihr Auge. »Zieh dein Kostüm an und schmink dich!«

Fillip öffnete den Mund, aber bevor er etwas sagen konnte, drehte sie sich um und ging zu Hilmars Wagen.

»Zirkus Fandango gegen Lise: null zu drei«, murmelte sie.

Noch im Gehen wählte sie Børges Nummer. Er antwortete, als sie die Tür hinter sich zuschlug. »Spreche ich mit der Zirkusdirektorin persönlich?«

Man hörte ihr an, dass sie lächelte. »Ja, zumindest für eine weitere Vorstellung. Dank dir.«

»*Moi?*«

»Komm schon, Børge. Ich weiß, dass du die Karten gekauft hast. Du hast mich gerettet. Im letzten Augenblick. Ich weiß nicht, wie ich dir danken soll.«

»Ich achte nur auf meine Investition, Lise. Ich habe in den letzten Jahren viel in dich investiert. Und damit meine ich nicht Geld. Es ist eine der sichersten Investitionen, die ich je getätigt habe, und meine Rendite ist, dass du eine fantastische und unschlagbare Geschäftsfrau geworden bist.« Er schwieg kurz, dann fuhr er mit sanfter Stimme fort: »Meine Firma kann nur die Frau mit dem goldenen Zylinder erben. Und bald habe ich die Gelegenheit, sie live in der Manege zu sehen.«

Lise senkte die Hand, um Børges Profilbild anzusehen. »Ich werde dich nicht enttäuschen.«

51

»Meine Damen und Herren, ein großer Applaus für ...« Auf dem Rückweg von der Manege ging Lise mit Lucille hinter dem Vorhang an den anderen Artisten vorbei. Sie senkte das Mikrofon und beantwortete ihre ärgerlichen Blicke mit einem hochgereckten Daumen. Dann hob sie das Mikrofon wieder an den Mund: »Lucille, die Königin von Indien!« Ihr Enthusiasmus klang durch die Lautsprecher, doch leider prallte er am Publikum ab, das sich betrogen fühlte. Die Blicke der Zuschauer waren mit jedem Auftritt ungläubiger und enttäuschter geworden.

Die Brüder Heine hatten mit Luft jongliert. Sie hatten mit den Händen gefuchtelt und erklärt, sie würden einen neuen Weltrekord im Jonglieren mit unsichtbaren Kegeln aufstellen. Tatjana hatte das Trapez bis auf einen halben Meter über dem Boden gesenkt und war zitternd darauf sitzen geblieben, um Höhenangst anzudeuten. Miranda hatte angekündigt, das Publikum fortzuzaubern, was ihr auf gewisse Weise sogar gelungen war. Die Hälfte der Zuschauer, die bis dahin ausgeharrt hatten, gingen heim, während sie eine Viertelstunde lang den Zauberstab in ihre Richtung kreisen ließ und dabei ein Abba-Lied sang. Fillip wurde von einem Mann aus der Mange gejagt, den er mit seinen großen Clownschuhen getreten hatte. Nur Jacobi und Lucille hatten ihre Nummern ordentlich dargeboten.

Lise tätschelte Lucilles Hals. »Gut gemacht, alte Dame.« Die raue Elefantenhaut fühlte sich warm an. Lucille hob den Rüssel und schnaubte als Antwort, dann trottete sie von selbst in ihr Gehege zurück.

Lise trat wieder in die Manege und hob das Mikrofon. »Und jetzt, meine Damen und Herren, die letzte Nummer des Abends: der fantastische Reidar und seine Trampolinkünste!«

Reidar schlurfte im Trikot in die Manege und klettert steif auf das Trampolin. Er hatte eine Thermoskanne und eine Zeitung dabei.

Er hatte gesagt, dass er sich nicht wohlfühle, und Lise gebeten, als Letzter auftreten zu dürfen, um sich bis dahin etwas zu erholen. Lise hatte dies für einen von Fillips Schachzügen gehalten und auf seinem Auftritt bestanden.

Auf der Orchestertribüne brach ein Trommelwirbel los, und sie zog sich hinter den Vorhang zurück. Reidar setzte sich, öffnete die Thermoskanne und schenkte sich eine Tasse Kaffee ein. Als er die Tasse an den Mund hob, erklang ein neuer Trommelwirbel. Das übrig gebliebene Publikum stand auf, um zu gehen, doch dann geschah etwas auf dem Trampolin, das die Leute zum Bleiben bewegte.

Reidar zuckte plötzlich zusammen und warf die Thermoskanne um. Die Tasse fiel aus seiner Hand und kullerte vom Trampolin. Dann zuckte Reidar noch einmal so heftig, dass das Tuch in Schwingung geriet und er auf den Knien landete. Zitternd kam er auf die Beine und sah sich verwirrt um, bis ein dritter Ruck ihn fast umwarf. Schmerz erfüllte seine Augen, er griff sich mit beiden Händen an die Brust. Doch dann überkam ihn eine seltsame Ruhe, eine stoische Entschlossenheit. Nicht ein Laut war auf der Tribüne zu hören. Reidar nahm Schwung und sprang, höher und höher. Er beugte die Knie und setzte alles auf eine Karte. Mit ausgestreckten Armen vollführte er einen doppelten Salto rückwärts. Bei der zweiten Drehung ging erneut ein Ruck durch seinen Körper, und er wurde steif wie ein Brett. Mit dem Bauch nach unten klatschte er auf das Trampolin, noch immer mit so viel Schwung, dass sein Körper weiter auf und ab hüpfte, und dann nach und nach an Höhe verlor, bis er seinen letzten Sprung getan hatte.

52

Nachdem der Krankenwagen Reidar abgeholt hatte und das Zirkuszelt leer war, hatten sich die Artisten in der Manege versammelt. Lise hatte ganz oben im Dunkeln auf der Tribüne gesessen und sie beobachtet. Sie hatten einen Kreis um Fillip gebildet. Die Scheinwerfer waren ausgeschaltet, er hatte im Halbdunkeln mit ihnen gesprochen, aber Lise hatte sie nicht hören können.

Nun saß sie mit hängendem Kopf auf dem Rand von Lucilles Wassertrog. »Ich war nicht eingeladen, Lucille. Reidar ist vor meinen Augen auf dem Trampolin gestorben, und keiner hat mich gefragt, ob ich darüber reden wollte. Oder was immer sie dort besprochen haben. Und ich glaube, das war so, weil …« Ihre Stimme brach. »Weil es meine Schuld war.« Sie konnte die Tränen nicht zurückhalten. »Es war meine Schuld, dass er gestorben ist, Lucille.« Der Boden knirschte unter Lucilles schweren Schritten. Sie kam näher und legte den Rüssel behutsam auf Lises Schulter.

In diesem Moment kam Diana hinzu. Sie streichelte Lucille am Bauch. »Lucille hat recht. Es war nicht deine Schuld.«

»Er hat mir gesagt, dass er sich nicht wohlfühlt, aber ich habe es ignoriert und ihn zum Auftritt gedrängt. Bloß, damit die Vorstellung komplett ist.«

Diana setzte sich neben Lise. »Reidar hätte uns sowieso bald verlassen. Das hat der Arzt gesagt. Und du hast ihm die Chance zu einem letzten Auftritt in der Manege gegeben. Er starb, während er das tat, was er am meisten liebte. Ohne dich wäre ihm das nicht vergönnt gewesen.

Das wusste er. Und die anderen wissen das auch. Niemand gibt dir die Schuld.«

»Wirklich? Ich wollte nicht ...« Lise trocknete sich die Tränen mit dem Ärmel des glitzernden Anzugs. Schweigend saßen sie nebeneinander, bis Lise Diana in die Augen sah und sagte: »Danke. Danke, dass du dich um mich kümmerst.«

»So ist das mit uns Zirkusleuten. Wir kümmern uns umeinander.«

Sie zog einen Umschlag aus der Tasche und gab ihn Lise. »Brief von Hilmar.«

Diana verließ das Gehege, Lise öffnete den Brief und zeigte ihn Lucille. »Bist du bereit?« Sie faltete ihn auf und las im Mondlicht:

Liebe Lise,

nun hast Du drei Vorstellungen geleitet! Aller guten Ding sind drei, sagen viele, aber es wird noch besser, das verspreche ich Dir. Schade, dass ich nicht dabei sein konnte, aber ich kann Dir von meiner dritten Show erzählen.
Die Artisten waren noch nicht mit mir vertraut. Ein Zirkusdirektor, der nicht aus einer Zirkusfamilie kam! Ich tat mein Bestes, damit sie auf mich hörten. Am Anfang versuchte ich, autoritär zu sein, aber das ging schief. Sie schalteten auf stur und sabotierten die Vorstellung. Ich kann mir vorstellen, dass Du etwas Ähnliches erlebt hast. Vor der zweiten Vorstellung versuchte ich, mit allen gut Freund zu sein. Ich buk Waffeln für alle und sagte, sie sollten mich nicht als Vorgesetzten ansehen. Der Zirkus gehöre uns allen, nicht nur mir, sagte ich, und wir seien alle Chefs. Das haben sie be-

herzigt! Der Clown gab sich selbst drei Wochen Urlaub, der Seiltänzer gönnte sich eine saftige Gehaltserhöhung, und die Kapelle spielte nur noch, was sie wollte. Leider war Jazz nicht ganz das Richtige, um Stimmung in der Manege zu schaffen. Sie nutzten schamlos die Freiheit aus, die ich ihnen gegeben hatte. Vor der dritten Vorstellung war ich ratlos. Keiner betrachtete mich als Direktor, obwohl der Zirkus mir gehörte und ich den Anzug und den Zylinder trug. Ich war kurz vorm Aufgeben, als wir das Zelt in einer kleinen schwedischen Stadt aufbauten. Beinahe hätte ich alles verkauft und irgendetwas anderes gemacht.

Am nächsten Morgen kam die Polizei ins Zirkuslager. Jemand hatte Wertsachen von einem Hof in der Nähe gestohlen, und sie beschuldigten uns. Wer außer den fahrenden Zirkusleuten sollte es gewesen sein? Das Vorurteil machte mich wütend, und ich machte ihnen vor allen klar, wie ich darüber dachte. Den Polizisten war das egal, sie hatten ihre Meinung schon gebildet und wollten nur jemanden verhaften. Sie ergriffen einen jungen Akrobaten namens Julian Lucio und zogen ihn zum Polizeiauto. Ich stellte mich dazwischen und forderte sie auf, ihn loszulassen. Wenn sie unbedingt jemanden verhaften wollten, sollten sie mich nehmen, sagte ich. Das taten sie. Ich verbrachte drei Tage in einer klammen Zelle im Keller der Wache. Aber sie hatten keine Beweise und mussten mich laufen lassen. Als ich zum Zirkus zurückkam, warteten alle in der Manege auf mich. Von diesem Tag an war ich ihr Zirkusdirektor. Ich hatte gelernt, wie man ihr Vertrauen gewinnt: indem man sich für andere einsetzt und sich selbst hintanstellt. Sie hatten erkannt, dass ich ihr Bestes wollte.

Ich hoffe, liebe Lise, dass auch Du ihr Bestes willst. Außerdem hoffe ich, dass es Lucille gut geht.

Lucille drehte ihr den Kopf zu.

Umarme sie fest von mir!

*Liebe Grüße,
Dein Onkel Hilmar*

Lise faltete den Brief zusammen, und Lucille kam dicht zu ihr. Lise stand auf und legte die Arme um den Kopf der Elefantendame. »So. Das ist von Hilmar.« Sie trat einen Schritt zurück und sah ihr Spiegelbild in Lucilles tiefbraunen Augen. »Und von mir.«

53

Mit einem Jaffa-Keks zwischen den Zähnen und dem Telefon am Ohr öffnete Lise das Fenster und ließ die Morgenbrise herein. Die Sonne knallte schon seit einer Stunde auf die Glasfiberwände und verwandelte den Wagen in einen Mikrowellenofen. Draußen erwachte der Zirkus nach und nach zum Leben. Wolfgang und Dieter waren mit Handtüchern über den Schultern unterwegs zum Strand. Jacobi wartete hoffnungsvoll zwischen seinem und Tatjanas Wagen, die alte Matte unter dem Arm und Yoga im Blick.

Lise legte den angeknabberten Keks auf den Tisch und setzte sich mit dem Telefon in der Hand aufs Sofa.

»… Er war der älteste Trampolinakrobat der Welt, Vanja. Er starb auf seinem Trampolin.«

»Soll das ein Witz sein? Schräger Zirkushumor, vielleicht? Oder eine seltsame Metapher? War er etwa so schlecht?«

»Nein, er ist wirklich gestorben.«

»Mein Gott. Was wirst du jetzt tun?«

»Die Beerdigung ist in ein paar Wochen in Svolvær. Wir können nichts tun, außer weiterreisen. Gleich beginnt der Abbau. Und dank Børge werde ich auch in Vartdal noch einmal Zirkusdirektorin sein.«

»Børge?«

»Ja, er hat mich gestern Abend gerettet. Er hat genau die Anzahl Karten gekauft, die fehlte, damit die Artisten auftreten mussten.« Nach einer kurzen Pause fügte sie hinzu: »Noch nie hat jemand so etwas für mich getan.«

»Für dich? Ich kenne Børge nicht, habe ihn erst einmal kurz gesehen, als ich in Oslo war, aber er scheint mir nicht der Typ zu sein, der anderen einen Gefallen tut, ohne selbst etwas davon zu haben.«

»Das Einzige, was er davon hat, wenn ich den Zirkus erbe und verkaufe, ist ein symbolisches Vermittlungshonorar. Wie du selbst sagst: Du kennst ihn nicht. Er hat mich viele Jahre lang unterstützt und an mich geglaubt, und er war …«

»War was? Seid ihr … Habt ihr …? Du weißt schon.«

»Nein! Herrgott, Vanja! Er ist wie ein Vater für mich.« Das Schweigen am anderen Ende drängte Lise in die Defensive. »Und er will, dass ich seine Firma übernehme. Er wird sich bald zurückziehen.«

»Ich hoffe nur, dass du nicht enttäuscht wirst, Lise. Ich glaube nicht, dass Børge weiß, was es bedeutet, Vater zu sein.«

»Wie gesagt, du kennst ihn nicht, also vergiss es.«

»Okay. Wir können ein andermal drüber reden. Lass uns lieber über die Liebe reden. Was ist mit dem Clown zum Beispiel?«

»Fillip?« Lises Blick schweifte von Fleck zu Fleck an der Decke. »Wie oft habe ich dir schon gesagt, dass ich niemanden suche?«

»Genau. Meistens trifft man erst dann den Richtigen, wenn man *nicht* sucht. Vielleicht ist er ja auf der Suche.«

»Spar dir das für deine Klatschspalte, Vanja. Ich muss jetzt gehen.«

»Gut. Wir sehen uns bald. Ich habe Karten und ein Hotelzimmer in Volda für Yngve und mich reserviert.«

»Es ist aber keineswegs sicher, dass ich in fünf Tagen noch Zirkusdirektorin bin.«

»Dann streng dich an. Das Hotel kann ich nicht stornieren. Wer wird übrigens den Auftritt des Trampolinspringers übernehmen?«

»Hä?«

»Irgendjemand muss doch für ihn einspringen, damit es eine komplette Vorstellung wird?«

»Oh, verdammt.« Lise biss die Zähne zusammen. »Daran habe ich noch gar nicht gedacht.«

54

Gleich nach dem Gespräch mit Vanja schickte Lise eine Nachricht an Børge. Sie fragte, ob er ihr in Vartdal noch einmal helfen könne, da sie sicher sei, dass der Kartenverkauf dort ebenso katastrophal verlaufen würde, besonders nach dem Todesfall in der Manege. Außerdem versprach sie, ihm das Geld zurückzubezahlen, sobald der Zirkus verkauft sei. Die Antwort kam erst eine halbe Stunde später, und es war nicht die erhoffte.

Nur einmal, Lise. Du schaffst das allein. Du findest eine Lösung, das weiß ich. Wir sehen uns in Vartdal.

Eine Stunde später glaubte Lise, die Lösung gefunden zu haben. Einen Weg, um Reidar im Programm zu ersetzen und gleichzeitig genug Karten zu verkaufen. Zwei Fliegen mit einer Klappe – aber zuerst musste sie die Fliegenklatsche überzeugen. Sie ging über den Platz, wo die Stützen der Anhänger hochgekurbelt und die Autos an die Kupplungen rangiert wurden. Das Zelttuch war abgezogen, und das Stahlskelett lag auf den Trailern. Lise ging zum Rand des Sportplatzes und schaute durch die halb offene Ladeklappe eines Lastwagens. »Adam? Bist du da drinnen?« Keiner antwortete. »Dein Wohnmobil war leer, da dachte ich, du wärst vielleicht hier.«

Ein paar Sekunden vergingen, dann tönte Adams verärgerte Stimme aus dem Dunkeln. »Verschwinde!«

»Ich möchte nur ein bisschen mit dir reden.« Lise öffnete eine Türklappe und sah die Umrisse von Adams Kanone. Dann öffnete sie die andere und erkannte Adams behelmten Kopf in der Mündung. Die Ringe unter seinen Augen deuteten an, dass er gerade aufgewacht war.

»Hast du ... Schläfst du nachts in deiner Kanone?«
»Verschwinde! Lass mich in Frieden.«
»Hör zu, du kannst schlafen, wo du willst. Das ist deine Sache. In einer Kanone zu schlafen ist nicht ... komisch. Ganz und gar nicht, denn ich verstehe, warum du das tust.«
»Geh weg!«
»Du bist ein echter Zirkusartist. Old School. Der alles für die Kunst tut. Weil sie dir alles bedeutet. Davor habe ich großen Respekt.«
»Lass mich in Ruhe, zum Teufel!«
»Genau das ist mein Punkt. Ich glaube, dass du eigentlich nicht in Ruhe gelassen werden willst. Das hier ist nicht genug für dich. Auch du lebst für die Auftritte und willst hören, wie das Publikum beim Countdown die Luft anhält und jubelt, wenn du durch die Luft fliegst und auf der Matratze landest. Du musst wieder in die Manege. Ich weiß, wie sehr du sie vermisst. Sonst würdest du nicht so viel Zeit in deiner Kanone verbringen.«
»Du weißt also alles? Weißt du auch, was es für ein Gefühl ist, zwanzig Meter durch die Luft zu fliegen und mit der Fresse im Dreck zu landen?« Seine Hände umklammerten die Mündung, und er zog sich nach vorn, bis sein ganzes Gesicht auftauchte. »Ich hatte mal eine Nase wie ein griechischer Gott.« Seine Nase war schief und geschwollen.
»Ach, das kann man reparieren. Ich kenne einen Chirurgen in Oslo, kein Problem. Kostet ein bisschen was, aber wenn du willst ...«
Er schob sich weiter heraus und zeigte auf seine Brust. »Sechs gebrochene Rippen, gesplittertes Steißbein, verschobenes Rückgrat, ein gebrochener Knöchel und ein verstauchtes Handgelenk. Und viele, viele Schmerzen.«

Er klopfte sich auf den Helm. »Das Einzige, was nicht beschädigt wurde, war mein Kopf.« Er rutschte wieder tiefer in die Kanone, als hätte jemand die Luft aus ihm herausgelassen. »Und doch ist dort der größte Schaden entstanden.«

Lises Augen funkelten. »Zum Glück kann man den leicht reparieren.«

»Leicht, sagst du? Hilmar hat es versucht.«

»Was hat er getan?«

»Er kam jeden Morgen in meinen Wagen und erzählte von den vielen gelungenen Auftritten, die er von mir gesehen hatte. Er lobte meine Präzision und schwärmte vom Jubel des Publikums. Bald würde mein Name wieder ganz oben auf dem Plakat stehen, sagte er. Aber ich sollte mir so viel Zeit lassen, wie ich brauchte.«

»Dann weiß ich ja, was er falsch gemacht hat.«

»Was denn?«

»Er redete nur von den gelungenen Auftritten, anstatt herauszufinden, was schiefgelaufen war, und den Fehler zu beheben.«

»Ich weiß, was schiefgelaufen ist.«

»Was?«

»Die Kanone funktionierte nicht, wie sie sollte. Ich prüfe die Feder vor jeder Vorstellung. Alles war in Ordnung. Ich schieße immer einen Sack von meiner Größe und meinem Gewicht zur Probe ab, und der hatte sein Ziel getroffen. Bloß bei der Vorstellung klappte es nicht. Als ich aus dem Krankenhaus zurückkam, testete ich die Kanone wieder, und alles funktionierte. Seitdem habe ich es unzählige Male mit dem Sack ausprobiert, und immer das Ziel getroffen. Nur mich selbst habe ich nicht mehr abgeschossen. Weil ich nicht weiß, ob es mein Fehler oder der der Kanone war.«

»Wie kann es dein Fehler gewesen sein?«

»Eine menschliche Kanonenkugel zu sein ist mehr, als nur in eine Kanone zu steigen und abzudrücken. Es ist vor allem Körperkontrolle. Die kleinste Schwäche in den Knien beim Auslösen der Feder kann katastrophale Folgen haben.« Er schwieg kurz. »Und jetzt ist es so lange her. Ich fürchte, ich werde es nie wieder tun. Vielleicht sollte ich die Kanone verkaufen und heim nach England fahren.«

»Ja.« Lise sah ihm in die Augen. »Das kannst du tun. Du kannst heim nach England fahren, Tee trinken und …«

»Ich mag keinen Tee. Tee ist nur Wasser mit ein bisschen Farbe. Plörre.«

Lise atmete tief ein und begann von vorn. »Du kannst heimfahren, aber du wirst es für den Rest deines Lebens bereuen. Noch auf dem Sterbebett wirst du denken: *Wäre ich bloß noch einmal aufgetreten.* Merk dir meine Worte.«

»Hilmars Worte haben mir besser gefallen.«

»Denk darüber nach, okay? Ich glaube, es nagt jetzt schon an dir. Es ist an der Zeit, die Kanone wieder zu laden, Adam. In zwei Tagen in Vartdal!« Bevor sie ging, drehte sie sich noch einmal um. »Hat damals vielleicht jemand die Kanone manipuliert?«

»Was?«

»Du warst der große Star. Ich könnte mir denken, dass andere Artisten neidisch auf dich waren. Wessen Name stand nach dem Unglück zuoberst auf dem Plakat?«

Adam runzelte die Stirn.

»Vielleicht hat jemand deinen Auftritt sabotiert?«

55

»Jetzt sag es schon!« Heftiger Regen war vom Meer aufgezogen und hatte den Aufbruch aus Giske verzögert. Nun liefen die Scheibenwischer von Lises Auto auf vollen Touren, um die Sicht auf die schmale Straße freizugeben, die sie vom Fährhafen in Festøya genommen hatten. Auf dem Beifahrersitz saß Diana, die darauf bestanden hatte, mit Lise zu fahren. Seit Ålesund hatten sie kein Wort mehr miteinander gewechselt.

»Was?«, fragte Diana.

»Irgendwas willst du mir doch sagen, oder warum wolltest du mit mir fahren? Ist es wegen Reidar? Willst du sagen, dass es doch meine Schuld war?«

»Nein. Mir geht es um Adam. Er hat seine Säcke wieder hervorgeholt und sagte, er wolle probeschießen, sobald wir da sind.«

»Beruhig dich, der schafft das schon.«

»Ich glaube, er ist noch nicht bereit zum Auftreten.«

»Genau das ist sein Problem. Wenn keiner glaubt, dass er bereit ist, wird er es auch selbst nicht glauben.«

Diana schaute nachdenklich über den Fjord, wo die Windböen dunkle Felder auf die Wasseroberfläche malten. »Die Leute lieben es.«

»Was lieben sie?«

»Die Gefahr. Die Möglichkeit, dass etwas schiefgeht. Deshalb stand Adams Name jahrelang ganz oben auf den Plakaten. Und du willst das ausnutzen, um mehr Karten zu verkaufen, nicht wahr? Du willst den Unfall von damals vermarkten. *Beim letzten Mal geschah ein schrecklicher Unfall. Wird es dieses Mal gelingen?* – oder so ähnlich.«

»Adam ist ein professioneller Akrobat, der selbst entscheiden kann, ob er ...«

Diana unterbrach sie. »Wenn er sich verletzt, trägst du die Verantwortung. Du kannst ihn aufhalten, ihn einfach nicht auftreten lassen.«

»Nein, das kann ich leider nicht. Er ist meine einzige Chance, noch einmal genug Karten zu verkaufen und eine komplette Vorstellung zu geben, das weißt du. Wenn er nicht auftritt, ist es aus und vorbei.« Sie passierten das Ortsschild von Vartdal. »Ich verstehe nicht, warum Hilmar hier mit dem Zirkus Station gemacht hat. Hier wohnen doch kaum Menschen.«

»Es gibt vieles, was du nicht verstehst.« Diana streckte die Hand aus und zeigte auf einen Feldweg, der auf der linken Seite bergan führte. »Bieg hier ab.«

Weiter vorne verschwand die Zirkuskolonne um eine Kurve. »Aber die anderen ...«

»Tu einfach, was ich sage.«

Lise bremste ab und bog in den Feldweg ein. Das hohe Gras zwischen den Spurrillen kratzte am Fahrgestell. Hinter einer Hügelkuppe kamen sie zu einem verfallenen Hof. Lise hielt vor dem Wohnhaus an. Das Dach war eingesunken, die Fensterscheiben zerbrochen, und die letzten weißen Farbreste blätterten von den Holzwänden. Gegenüber stand eine eingestürzte Scheune.

»Was wird das hier?«, fragte Lise. »Geisterhaus-Safari?«

»Das ist der Gundersen-Hof. Hier hast du deinen Namen her. Dein Vater lebte hier, zusammen mit Hilmar. Deswegen hat Hilmar hier immer Station gemacht.«

Lise bekam Gänsehaut. »Papa hat mir nie von seiner alten Heimat erzählt. Er sagte immer nur, er käme aus einem Dorf in Sunnmøre.«

»Das hatte seine Gründe. Hilmar hat viel über seine Kindheit hier erzählt. Es waren glückliche, sorglose Jahre, aber dann geschah eine Tragödie.«

»Hör zu, ich habe wirklich kein Interesse an ...«

»Hilmar wollte, dass ich mit dir hierherkomme und dir alles erzähle. Komm.« Sie stieg aus und ging über das Grundstück auf ein enges Tal zu, das ein paar Hundert Meter weiter vorne begann.

Lise blieb aus Protest im Auto sitzen, aber als Diana unbeirrt weiterging, stieg sie ebenfalls aus. »Ist das dein Ernst? Es pisst wie aus Eimern, und du willst auf Nostalgietour in den Wald gehen?«

»Wir sind doch nicht aus Zucker. Komm schon.«

Nach zwanzig Minuten Fußweg an einem schmalen Bach entlang öffnete sich das Tal, und ein kleiner See lag vor ihnen. Diana ging am Ufer in die Hocke und tauchte eine Hand ins Wasser. »Hier hat sich für Hilmar und deinen Vater alles verändert.«

»Toll. Vielen Dank für den schönen Spaziergang. Der ganze Matsch wirkt Wunder für meine neuen Schuhe.« Lise fasste ihr Haar zusammen und versuchte es auszuwringen. Sie war bis auf die Haut durchnässt. »Hübscher See. Können wir jetzt zurückgehen?«

»Als Hilmar neun Jahre alt war, brach er auf diesem See im Eis ein. Dein Großvater rettete ihn, aber er ertrank dabei selbst. Deine Großmutter verkraftete seinen Tod nicht und nahm sich kurz darauf das Leben. Die zwei Brüder wurden getrennt. Dein Vater wuchs bei einer fürsorglichen Pflegefamilie in Ostnorwegen auf, Hilmar in einem Kinderheim in Hareid, wo es viel Schläge und wenig Trost gab. Das Ergebnis war eine Dunkelheit und Rastlosigkeit, die er nie ganz loswurde. Er versuchte auf vielerlei Art, sich davon zu befreien. Zuerst als Leinenfischer auf einem kleinen Boot, wie damals viele junge Männer von hier. Sie fischten vor Grönland, eine Schinderei, die aus dem Vierzehnjährigen rasch einen Mann machte. Dann heuerte er auf einem Frachtschiff an, fuhr kreuz und quer durch die Welt und verbrachte ein paar Jahre als Hafenarbeiter in Australien. Aber den Frieden, den er suchte, fand er nie. Die Rastlosigkeit trieb ihn weiter in die USA, bis er einige Jahre später nach Norwegen zurückkehrte, pleite und frustriert. Ich traf Hilmar zum ersten Mal in Hamar. Er wohnte eine Weile bei deinem Vater und deiner Mutter – bevor du geboren wurdest. Er versuchte, die Dunkelheit mit Alkohol zu vertreiben, und dann geschah etwas zwischen den Brüdern, das sie so sehr entzweite, dass sie nie mehr ein Wort miteinander sprachen.«

Diana stand auf und wandte dem See den Rücken zu. »Hilmar bekam einen Job in dem Zirkus, bei dem ich damals arbeitete. Die Dunkelheit steckte noch in ihm, doch sie wurde mehr und mehr zu Reue und Trauer über ein Unrecht, das nie verziehen wurde. Aber er wollte nicht sagen, was geschehen war oder was er seinem Bruder angetan hatte, obwohl ich ihn mehrmals fragte. Mit der Zeit vertrieb das Zirkusleben die Dunkelheit aus ihm und ...«

»Nein, sprich nicht weiter, lass mich raten: Ebenso wird das Zirkusleben die Dunkelheit aus mir vertreiben. Ich muss bloß das neue Leben annehmen, mit Zirkusliebe, Kumbaya und allem – stimmt's?« Lise sah Diana an. »So weit bin ich noch nicht, gelinde gesagt. Und ich habe auch keine Dunkelheit in mir. Danke für den unfreiwilligen Erinnerungstrip, aber jetzt will ich gehen. Ich muss noch einen Engländer aus einer Kanone schießen.«

»Wenigstens weißt du jetzt, wo dein Name herkommt.

Und dein Vater und Hilmar.« Sie deutete das Tal hinab auf das Dorf und einen Kirchturm, dessen Spitze sich schwarz vor den grauen Wolken abzeichnete. »Dort unten liegen deine Großeltern begraben. In der östlichen Ecke des Friedhofs unter einer großen Birke. Hilmar wollte, dass du dorthin fährst und ...«

»Hilmar wollte offenbar viele seltsame Dinge. Aber man bekommt im Leben nicht immer, was man will.«

»Hilmar wollte nur dein Bestes.«

Lise blieb mit offenem Mund stehen, aber sie verbiss sich den Kommentar, drehte sich um und begab sich auf den Rückweg.

56

Der Nachmittag war zum Abend geworden, und der Regen hatte aufgehört, als das Zelt in Vartdal in die Höhe schoss. Zwischen zwei steilen Berghängen mäanderte ein Fluss durch das Tal und an der Rasenfläche vorbei, wo der Zirkus lagerte. Einige Vartdaler beobachteten das Geschehen von den Gärten und Veranden ihrer Holzhäuser. Die Zeltanker wurden mit riesigen Holzhämmern eingeschlagen, die Tribünenteile abgeladen und ins Zelt getragen. Hinter dem Zelt hatten die Lastwagen und Wohnmobile ihre üblichen Positionen eingenommen, und die Artisten packten ihre Ausrüstung aus. Lise stand mit Lucille im Elefantengehege und sah dem geschäftigen Treiben zu.

»Wie ein Ameisenhaufen, nicht wahr, Lucille? Alles ist voller irritierender Ameisen. Und ich soll die Königin sein?« Sie lächelte bei dem Gedanken. »Alle haben ihre Aufgaben und Funktionen – bis auf einen.« Sie schaute hinüber zu Adams Wohnmobil, das am Rand stand. »Aber das wird sich morgen Abend ändern. Dann wird er eine Star-Ameise. Hoffentlich.« Sie tätschelte Lucilles Rüssel und ging zu Adams Wohnmobil.

Weil Adam nicht auf ihr Klopfen reagierte, reckte sie den Hals und guckte durch das kleine Fenster über der Küchennische in den Wagen. »Adam? Bist du da?«

Das Wohnmobil schaukelte, die Tür ging auf, und Adam stand im vollen Kostüm da. »Komm rein.«

Sie folgte ihm und setzte sich aufs Sofa. Es war überraschend ordentlich bei ihm. Im Regal über dem Sofa standen Bücher, die nach ihrer Dicke sortiert waren, die Küche war blitzsauber und das Bett gemacht. So hatte Lise sich das Heim einer lebendigen Kanonenkugel, die den Mut verloren hatte, nicht vorgestellt. Eher hätte sie leere Schnapsflaschen und Chaos erwartet. »Du siehst aus, als wärst du bereit.« Er nickte eifrig und richtete seinen Helm.

»Bist du sicher?«

»Ja. Morgen ist der Tag.«

»Vielleicht solltest du noch etwas proben? Ein paar Testschüsse können doch nicht schaden.«

»Nein.«

»Aber es ist schon ziemlich lange her seit dem letzten Mal, vielleicht …«

»Nein, danke.«

»Wir können alle Matratzen auslegen, die wir haben. Notfalls könnte ich bestimmt noch eine ganz dicke aus der Turnhalle nebenan leihen, was meinst du? Oder wir spannen Tatjanas Netz auf. Dann bekommst du das nötige Körpergefühl wieder.«

»Nicht nötig. Das mache ich während der Vorstellung. Wenn es mir gelingt, bin ich zurück. Wenn nicht, bin ich fertig mit dem Zirkus.«

»Aber du scheinst mir ein bisschen …« Sie neigte den Kopf und sah, wie sein flackernder Blick die Selbstsicherheit seiner Stimme betrog. »Bist du hundert Prozent sicher, dass du das tun willst?«

Adam richtete erneut den Helm. »Ja. Morgen Abend kehrt Adam von Münchhausen in die Manege zurück.«

»Gut.« Lise stand auf und ging zur Tür. »Wenn du bereit bist, werde ich dafür sorgen, dass die Welt davon erfährt. Zumindest Vartdal und Umgebung. Und die dreihundert Facebook-Follower des Zirkus Fandango.«

»Ich bin bereit.«

57

EUROPAS EINZIGE MENSCHLICHE KANO-NENKUGEL,
ADAM VON MÜNCHHAUSEN,
TRITT ZUM ERSTEN MAL NACH DEM SCHRECKLICHEN UNGLÜCK WIEDER AUF.
EXKLUSIVES COMEBACK IN VARTDAL!

Mit schwarzem Marker prangte Lises Handschrift auf den weißen Bannern, die sie ganz oben auf die Plakate klebte. Fillip war stinksauer geworden, als er den Zusatz sah. Er hatte ihr vorgeworfen, sie würde Adam ausnutzen und in Gefahr bringen. Sie hatte Fillip abserviert und erwidert, er sei bloß sauer, weil sie dann mehr Karten verkaufen würden.

Nun stand Lise an einem Laternenpfahl. Mit großem Abstand voneinander standen die wenigen Häuser in der Abendsonne. An den Gartenbäumen hingen unreife Äpfel und Birnen, die Beerensträucher waren mit Netzen abgedeckt, um hungrige Vögel fernzuhalten. Mit einer Rolle Klebeband in der Hand befestigte sie ein Plakat, dann stieg sie wieder ins Auto. Hinter der nächsten Kreuzung tauchte die Kirche auf. Lise starrte stur geradeaus, aber als sie näher kam, konnte sie nicht anders. Sie wurde langsamer und schielte zum Kirchhof hinüber. Dann schüttelte sie den Kopf. »Nein, Diana, ich glaube nicht.«

Trotzdem hielt sie an, überlegte kurz und legte dann den Rückwärtsgang ein. »In Ordnung. Bringen wir es hinter uns.«

Der Parkplatz war leer, sie war die Einzige auf dem Kirchhof. Unterhalb der Kirche standen die Grabsteine in Reih und Glied, umgeben von frisch gemähtem Gras und niedrigen Bäumen. Sie ging in den hinteren Teil und sah sich um. In der östlichen Ecke stand eine alte Birke, wie Diana gesagt hatte, und darunter war ein schwarzer Grabstein. Sie trat näher heran und las die vergoldete Inschrift:

Hier ruhen Leif und Minda Gundersen, Seite an Seite.
Friede sei mit ihnen. Wir vermissen sie.

Eine Krähe balancierte auf dem Zaun. Linda sah sie an und zuckte mit den Schultern. »Was glaubst du, Krähe, warum wollte Hilmar, dass ich hierherkomme und Leif und Minda besuche? Ich habe sie doch nie gekannt. Papa hat nicht viel von ihnen erzählt, nur dass sie starben, als er klein war. Er hat nicht einmal gesagt, wie sie gestorben sind.« Sie ging einen Schritt näher heran und wischte das Laub vom Grabstein. »Es ist trotz allem nur ein Stein. Mit Knochen drunter. Ich will mich lieber auf meine Art an Papa erinnern.«

Ihre eigenen Worte versetzten ihr einen Stich, ihre Augen wurden feucht. »Ich habe sein Grab in Kirkenes erst zweimal besucht, aber ...« Sie zwang die Tränen zurück. »Da ist er sowieso nicht. Er ist in dem Haus, das er gebaut hat. Und in dem Garten, den er so geliebt hat. Niemand hat seine Johannisbeerbüsche besser vor dem Winter geschützt als er, und als er starb, gingen sie ein.«

Die Tränen kamen so plötzlich, dass sie sie nicht unterdrücken konnte. »Ich habe lange nicht mehr an ihn gedacht. Weiß nicht, warum, aber er ist einfach immer mehr verschwunden in all der ...« Sie hielt inne, lächelte und schüttelte den Zeigefinger, während die Tränen weiter kullerten. »Natürlich. Deshalb hat Hilmar mich hierherbestellt. Damit ich an meine Familie denke. Damit ich heule und wieder in Kontakt zu meinen Gefühlen trete – irgend so ein Hippiekram, wie Børge sagen würde. Wahrscheinlich soll ich das jetzt auf den Zirkus übertragen und ihn als meine Familie betrachten, wie er es tat.«

Die Krähe neigte den Kopf, als wolle sie sagen: *Was geht mich das an?*

Lise wischte sich die Tränen aus dem Gesicht. »Dann bin ich wohl das schwärzeste Schaf der Familie, weil ich ihr Zuhause verkaufen und sie in die Diaspora schicken will.« Sie winkte der Krähe zum Abschied. »Ich habe keine Zeit, hier zu stehen und mit dir zu quatschen. Muss Plakate aufhängen.«

58

Fillip saß auf einem moosbewachsenen Stein am Berghang über Vartdal. Unter ihm stand das Zirkuszelt in der Glut der Abendsonne, aber er blickte daran vorbei über den glitzernden Fjord. Ein paar Vögel tauchten nach Fischen und hinterließen Ringe auf dem Wasser, die groß genug wurden, um das gesamte Zirkuslager zu fassen. Dann drehte er den Kopf zu Miranda, die neben ihm stand.

»Was soll ich sagen, Miranda?«

»Du sollst mir sagen, wie lange du mich noch bestrafen willst.«

»Dich bestrafen?«

»Du weißt genau, was ich meine.«

»Ich bestrafe dich nicht. Es ist einfach ... schwer.«

»Was ist denn daran so schwer? Ich bin zurückgekommen. Ich habe mich für dich entschieden, Fillip.«

Er schaute wieder über den Fjord. »Du hattest dich für einen anderen Mann entschieden, und als du es bereut hast, bist du zu mir zurückgekehrt und hast erwartet, dass alles wie früher wird. Vergeben und vergessen.«

Miranda öffnete den Mund, aber er war schneller.

»Ich kann nicht einfach vergessen, dass du vier Wochen vor der Hochzeit die Verlobung gelöst hast und ohne jede Vorwarnung abgehauen bist.«

Sie senkte den Blick auf das Heidekraut neben dem Stein. »Ich hatte Angst. Die Ehe meiner Eltern war eine Katastrophe, und ich hatte Angst, dasselbe könnte mit uns geschehen. Dann beging ich die größte Feigheit, die man tun kann, und rannte davon. Aber ich habe es seitdem jeden Tag bereut. Weil ich eingesehen habe, dass es ein großer Fehler war. Ich liebe dich, Fillip. Und ich will nur, dass alles wird wie früher.« Sie schmiegte sich an ihn und versuchte ihn zu küssen, aber Fillip sprang von dem Stein.

»Ich weiß nicht, ob es jemals wieder wie früher werden kann.«

»Es ist wegen ihr, nicht wahr? Lise?«

»Was?«

»Du hast dich in sie verliebt.«

»Bist du verrückt? Ich bin doch nicht in Lise verliebt.«

Sie sah ihm tief in die Augen. »Merk dir meine Worte, Fillip. Sie wird dich betrügen.«

59

»Es ist vielleicht doch nicht der richtige Zeitpunkt für einen Besuch.«

Lises Handy lag als Taschenlampe im Freisprechmodus auf dem Tisch. Die Glühbirne über der Sitzecke war durchgebrannt.

Auf dem Display grinste Børges Profilbild steif an die Decke.

»Ich kann das nicht mehr abblasen, Lise, es ist zu spät. Mogens würde mich in Stücke reißen. Er ist unberechenbar. Der Flug ist gebucht, und ich hole ihn morgen früh ab. Heute hat er mir alle fünf Minuten Nachrichten geschickt. Merkwürdige Haikus über den Zirkus, über Leben und Tod und Gott und die Welt. Wenn er morgen nicht zur Zirkusvorstellung darf, rastet er aus. Er würde ganz sicher den Vertrag zurückziehen, und wer weiß, was er noch anstellen würde. Mogens ist sehr impulsiv, gelinde gesagt. Letztes Jahr hat er sich mit einem Galeristen über die Platzierung einer Installation gestritten. Er hat den armen Kerl mit Sirup übergossen und in den Wald geschleppt. Zum Glück wurde er verhaftet, ehe er einen Ameisenhaufen fand. Ich hasse Ameisen. Verstanden, Lise?«

»Es ist nur, weil ... die Lage hat sich etwas verändert. Ich glaube, ich brauche einen neuen Plan.«

»Einen neuen Plan?«

Lise schob die Gardinen zur Seite und schaute gedankenverloren zu Fillips Wagen hinüber. »Ja.«

»Love it. Killer Queen Gundersen. Immer ein Plan B, wie ich dir beigebracht habe. Aber wir kommen trotzdem, morgen um elf Uhr. Dann kannst du mir den neuen Plan erklären. Mogens meditiert jeden Mittag um zwölf eine Stunde lang. Er nennt es bloß nicht Meditation, sondern ›Synchronisierung‹. Irgendwas Metaphysisches mit Energien und Rosinen, äh, Toxinen in der Seele. Er sagt oft sehr seltsame Sachen. Wir sehen uns auf jeden Fall morgen.«

»Ja.« Mit dem Zeigefinger beendete Lise das Gespräch, und das Display wurde schwarz.

Sie blieb im Dunkeln sitzen und schaute zu Fillips Wagen hinüber. Seine Silhouette zeichnete sich wie ein Schattentheater hinter den Gardinen ab. Nach einer Weile stand sie auf, schlüpfte in ein Paar Sandalen und ging zur Tür. Sie legte die Hand auf die Klinke, atmete tief ein und öffnete die Tür.

Niemand war zu sehen, als sie den Platz zwischen den Wagen überquerte. Sie ging zu Fillips Tür und hob die Hand, um anzuklopfen. Dann ließ sie sie wieder fallen, drehte sich um und wollte gehen, aber im selben Augenblick ging die Tür hinter ihr auf.

»Es ist fast ein Uhr.«

Lise wandte sich um und sah Fillip in Pyjamahose und T-Shirt in der Tür stehen. »Ja, ich konnte nicht schlafen. Ich muss mit dir reden. Über … ach, vergiss es.«

»Ich kann auch nicht schlafen. Komm rein und sag, was du zu sagen hast.«

Auf dem Tisch lag ein aufgeschlagenes Buch mit dem Umschlag nach oben. Lise setzte sich. »Kipling?«

»Ja.« Fillip setzte sich ihr gegenüber.

»*The Man Who Would Be King*. Versuchst du herauszufinden, wie man Leute loswird, die aus heiterem Himmel auftauchen, um sich als Herrscher und Gott aufzuspielen?«

»Bist du hierhergekommen, um über Bücher zu reden?«

»Nein. Ich komme, weil ... ich weiß nicht einmal, wie ich es sagen soll, ohne dass es falsch klingt.«

»Versuch es.«

»Okay.« Sie holte tief Luft und sah auf den Tisch. »Seit ich in Valldal zu euch gestoßen bin, ist viel geschehen. Ich habe viele außergewöhnliche Menschen kennengelernt. Diana, zum Beispiel. Einen Menschen wie sie habe ich noch nie getroffen. Das gilt für alle hier, aber sie ist ... speziell. Sie besitzt einen unbeugsamen, fast Disney-artigen Glauben an das Gute in allen Menschen. Und Mitgefühl.« Lise blickte auf. »Die Fähigkeit, ihre eigenen Bedürfnisse hintanzustellen. Hilmar muss auch so gewesen sein. Das sind alles Dinge, die ich in den letzten zehn Jahren meines Lebens von mir geschoben habe, um in meinem Job erfolgreich zu sein. Ich habe in einer Blase gelebt, in der nur ich und mein Bankkonto existierten. Und Børge und die Firma. Und ich habe alles getan, damit diese Blase nicht platzt. Ich habe mich allem anderen verschlossen. Unter anderem meinem Gewissen.« Ihre Stimme wurde leiser. »Dem schlechten Gewissen gegenüber all den Menschen, die von meiner Arbeit betroffen waren. Was ich versuche zu sagen ... ich glaube, der Zirkus hat ein Loch in meine Blase gestochen.«

»Und *schwupp* bist du ein neuer, besserer Mensch geworden? Bereit, die Welt zu retten und den Zirkus?« Er stand auf und ging zur Kochnische. »Und das soll ich dir jetzt glauben?«

»Nein, ich ...« Sie stand auf, öffnete die Tür und wandte sich dann noch einmal zu Fillip um. Sie standen ganz dicht beieinander. »Ich weiß selbst nicht mehr, was ich glauben soll. Aber vielleicht muss ich etwas mit meinem Leben tun. Bevor es zu spät ist.«

Sie drehte sich um und ging. Dabei bemerkte sie nicht, wie Miranda um die Ecke verschwand und Fillip beobachtete, der in der Tür stand und Lise hinterherblickte.

60

»Ein Meisterwerk!« Mogens Arafat Nilsen stand einen Meter von Lucille entfernt im Gehege und bewunderte den Elefanten. »Kein Künstler könnte so etwas erschaffen. Nur die Natur. Oder Gott? Der ultimative Künstler. Oder Zauberkünstler?«

Er drehte sich zu Lise und Børge um und grinste breit. Dann deutete er mit dem Daumen über die Schulter auf Lucille. »Habt ihr schon mal etwas derart Hässliches gesehen?« Lucille schnaubte missbilligend, als er ihre Umrisse mit dem Finger nachzeichnete, als wäre der ein Pinsel. »So runzlig. So haarig und grau. Und der Rüssel! Wie eine verschrumpelte Wurst, die wochenlang auf dem Grill gelegen hat, bis Dr. Frankenstein ihr wieder Leben eingehaucht hat. Einfach wunderbar.«

Er versuchte, Lucille am Bauch zu streicheln, aber sie wich ihm mit schweren Schritten aus. »Schon okay, Darling. Die Zeit wird es richten. Wir werden Freunde, du und ich. Der Elefant und Mogens. Klingt wie ein Kinderbuch, aber das ist es nicht. Es ist die Wirklichkeit. Du wirst in meinem Garten wohnen, bis der große Tag kommt. Ich habe einen Koch aus Mexiko und zweihundert Gäste eingeladen. Das wird fabelhaft.«

Lise ging zu Mogens. »Möchtest du das Zelt von innen sehen?«

»Ja, sehr gerne.« Er reckte den Daumen in die Höhe. »Wir zwei, Baby.« Dann folgte er Lise, und Børge lief ihnen hinterher.

Hinter dem Vorhang blieb Lise stehen. »Das ist …«

»Die Manege!« Mogens rannte an ihr vorbei, fiel in der

Mitte der Manege auf die Knie und riss die Arme nach oben.

Lise sah Børge fragend an, der nickte. »Bekloppt wie ein Schnitzel, sag ich doch. Aber stinkreich.«

Mogens ließ die Arme fallen. »Was ist das da?« Seine Augen fixierten die Kanone am anderen Ende der Manege.

»Eine Kanone. Sie gehört Adam von Münchhausen, Europas einziger menschlichen Kanonenkugel.«

Mogens stand auf und ging zur Kanone. Seine Stimme zitterte. »Eine menschliche Kanonenkugel. Das ist …« Andächtig stieg er auf das Podest vor der Kanone und kletterte in die Mündung, bis nur noch Kopf und Arme herausschauten. »Ein Projektil aus Fleisch und Blut, Herz und Hirn, mit Pulsschlag und offenen Augen. Das abgefeuert wird …« Er schloss die Augen und lächelte selig. »Volle Kontrolle bis zur letzten Sekunde, und dann – PENG! – verschwindet alles, und man wird Teil eines Vakuums, suspendiert im Nichts zwischen Tat und Konsequenz.«

»Ja, das …« Lise versuchte, die passenden Worte zu finden. »Sie hat viel Kraft. Und ist gefährlich.«

»Nein.« Mogens riss die Augen auf, noch immer selig lächelnd. »Ein drei Sekunden langer Charterflug in die ultimative Erleuchtung, all inclusive, und dann – PLATSCH! – landet man wieder in der Realität. Hart und brutal. Ohne Rückfahrkarte kann man die Existenz in der ultimativen Erleuchtung nicht schätzen. Erst wenn man etwas verliert, kennt man den wahren Preis. Wenn es weg ist. Klingt vielleicht wie ein Songtext von Mariah Carey, aber es ist wahr.«

»Ja, das ist …« Lise warf Børge einen verzweifelten Blick zu. »Sollen wir weitergehen? Wir können in meinem Wagen einen Kaffee trinken. Ich muss noch etwas mit euch besprechen.«

»Ich bleibe hier.« Mogens schloss wieder die Augen. »Und meditiere. Lasst mich in Ruhe. Mit meiner Kanone.«

Børge zuckte mit den Schultern und flüsterte: »Doof wie ein Schnitzel. Hast du eine Cappuccino-Maschine in deinem Wagen? Bestimmt.«

61

»Anders entschieden? Was zum Teufel meinst du damit? Du kannst verdammt noch mal nicht einfach ...« Børges Gebrüll drang durch die Kunststoffwände und schallte über den Platz. Die Zirkusleute ließen alles liegen und spitzten die Ohren.

Diana kam aus ihrem Wagen, um nachzusehen, was los war. Jacobi und Fillip standen ganz in der Nähe von Hilmars Wagen und zuckten zusammen, als die Tür aufflog.

Lise kam heraus, und Børge stürmte ihr hinterher. Sie blieben auf dem Platz stehen, ohne die anderen zu beachten.

Børges Gesicht war vor Wut verzerrt. »Bist du total verrückt geworden, Lise? Oder haben sie dir irgendeine Zirkusdroge verabreicht, die ...«

Sie unterbrach ihn. »Nein, ich habe einfach nur ein paar Dinge eingesehen.«

»Wirklich? Dann bin ich verdammt gespannt, welche göttliche Offenbarung diesen Kurzschluss in deinem Hirn verursacht hat?«

»Ich weiß nicht, aber ... die Dinge haben sich einfach verändert. Vielleicht habe ich mich verändert. Das Einzige, was ich sicher weiß, ist, dass ich nicht so weitermachen kann.«

»Das ist Bullshit, Lise. Du hast dich nicht verändert. Leute wie wir wissen, wer wir sind. Es steht in unserer DNA geschrieben.«

»Ich war nicht so, bevor ich dich traf. Und diese Leute hier ...« Sie sah sich um und streifte Dianas Blick. »Sie haben ... Ich glaube, sie haben mich daran erinnert, wer ich früher war. Oder wer ich vor vielen Jahren einmal sein wollte. Wenn ich jetzt in den Spiegel sehe ...«

»In den Spiegel? So ein Quatsch! *Spieglein, Spieglein an der Wand, wer ist die Dümmste im ganzen Land?*«

»Ich muss neu anfangen, Børge. Irgendwie.«

»Willst du damit sagen, dass du kündigst? Willst du auf alles scheißen, wofür du so hart gearbeitet hast? Alles, wovon du geträumt hast? Wofür? Um Zirkusdirektorin in Vollzeit zu werden? Um mit dieser Freakshow durch die Gegend zu ziehen und in einem muffigen Wohnwagen zu leben?«

»Ich weiß nicht, was ich tun soll. Aber ich weiß, dass ich Mogens nicht erlaube, diesen Zirkus zu verbrennen.«

»Warte!« Fillip mischte sich ein. »Wie meinst du das: verbrennen?«

Børge antwortete, ehe Lise ein Wort sagen konnte. »Sie meint, dass der große, berühmte Künstler Mogens Arafat Nielsen diesen verdammten Plunder anzünden und es live im Internet streamen wird.«

Fillip sah Lise an, die sich Børge zuwandte. »Das wird nicht geschehen. Es ist vorbei, Børge.«

»Das wirst du bereuen!« Børge drohte mit zitterndem Zeigefinger, ehe er zwischen zwei Wagen im Schatten verschwand. »Merk dir meine Worte. Und wenn du in ein paar Wochen pleite und total abgefuckt dasitzt, wirst du dich nach all dem sehnen, worauf du verzichtet hast. Nach allem, was du haben könntest. Dann gibt es keinen Weg zurück. Denk daran.«

Lise schaute ihm hinterher, dann ging sie zurück in den Wagen, ohne die anderen zur Kenntnis zu nehmen.

62

Eine Stunde nachdem Børge abgedampft war, klopfte es an Lises Tür. Lise hievte sich vom Sofa und machte auf.

Vor dem Wagen stand Mogens mit nacktem Oberkörper. Der Schweiß rann ihm von der Stirn und tropfte auf seine Brust, deren Behaarung in Form eines Fragezeichens rasiert und gelb gefärbt war. »Wo ist Noddy?«

»Hä?«

»Der Geldtyp. Ich kann ihn nicht finden.«

»Meinst du Børge?«

Mogens zog eine Grimasse, als hätte er einen ekligen Geschmack im Mund. »Ich ziehe es vor, ihn Noddy zu nennen.«

»Ach so. Er ist vor einer Weile aufgebrochen. Ich glaube, er wollte zum Flughafen.«

»Wirklich?« Mogens ließ die Arme hängen.

»Ja. Børge ... oder Noddy ist weg. Ich kann dir ein Taxi rufen, wenn du willst.«

»Was ich will, spielt keine Rolle.«

»Okay, aber ...«

»Es liegt nicht in meiner Hand. Der Wille ist ein erbärmlicher Versuch der Menschen, ihrem Schicksal aus dem Weg zu gehen.«

»Du glaubst also an das Schicksal?«

»Nein.«

»Aha ... Und was willst du jetzt tun? Der Zirkus zieht morgen weiter.«

»Ich habe ein Date.« Mogens trat ein paar Schritte zurück. »Mit dem Nichts.« Dann lief er zurück zum Zirkuszelt.

Lise folgte ihm, verlor ihn aber aus den Augen, als er hinter einem Lastwagen verschwand.

Auf dem Weg zum Zelt begegnete sie Wolfgang und Dieter, die im Freien übten. Jacobi und Tatjana saßen daneben im Gras und schauten zu. Lise fiel auf, dass die beiden sie ganz anders ansahen als zuvor. Durch den Hintereingang trat sie ins Zelt, in dem sich niemand außer einem Spatz befand, der über der Orchestertribüne verwirrt gegen das Zelttuch flog. Sie ging durch den Haupteingang hinaus, aber auch dort war Mogens nirgends zu sehen.

Lise blieb stehen und blickte über den Fjord. In der Mitte war ein Ruderboot unterwegs, dessen Kielwasser ein perfektes Dreieck auf der spiegelblanken Oberfläche bildete. Im Nordosten erkannte sie den Hof, von dem ihr Vater stammte. Der Giebel war eingesunken und das Dach marode. Sie betrachtete ihn eine Weile und versuchte zu erkennen, ob sie etwas fühlte. In diesem Moment tauchte Diana neben ihr auf.

»Wurzeln sind stark. Sie strecken sich aus und beißen sich in der Erde fest. Es ist schwer, sie auszureißen. Sie sollen ja auch den Baum mit all seinen Zweigen aufrecht halten, egal, wie sehr es stürmt. Und selbst wenn der Baum gefällt und der Stamm von den Ästen befreit wird, sind die Wurzeln noch da.«

»Ich habe nie von diesem Ort gewusst und stattdessen in der Finnmark Wurzeln geschlagen.«

»Aber jetzt weißt du es. Es ist immer besser, etwas zu wissen, egal, was geschieht.« Sie sah ihr in die Augen. »Was wirst du jetzt tun?«

»Wie meinst du das?«

»Du hast deinen Job gekündigt. Du hast gesagt, du

hättest dich verändert, oder zumindest glaubst du es.« Diana musterte sie von oben bis unten. »Ist das wahr?«

»Ich weiß es nicht. Ich weiß gar nichts mehr. Alles ist so … chaotisch. Es hat mich einfach so überkommen, dass ich unbedingt alles daransetzen muss, mich zu verändern. Hätte mir das jemand vor ein paar Wochen gesagt, hätte ich ihn für verrückt erklärt. Aber vielleicht bin ich jetzt die Verrückte?« Sie lächelte Diana schräg an. »Oder vielleicht hast du mich verhext?«

»Wie bitte?«

»Am Strand von Giske, mit deinen warmen Hexenhänden.«

Diana lachte und sah auf ihre Hände. »Wenn ich die für so etwas gebrauchen könnte, würde ich als Erstes Wolfgang davon abhalten, jeden Abend die Luft mit seiner Kohlkocherei zu verpesten. Für dich würde ich sie nicht einsetzen. Es ist besser, die Dinge selbst herauszufinden. Das hat sich auch dein Onkel für dich gewünscht. Er wollte nicht unbedingt, dass du ein Zirkusleben wie er führst, aber er wollte dir die Chance geben, das Leben mit anderen Augen zu betrachten und zu erwägen, ob es noch andere Lebensweisen für dich gibt. Bessere, vielleicht. Er wollte nur das Beste für dich. Egal, was es ist. Das musst du selbst herausfinden.«

»Ja.«

»Was ist mit dem Zirkus? Noch zwei Vorstellungen. Wirst du sie durchziehen, oder fährst du zurück nach Oslo?«

Lise drehte sich zum Zelt. »Ich weiß nicht. Die Alternative ist, auf dem Arbeitsamt Schlange zu stehen. Das muss ich ohnehin bald, vielleicht sollte ich trotzdem zuerst die Tournee zu Ende bringen. Ich sollte mit den anderen darüber reden, vor der Vorstellung heute Abend.«

»Das ist eine gute Idee.«

»In Ordnung. Wie läuft übrigens der Vorverkauf?«

Diana sah hinüber zum Kartenkiosk, wo zwei Dorfbewohner vor der Luke standen. »Die Ankündigung von Adams Auftritt hat geholfen. Wir sind nicht gerade ausverkauft, aber wir haben mehr als ein Drittel verkauft.«

»Super. Kannst du den anderen sagen, dass ich mit ihnen in der Manege reden möchte, bevor wir das Publikum reinlassen?«

»Das werde ich tun.«

»Danke.« Lise schaute noch einmal zu dem verfallenen Hof hinüber, bevor sie unter den Zeltleinen hindurch zu Hilmars Wagen ging.

63

Alle anderen waren schon da, als Wolfgang in die Manege kam und versuchte, sich diskret zwischen Tatjana und Jacobi zu schieben. Jacobi machte sich steif, um Wolfgang abzuhalten, und so gab es ein tollpatschiges Gerangel, während sie vergeblich so taten, als sei alles in bester Ordnung. Schließlich gab Wolfgang auf und stellte sich an Tatjanas andere Seite, wo Miranda ihm augenrollend Platz machte.

Wolfgang zog eine verärgerte Grimasse, als er Jacobis Grinsen sah. Dann konzentrierte er sich auf Tatjana. »Wozu soll diese Besprechung gut sein?«

Jacobi antwortete an ihrer Stelle. »Ich glaube, sie wird euch sagen, was ich schon immer wusste, nämlich dass sie unser Bestes will.«

»Das bezweifle ich. Sie hat ja nicht gerade …«

Tatjana brachte die Streithähne zum Schweigen, indem sie auf den Vorhang zeigte. »Da kommt sie.«

Lise trat in die Mitte der Manege und sah jeden Einzelnen an, zuletzt Fillip. Sie räusperte sich. »Ihr fragt euch sicher, was los ist. Einige von euch haben mitbekommen, wie Børge abgerauscht ist. Er ist mein Chef in Oslo. Oder besser gesagt, er war es. Ihr habt euch sicher gefragt, was ich jetzt tun werde. Diana weiß es schon. Lasst mich kurz ausholen: Ich begegnete Børge kurz nach einem Ereignis, durch das ich den Glauben an die Menschen verloren hatte. Er überzeugte mich damals, dass man nur an sich selbst glauben müsse.«

»Spar dir das für deine Biografie. Hier glaubt dir keiner«, rief Miranda und sah Fillip fragend an.

»Ich verstehe, dass ihr wütend seid, schließlich hatte ich klipp und klar gesagt, was ich mit diesem Zirkus vorhatte. Aber die Situation hat sich verändert. Ich habe mich verändert.« Sie schaute auf und erkannte die Skepsis in den Gesichtern der Zirkusleute. »Und ich verstehe, wie schwer es euch fällt, mir zu glauben. Ich kann es selbst kaum glauben. Zehn Jahre lang war ich diese andere Person und … ich weiß nicht. Es ist schwer zu erklären.«

Fillip ergriff das Wort. »Also, was willst du jetzt tun? Zurück nach Oslo gehen?«

»Später, ja. Obwohl es dort nichts als meine Wohnung gibt. Ich muss von vorn anfangen, vielleicht mit dem, was ich früher getan habe.«

»Was war das?«

»Ich …« Sie sah Fillip lange an. »Ich war Mitbegründerin der norwegischen Niederlassung einer internationalen Hilfsorganisation. Gemeinsam mit einem Mann, von dem ich glaubte, ich könne ihm vertrauen. Ich wollte sogar den Rest meines Lebens mit ihm verbringen. Ich hätte alles für ihn getan, aber dann tat er etwas …« Ihre Stimme brach, doch sie räusperte es weg. »Er machte sich mit allen Spenden, die wir gesammelt hatten, aus dem Staub. Es stand in allen Zeitungen. Natürlich glaubte mir keiner, dass ich nichts damit zu tun hatte, obwohl es keinerlei Beweise gegen mich gab. Ich versuchte, bei anderen Organisationen einen Job zu bekommen, aber es war unmöglich. Mit jedem Nein wurde ich verbitterter.«

Das Schweigen der anderen war schwer zu deuten. Diana forderte Lise auf, weiterzuerzählen. »Dann traf ich Børge, auf dem Tiefpunkt. Ich war am Boden zerstört. Er nutzte meine Verbitterung und führte mich in eine ganz neue Welt. Warum solltest du an andere denken, wenn die anderen auf dich pfeifen, war seine Philosophie. Jeder denkt zuerst an sich selbst. Das wurde auch mein Leitsatz, bis ich hierherkam ... zu euch.« Sie machte eine Pause. »Jetzt wisst ihr die ganze traurige Wahrheit.«

Es wurde still, die Zirkusleute sahen einander fragend an. Dann ergriff Fillip das Wort. »Und was hast du nun mit dem Zirkus Fandango vor?«

»Darüber habe ich viel nachgedacht. Hilmar hatte einen Plan mit seinen Bedingungen, und weil ich jetzt hier stehe und einen Job gekündigt habe, mit dem ich Millionen verdient hätte, kann man wohl sagen, dass sein Plan funktioniert hat. Aus Dankbarkeit und Respekt seinen Wünschen gegenüber möchte ich Hilmars Bedingungen erfüllen.«

»Du willst also für die nächsten zwei Vorstellungen Direktorin bleiben?«

»Ja, das würde ich sehr gerne. Und ihr bekommt auf jeden Fall den Anteil am Kartenverkauf.«

»Und danach?«

»Nun, ich rechne damit, dass ihr mich weiterhin ablehnt, und ich kann euch deswegen keine Vorwürfe machen. Das ›Danach‹ beginnt schon nach der nächsten Vorstellung in Volda. Dann ist es aus und vorbei für mich. Egal, ob genug Karten für die letzten Vorstellungen verkauft werden oder nicht: Ich will meine Erbschaft an dich abtreten.« Sie sah, dass Fillip zweifelte. »Das mag schwer zu glauben sein, aber ... Lass uns einfach sagen, dass mein Karma nach zehn Jahren mit Børge ziemlich im Minus steht und es Zeit wird, etwas dagegen zu tun.« Dann wandte sie sich allen zu. »Das war alles, was ich euch sagen wollte. Danke, dass ihr mir zugehört habt.«

64

»Und jetzt, meine Damen und Herren ...« Die Tribüne war zur Hälfte besetzt, und das Publikum schaute gespannt auf Lise, die mit dem Mikrofon in der Hand in der Mitte der Manege stand. Bis dahin hatte die Vorstellung ihre Erwartungen übertroffen. Die Musiker hatten keinen einzigen falschen Ton gespielt, und die Artisten hatten ihr Bestes gegeben. Sie waren mit Applaus empfangen und mit Getrampel verabschiedet worden.

»Jetzt ist es Zeit für den großen, den einmaligen ... Adam von Münchhausen, Europas einzige lebendige Kanonenkugel!«

Auf den Tribünen brachen Applaus und Jubel aus, während sie auf den Vorhang zeigte, doch als niemand herauskam, flauten sie ab.

Lise hob erneut das Mikrofon. »Applaus für Adam von Münchhausen!«

Weil noch immer nichts geschah, wurde es noch schneller still, und die Menschen auf den Tribünen sahen einander fragend an.

Fillip steckte den Kopf zwischen den Vorhängen durch und winkte Lise mit besorgter Miene heran.

»Meine Damen und Herren, ich muss Sie um einen Augenblick Geduld bitten. Adam von Münchhausen ist noch bei den letzten Vorbereitungen seines lebensgefährlichen Auftritts.«

Sie lief zur Orchestertribüne, bat die Musiker, irgendetwas zu spielen, und rannte weiter zu Fillip. »Was ist los?«

»Adam will nicht. Er hat kalte Füße bekommen.«

Hinter dem Vorhang stand Adam vor seiner Kanone und trat nervös von einem Fuß auf den anderen.

»Adam, das wird gut gehen.«

Die Angst glimmte in seinen Augen. »Letztes Mal ging es nicht gut. Warum sollte es heute anders sein?«

»Wir haben doch darüber geredet. Nichts wird schiefgehen. Du bist der König der ... du bist Kanonenkugelmeister!«

»Nein, nein, es ...« Seine Stimme zitterte. »Die Kanone wird mich töten. Du hast es doch selbst dem Publikum gesagt. Lebensgefährlich.«

Lise versuchte, ihm eine beruhigende Hand auf die Schulter zu legen, aber er wollte nicht still stehen. »Ich wollte doch nur das Publikum anheizen, das weißt du doch. Wie viele Leute sind denn schon daran gestorben, dass sie aus einer Kanone abgefeuert wurden?«

Adam hob den Kopf. »Vierzehn.«

»Hä?«

»Vierzehn Menschen sind seit 1949 dabei gestorben.«

»Oh ... okay, aber ... komm schon, du schaffst das. Du hast es schon hundertmal gemacht.«

»Nein! Vergiss es. Ich bin fertig mit der Kanone. Nie wieder. Ich traue mich nicht.«

Eine Stimme von oben unterbrach sie. »Aber ich!«

Sie blickten auf und sahen Mogens' grinsendes Gesicht aus der Mündung ragen.

»Was zum Teufel ... Was hast du hier verloren? Bist du etwa seit ...«

»Seit gestern, ja. Um Kanonenkugel zu werden. Verstehst du? Nein, wie könntest du auch? Keiner, der nie selbst Kugel war, versteht das. Schießt mich raus.«

»Vergiss es, Mogens. Komm da runter!«

»Nein, ich habe eine Verabredung mit dem Nichts.«

Adams empörter Gesichtsausdruck brachte Lise auf eine Idee. »Das geht nicht. Das ist Adams Kanone. Von mir aus kannst du Europas einzige menschliche Kanonenkugel werden, aber zuerst musst du Adam fragen.«

Mogens schaute auf Adam herab. »Ist das okay für dich?«

»Okay? Du fragst mich, Adam Foddl... Adam von Münchhausen, ob es okay ist, dich aus meiner Kanone zu schießen?«

»Korrekt. Für die Kunst und für das Leben.«

»Du glaubst, du könntest dich einfach so in die Mündung stopfen und abschießen? Du würdest sterben. Als menschliche Kanonenkugel brauchst du jahrelange Übung. Jeder Muskel in deinem Körper muss dafür trainiert sein. Du hast da drinnen nichts verloren. Raus mit dir!«

»Nix.«

»Verzieh dich sofort aus meiner Kanone. Ich habe keine Zeit, ich muss in die Manege.«

Lise lächelte zufrieden und winkte Jacobi und Fillip herbei. »Würdet ihr Mogens aus der Kanone helfen, bitte?«

Fillip und Jacobi schoben das Treppchen vor die Mündung, Mogens verkroch sich tiefer hinein.

Die beiden stiegen hinauf, packten Mogens, ließen aber gleich wieder los.

»Macht schon, das Publikum wartet.«

Fillip sah angewidert in die Mündung. »Er ist ...«

»Schnell!«

Fillip und Jacobi nickten einander zu, griffen in die Kanone und zogen Mogens heraus.

»Was zum ...« Mogens' nackter Körper offenbarte sich Lise. Das Öl aus dem Lauf hatte das gelbe Fragezeichen auf seiner Brust schmutzig grün gefärbt. Seine Füße klatschten schlaff auf das Holz. »Warum zum Teufel hast du dich ausgezogen?«

»Schon mal eine Kugel mit Kleidern gesehen?«

Unter Protest wurde er die Stufen hinabgezerrt. »Metall auf Metall. Ihr könnt die Kugel aus der Kanone nehmen, aber ihr werdet niemals die Kugel aus mir nehmen!«

Lise winkte sie fort. »Schafft ihn hier raus.«

Fillip und Jacobi zogen Mogens mit sich hinaus, und Adam stieg auf die Treppe.

»Bist du bereit, Adam?«

Unendliche Sekunden verstrichen, während Adam entsetzt in die Mündung starrte. »Nein.« Er stieg wieder hinab. »Ich dachte, ich wäre bereit, der Irre hat mir Mut gemacht, aber jetzt ist er wieder weg.« Er betrachtete die Kanone. »Sie wird mich töten, ich weiß es. Ich kann nicht, tut mir leid.«

Lise fluchte im Stillen, dann beherrschte sie sich. »Vielleicht finden wir eine andere Lösung. Wir könnten …« Ihr Blick wanderte fieberhaft durch den Raum. »Reidars Trampolin! Schnell, holt Reidars Trampolin und stellt es in die Manege!«

»Und wer soll damit auftreten?«, fragte Adam.

»Du.« Er öffnete den Mund, um zu protestieren, aber sie ließ ihn nicht zu Wort kommen. »Hör mir zu. Du kannst deine Kanonenangst nur überwinden, wenn du endlich wieder einmal in der Manege warst. Das Publikum wird dir …«

»Aber ich kann keine Trampolintricks. Ich bin noch nie Trampolin gesprungen.«

»Das spielt keine Rolle. Vergiss einfach alles andere. Nimm die Atmosphäre in dir auf und mach ein paar Sprünge.«

Adam überlegte kurz. »Na gut.«

»Prima. Wärm dich ein wenig auf, ich gehe raus und stelle dich vor.«

Das Trampolin stand schon bereit, als sie wieder in die Manege trat. »Und jetzt, meine Damen und Herren, nur heute Abend im Zirkus Fandango: Adam von Münchhausen, Europas letzte und einzige menschliche Kanonenkugel … und seine Trampolinkunst!«

Ein Trommelwirbel erklang und brach ab, als der Vorhang aufging und Adam mit seinem Helm auf dem Kopf in die Manege schlenderte. Er kletterte aufs Trampolin und testete die Spannung.

Lise gab den Musikern ein Zeichen, und ein neuer Trommelwirbel brach die Stille im Zelt, dann begann Adam zu hüpfen. Er sprang immer höher, ein kindliches Lachen überkam ihn, er hüpfte und hüpfte, lachte Lise an und zeigte mit beiden Daumen nach oben. Zaghaft erwiderte sie die Geste, während die Verwirrung auf den Tribünen zu Buhrufen wurde. Lise lief in die Mitte der Manege, gab Adam ein Zeichen, dass er aufhören sollte, und hob das Mikrofon. »Ein großer Applaus für Adam von Münchhausen!«

Adams neu entdeckte Begeisterung für das Trampolin ließ ihn die Buhrufe überhören. Er scherte sich nicht ums Publikum, sprang überglücklich weiter und rief: »Das macht Spaß! Das macht Spaß!«

65

Über den Bergen ging der Halbmond auf und warf einen silbrigen Lichtstrahl auf das Zirkuslager in Vartdal. Lise sprach mit festlicher Stimme wie ein Priester. »Der vierte Brief von Hilmar.« Der Schemel, auf dem sie saß, war der Altar, das Elefantengehege die Kirche und Lucille die Gemeinde. Eine Flasche Birnenlimonade war der Messwein. Lise tat ehrerbietig. »Trinkt, denn dies ist mein Blut.«

Lucille sah sie an und wackelte mit den Ohren.

»Komm schon, Lucille, hast du keinen Humor?«

Als Antwort steckte Lucille den Rüssel in den Wassertrog und prustete das Wasser über Lise aus. »Okay, okay, schon verstanden. Keine Witze über Religion. Ich lese ihn vor.«

Sie hatte Adam kaum vom Trampolin heruntergekommen, um die Vorstellung zu beenden, aber das hatte sowieso keine Rolle gespielt. Das Zelt war leer gewesen, ehe alle Artisten in die Manege kamen, um sich zu verbeugen. Trotzdem war die Stimmung besser als nach den ersten Vorstellungen. Die Artisten zeigten Lise nicht mehr die kalte Schulter und betrachteten sie mit einer gewissen Neugier.

Diana nannte dies einen Schritt in die richtige Richtung, aber Lise wurde nicht ganz schlau aus der alten Dame. Hilmar hätte sich über diesen Abend gefreut, hatte Diana gesagt, doch sie selbst schien nicht sehr erfreut. Sie hatte Lise tief in die Augen gesehen und mit ruhiger Stimme gesagt: »Ich hoffe, du gehst noch ein paar Schritte weiter und findest wirklich deinen Weg.« Dann hatte sie ihr Hilmars Brief überreicht. Und während die anderen schon am Lagerfeuer in der Mitte des Platzes saßen und Würstchen grillten, saß Lise nun bei Lucille.

Von Südwesten her zogen langsam Wolken über den Fjord und verdeckten den Mond. Während sie den Brief auffaltete, betrachtete sie den Rauch des Feuers vor dem Nachthimmel und lauschte den diffusen Stimmen, die klangen, als kämen sie aus einem Radio in der Ferne.
»Bist du bereit, Lucille?« Im Schein des Telefondisplays las sie Hilmars Botschaft.

Liebe Lise,

ich gratuliere Dir zu Deiner vierten Vorstellung. Nun liegt nur mehr eine vor Dir, das hast Du gut gemacht. Im Zirkus kann viel danebengehen. Die Ausrüstung kann fünf Minuten vor der Vorstellung kaputtgehen, Lastwagen können auf halbem Weg liegen bleiben, und jeder Artist hat seine eigenen Probleme. Vor vielen Jahren hatten wir eine Schlangenfrau im Programm, die immer sehr nervös vor den Vorstellungen war und sehr erleichtert hinterher. Eines Abends kroch sie in der Manege aus ihrem Glaskasten und brach die Vorstellung ab. Als ich sie fragte, was los sei, sagte sie, sie habe Klaustrophobie. Nicht die beste Voraussetzung für einen Schlangenmenschen. Sie beendete das Zirkusleben und jobbte von da an als Parkplatzwächterin, und mir fehlte ein Artist im Programm. Das Zirkusleben ist harte Arbeit, aber es ist ein glückliches Leben.
Einen großen Teil meines Glücks habe ich Diana zu verdanken, die immer für mich da war. Das ist sie noch

immer, weil sie Dir hilft. Ihre Güte ist bedingungslos, sie hat keine verborgenen Motive. Denk daran, Lise. Ich habe mich immer gefragt, wo so viel Güte herkommt. In diese Welt geboren zu werden, ist eine Lotterie mit vielen Verlierern. Diana war eine von ihnen. Sie wollte nicht darüber reden, aber ich ließ nicht locker, bis sie mir ihre Geschichte erzählte. Sie stammt aus einem Dorf in Rumänien. Eines Tages gastierte dort ein kleiner Zirkus. Für die meisten war es der Höhepunkt des Jahres, denn es gab nicht viel Abwechslung und kaum Möglichkeiten, der Wirklichkeit zu entkommen. Wenn man vom Alkohol absah, und auf den schwor ihr Vater. Er schlug ihre Mutter, und wenn Diana ihr helfen wollte, schlug er auch sie. Er bestrafte sie mit dem glühenden Feuerhaken, sie hat mir die Brandnarben auf ihren Unterarmen gezeigt. Sie erinnert sich noch, wie die Haut zischte, und wie es stank. Jede Narbe solle sie daran erinnern, was sie getan habe, sagte er. Dabei wollte sie nur ihrer Mutter helfen. Eines Abends, als der Vater schon in seinem Sessel eingeschlafen war, konnte sie ihr nicht mehr helfen. Die Mutter lag im Schlafzimmer auf dem Boden. Ihr Gesicht war so geschwollen, dass Diana sie kaum wiedererkannte, und sie wollte nicht aufwachen. Diana sammelte ihre Kleider in einem Tuch und lief davon. Auf der Straße vor dem Dorf kam der Zirkus vorbei. Bunt bemalte Wagen, von Zirkuspferden gezogen. Einer hielt an, und der Kutscher fragte sie, wohin sie so spät am Abend wolle. Sie antwortete: »Fort.« Dieser Mann war der Zirkusdirektor. Vielleicht hat er die Narben auf ihren Armen gesehen, vielleicht auch die Narben in ihrer Seele, auf jeden Fall nahm er sie mit, und sie wuchs in seinem Zirkus auf. Es war eine Schinderei, sie musste

die Dreckarbeiten erledigen, den Mist schaufeln und die Latrinen ausleeren. Aber sie war von Menschen umgeben, die sich umeinander kümmerten, auch um sie, und die Angst vor dem Vater verließ sie.
Diese Fürsorge wirst Du auch erfahren, wenn Du die anderen annimmst und ihnen etwas zurückgibst. Und dieses Gefühl der Sicherheit kann Dir ein neues Leben geben. Ein glückliches Leben in gegenseitigem Vertrauen. Das muss Diana am Anfang schwergefallen sein. Hoffentlich wird sie nie erleben, dass dieses Vertrauen enttäuscht wird. Sie würde daran zerbrechen.

Liebe Grüße,
Dein Onkel Hilmar

Lise sah zu Lucille auf und überlegte, was sie sagen könnte, um den ernsten Ton des Briefes mit einem Scherz aufzulockern, aber es fiel ihr nichts ein. Sie faltete den Brief zusammen und stand auf, als sie hinter sich Schritte im Dunkeln hörte. »Wer ist da?«

»Nur ein Clown.« Fillips Silhouette zeichnete sich im Licht ihres Handys ab. »Sitzt du hier und redest mit dir selbst?«

Lise hielt den Brief hoch. »Nein, mit Hilmar. Er hat noch immer viel auf dem Herzen. Seid ihr schon fertig mit dem Grillen?«

»Nein, aber ich gehe schlafen. Ich wollte nur sehen, wie es dir geht …« Er zögerte, dann sah er ihr in die Augen. »Es muss eine schwierige Entscheidung gewesen sein, deinen Job zu kündigen und dein altes Leben hinter dir zu lassen. Das willst du doch, oder?«

»Ich weiß nicht genau, was ich will. Nur, dass ich nicht weitermachen kann wie bisher. Ich werde schon etwas finden. Aber zuerst will ich die letzte Vorstellung über die Bühne bringen, wie Hilmar es sich gewünscht hat, und ...« Sie seufzte. »Hilmar hatte recht. Mit dem Zirkus zu reisen hat mich verändert. Damit hätte ich nie gerechnet.« Sie sah ihn an. »Klingt wie aus einem kitschigen Groschenroman, nicht wahr?«

»Und was wirst du mit dem Zirkus tun?«

»Nichts. Es ist nicht mein Zirkus, egal, was in Hilmars Testament steht. Er gehört dir. Und Diana. Und Jacobi, den Heine-Brüdern, Tatjana, Adam und Miranda. Ihr sollt ihn behalten. Und ich kann nur hoffen, dass er mit der Zeit auch zu meinem wird.«

Fillip lächelte schief. »Nun ... für den Anfang könntest du uns morgen früh beim Abbau helfen, wie wär's?«

66

In der obersten Reihe der Tribüne versuchte Lise mit rotem Gesicht, eine Metallstange aus dem Geländer zu lösen. Die meisten roten Plastiksitze waren schon abgeschraubt und lagen in Kisten auf dem Lastwagen, der rückwärts in die Manege gefahren war. Die Orchestertribüne war abgebaut, aber das Zelttuch war noch gespannt und schützte sie vor dem Regen, der auf das Dach des Wohnwagens gehämmert und sie noch vor dem Wecker aus dem Schlaf gerissen hatte.

Nach einem Knäckebrot mit Ziegenkäse war sie hinausgegangen, um beim Abbau zu helfen. Der Empfang war lauwarm gewesen. Die Heine-Brüder, Tatjana und ein paar Musiker arbeiteten ungerührt weiter, doch dann kamen Fillip und Jacobi auf sie zu und baten sie um Hilfe. Lise empfand es als eine Art Inklusion oder Probemitgliedschaft in einem exklusiven, aber sonderbaren Klub. Sie bemerkte, dass alle sie beobachteten, als würden sie Risse in der neuen Fassade suchen. Doch je mehr sie arbeitete, desto seltener wurden die Blicke. Sie half mit den Sitzen und schraubte Geländer ab. Je schwerer die Arbeit war, desto lockerer wurden die Gespräche. Über Hilmar und Orte, an denen sie aufgetreten waren. Über Vorstellungen mit voll besetzten Rängen und lustige Fehler in der Manege. Nichtsdestotrotz bemerkte Lise den melancholischen Unterton und die Sehnsucht nach besseren Zeiten.

»Das Ding sitzt bombenfest!« Die Stange bewegte sich keinen Millimeter. Fillip kam zu ihr und sagte: »Die keilen sich immer fest. Gib ihr einen Tritt.«

Mit dem rechten Fuß versetzte Lise der Stange einen

Tritt, aber es half nichts. Stattdessen verlor sie die Balance, kippte nach hinten und wäre fast in die Reihe darunter gestürzt, wenn Fillips Arme sie nicht gehalten hätten.

»Hab dich.«

Die Wärme seines Halses an ihrer Wange ließ sie für ein paar Sekunden alles vergessen. »Ja … danke. Ich muss wohl …« Sie sah sich hastig um und erblickte Jacobi unten beim Lastwagen. »Ich glaube, Jacobi braucht ein wenig Hilfe da unten. Vielleicht kannst du die Stangen übernehmen?« Ohne eine Antwort abzuwarten, lief sie die Treppe zwischen den Tribünensektionen hinab.

Auf der anderen Seite der Manege schraubte Miranda Sitze los, wobei sie Fillip nicht aus den Augen ließ. Sie warf Lise einen verärgerten Blick zu, aber Lise reagierte nicht.

Jacobi bündelte Stangen mit Spannriemen. Sie tat, als wolle sie ihm helfen, und flüsterte: »Wie läuft es bei dir?«

»Nicht so gut wie bei dir da oben.« Er gab Wolfgang ein Zeichen, der mit einer Steuerkonsole in den Händen vor dem Führerhaus stand. Der Dieselmotor tuckerte, und die Hydraulik summte, als der Kran des Lastwagens die gebündelten Stangen sanft auf die Ladefläche hievte.

»Wie meinst du das?«

»Guter Trick mit dem Geländer.«

»Wie bitte?«

»Einfach das Gleichgewicht verlieren, damit Fillip dich auffängt. Hat gut funktioniert.«

»Nein, nein, das war nicht, wie du denkst.«

Jacobi unterbrach ihren Protest. »Ich glaube nicht, dass das bei mir funktionieren würde.«

Er schielte zu Tatjana hinüber, die die Abgrenzung der Manege auseinandernahm.

»Wenn wir in Volda sind, reden wir noch einmal über andere Strategien.«

»Aber ... gilt unsere Abmachung jetzt überhaupt noch? Du willst mir trotzdem helfen?« Jacobis Miene war skeptisch.

»Lass uns einfach sagen, dass ich ein großes Defizit in meiner Abrechnung habe, und dieser Zirkus ist meine Chance, die Balance zurückzugewinnen.«

»Vielleicht solltest du mit uns weiterreisen? Nach der Vorstellung in Volda?«

»Vielleicht.«

67

Von Vartdal bis Ørsta waren sie eine halbe Stunde lang zwischen grünen Wiesen auf der linken und dem regengepeitschten Fjord auf der rechten Seite gefahren. Dann hatte die Zirkuskolonne Hovdebygda und den Ivar-Aasen-Hof passiert, und zwanzig Minuten später waren sie am Stadion von Volda, wo sie das Zirkuslager auf einem Schotterplatz zwischen dem Fjord und einem See aufbauten. Hilmars Wagen stand direkt am Seeufer. Jacobi hatte angeklopft, um den versprochenen Ratschlag einzuholen, und nun saß er auf dem Sofa.

»Vergiss alles, was ich früher gesagt habe, und sei einfach du selbst. Schließlich soll Tatjana dich mögen, und nicht irgendeinen konstruierten Typen. Sei ehrlich.«

»Aber … muss ich dann auch sagen, dass ich Yoga eigentlich nicht mag?«

»Ja, sag es.«

»Und dass ich …« Er zögerte. »Dass ich mich gerne als Postmann verkleide, wenn ich … Du weißt schon, im Schlafzimmer …«

»Okay, okay. So ehrlich auch wieder nicht. Aber sag die Wahrheit über deine Gefühle zu ihr und sprich deine Wünsche aus.«

»Aber wie soll ich das tun?«

»Sag es einfach geradeheraus. Dass du sie schon seit Langem magst und sie ins Restaurant einladen möchtest. Oder zu einem Spaziergang um den See.« Jacobi schaute mutlos drein. »Hör zu. Das Einzige, was passieren kann, ist, dass sie Nein sagt. Und selbst wenn, ist auch das nicht unumstößlich. Vielleicht braucht sie nur Zeit, um sich an den Gedanken zu gewöhnen. Auf jeden Fall weiß sie dann, was du fühlst.«

»Weißt du was, ich glaube, du hast recht. Meine Postuniform zeige ich ihr noch nicht, aber ich sage ihr, was ich fühle. Heute Abend, nach der Vorstellung.« Er sah Lise schweigend an. »Du erinnerst mich an ihn, weißt du das?«

»An wen?«

»Hilmar. Mit ihm konnte man auch über alles reden.«

Lise war perplex. Sie rang nach Worten, doch ehe ihr etwas einfiel, klopfte es an der Tür. Eine Frauenstimme rief: »Hallo? Wohnt hier der Zirkusdirektor?« Der Finnmarksdialekt war nicht zu überhören.

Mit einem breiten Lächeln öffnete Lise die Tür. »Vanja!« Sie ging hinaus und umarmte ihre Schwester. »Ich dachte, du landest erst am Nachmittag.«

»Beim Umsteigen habe ich einen früheren Flug nach Ålesund erwischt.«

»Wo ist Yngve? Hat er sich in der großen Metropole Volda verlaufen?«

»Nein, er musste im letzten Moment absagen. Ein Gruppe Taiwanesen ist über Finnland angereist und wollte auf Königskrabbensafari.«

»Wie schade.« Lise winkte sie herein, wo Jacobi lächelnd auf dem Sofa saß. »Das ist Jacobi, unser gastronomischer Akrobat.«

»Oh, wie spannend! Ich bin Lises Schwester.« Vanja ergriff seine ausgestreckte Hand. »Bist du so einer, der mit Physik und Chemie kocht? Das habe ich im Fernsehen gesehen. Steakschaum und Kohlrabigas und so?«

Lise beeilte sich, Jacobis Berufsehre zu retten. »Nein, er schluckt Dinge. Er ist Zirkusakrobat.« Sie zeigte diskret mit dem Daumen zur Tür. »Jacobi, können wir später weiterreden?«

»Natürlich.« Er ging erhobenen Hauptes hinaus.

Vanja ließ sich aufs Sofa fallen und sah sich um. »Du, in einem Wohnwagen. Wenn mir das einer vor ein paar Wochen erzählt hätte …«

»Ja, ich weiß.«

»Ist er auch dein … privater Akrobat?«

»Herrgott, nein!«

»Irgendwelche andere Akrobaten vielleicht?«

»Nein. Oder …« Lise setzte sich ihr gegenüber.

»Sag schon, wer ist es?«

»Keiner. Ich habe andere Sorgen.«

»Was denn?«

»Ich habe meinen Job gekündigt.«

»Warum? Hast du ein besseres Angebot bekommen?«

»Nein. Nicht wirklich. Das ist … kompliziert.«

»Du hast einfach so aufgehört?«

»Ja.«

Freude breitete sich auf Vanjas Gesicht aus. »Ich hab's doch gewusst. Endlich hast du die Schnauze voll davon, das Leben anderer Menschen zu zerstören. Ich wusste, dass die gute alte Lise noch irgendwo in dir steckt. Meine Schwester, wie sie war, bevor sie Børge kennenlernte. Nichts könnte mich glücklicher machen.«

Lise stand auf. »Komm, ich zeige dir das Zelt. Dann kannst du die anderen kennenlernen. Sie proben bestimmt schon. Außerdem muss ich ein paar Dinge für die Vorstellung regeln. Du kannst mir beim Plakateaufhängen helfen.«

Vanja folge Lise, doch da entdeckte sie etwas in dem halb offenen Kleiderschrank. »Warte! Ist das …?«

Lise wusste sofort, was sie meinte. »Ja.«

»Fantastisch!« Vanja öffnete den Schrank und strich über den glitzernden Anzug. »Ich freue mich auf heute Abend!«

68

Tatsächlich?« Lise sah erstaunt zu, wie Lucille mit den Vorderbeinen in die Knie ging, um Vanja zu begrüßen. Auf dem Rundgang durch den Zirkus hatte Vanja alle außer Lucille kennengelernt, dann waren sie durch Volda gefahren, um Plakate aufzuhängen. Nach einem kurzen Halt an der Imbissbude waren sie zurückgekommen.

Vanja ging einen Schritt näher heran und legte vorsichtig die Hand auf Lucilles Rüssel. »Sie ist unglaublich. Aber warum guckst du denn so sauer, Lise?«

»Lass uns einfach sagen, dass mein Elefanten-Willkommen nicht so herzlich war.«

»Wen wundert's? Schließlich wolltest du sie an den Meistbietenden verschachern. Aber so ist es ja zum Glück nicht mehr.«

Lise sah die beiden gedankenverloren an. »Ich muss mich umziehen. Die Vorstellung beginnt bald.«

Vanja reckte den Daumen in die Höhe und wandte sich wieder Lucille zu. »Du bist so herrlich, am liebsten würde ich dich mit nach Kirkenes nehmen. Warst du schon mal da? Ich glaube, irgendwann war der Zirkus mal bei uns. Schweinekalt im Winter, aber du hast ja eine dicke Haut, oder? Yngves Touristen würden Amok laufen – ein arktischer Elefant! Vielleicht könnten wir dich weiß anmalen. Aber ich weiß nicht, was Yngve sagen würde, wenn ich mit dir im Koffer heimkäme.«

»Das wird nicht geschehen.«

Die Stimme kam von hinten. Vanja drehte sich um und sah Mogens Arafat Nilsen, der den Kopf in Lucilles Wassertrog tauchte. Er schlürfte laut, dann sah er sie an, das Wasser tropfte ihm vom Kinn. »Sie gehört der Kunst.«

»Hä?«

»Und die Kunst gehört niemandem. Sie existiert einfach nur. So war es schon immer.«

»Wir hatten noch nicht die Ehre. Arbeitest du auch im Zirkus?«

»Falsche Frage.«

»Ach so? Was soll ich denn fragen?«

»Es gibt nur eine richtige Frage, um die Antwort auf alles zu finden. Und die hat nichts mit Arbeit oder Zirkus zu tun.« Er klopfte sich mit der rechten Hand auf den Kopf. »In der Nacht, wenn ich schlafe, habe ich sie hier oben. Sowohl die Frage als auch die Antwort. Aber wenn ich am nächsten Morgen aufwache, ist sie fort.« Er zog eine frustrierte Grimasse. »Als hätte ich sie zum Frühstück verspeist, verstehst du? Leberpastete oder Salami!«

»Klingt jedenfalls, als hättest du lebhafte Träume«, sagte Vanja verschreckt.

»Nein.« Er schüttelte enttäuscht den Kopf. »Träume sind nur ein leeres Echo. Eine autobiografische TV-Serie in unseren Köpfen, ohne Regisseur und Manuskript. Banal und wertlos.«

»Äh ... ja.«

Lucille stand auf und wich zurück, als Mogens auf sie zuging. »Du bist ein Elefant. Ich bin ein Elefant.« Dann drehte er sich um und starrte Vanja verärgert an. »Du bist kein Elefant!«

»Nein, nicht, dass ich wüsste.« Sie hielt die Hände abwehrend hoch und zog sich in Richtung Zirkuszelt zurück. »Ich muss jetzt gehen. Alles wird gut ... mit der Frage und der Antwort. Und der Salami.«

69

Die Musiker spielten eine schräge Instrumentalversion von Lady Gagas *Poker Face* – ein tapferer Versuch, die Jugendlichen im Publikum zu erreichen. Mit dem Mikrofon in der Hand lugte Lise durch den Vorhangspalt. »Von hier aus sieht man alles.« Ein Blitz blendete sie, als sie sich umdrehte, und als sie die Augen wieder öffnete, sah sie Vanja, die breit grinsend ihr Handy in der Hand hielt.

»Du, in diesem Anzug …« Vanja musterte Lise vom Zylinder bis zu den Schuhen. Ihre Schwester glitzerte bei jeder Bewegung an anderen Stellen. »Allein das war die Reise wert.«

»Haha.« Lise lugte erneut durch den Spalt. Auf den Tribünen zupften die Eltern Zuckerwatte von den bunten Wolken, die die Kinder hielten. Tief atmete Lise durch die Nase ein. Zwar verknüpfte sie den Duft von frischem Popcorn und feuchten Sägespänen nicht mit konkreten Erinnerungen, aber er schien ihr vertraut wie ein alter Freund, den man viele Jahre nicht gesehen hatte. »Mehr kommen nicht, glaube ich. Ungefähr halb voll.«

»Übrigens habe ich im Elefantengehege gerade einen ziemlich durchgeknallten Typen getroffen. Er hat was von Träumen und Salami gelabert.«

»Durchgeknallte Typen gibt es mehr als genug im Zirkus.« Sie nickte den Heine-Brüdern zu, die im Trikot dastanden. »Bereit?« Dann steckte sie den Kopf durch den Spalt und gab den Musikern ein Zeichen, die mehr oder weniger geschmeidig von *Poker Face* zu einer Fanfare überleiteten.

Auf dem Weg in die Manege sah sie Vanjas erwartungsvolles Lächeln. In der Mitte blieb sie stehen, vollführte eine langsame Pirouette, eine Hand zum Publikum ausgestreckt, in der andern das Mikrofon. »Meine Damen und Herren, willkommen im Zirkus Fandango! Heute Abend haben wir ein fantastisches Programm für Sie. Als Erstes präsentieren wir Ihnen die Heine-Brüder!« Sie trat zur Seite und deutete mit beiden Armen auf den Vorhang. Die Musiker spielten eine Art Marsch, der Vorhang teilte sich, und Wolfgang kam in die Manege, gefolgt von Dieter. Lise zog sich auf die Orchestertribüne zurück, von wo sie sah, dass Vanja kurz davor war, in schallendes Gelächter auszubrechen.

Wolfgang und Dieter jonglierten zunächst mit zwei Kegeln, dann mit drei, vier und fünf, während sie den Abstand zueinander vergrößerten. Als beide den Rand der Manege erreicht hatten, erklang ein Trommelwirbel, und sie drehten einander den Rücken zu, während die Kegel weiter hin und her flogen. Erst als Wolfgang alle Kegel auffing und ablegte, hörte der Trommelwirbel auf. Beide verneigten sich zu dem spärlichen Applaus, dann sprang Dieter auf die Abgrenzung der Manege und fragte einen Mann, der die Nase in sein Smartphone steckte: »'tschuldigung, darf ich mal Ihr Telefon ausleihen?« Der Mann nickte widerwillig und gab es ihm. Wolfgang hatte sich unterdessen in die Mitte der Manege gestellt und sich die Augen verbunden. Ohne sich umzudrehen, warf Dieter das Telefon hinter sich in die Luft.

Der Mann sprang panisch auf, als würden sie mit seinem Kind jonglieren, und atmete erleichtert auf, als Wolfgang es mühelos auffing.

Dieter wiederholte das Schauspiel mit einer Frau und einem Jugendlichen aus der ersten Reihe. Dann sprang er von der Abgrenzung, verband sich ebenfalls die Augen und pfiff. Wolfgang reagierte, indem er das erste Handy warf, und wenige Sekunden später wirbelten alle drei durch die Luft. Unter den bekümmerten Blicken der Besitzer jonglierten die Brüder blind mit den Telefonen. Zum Abschluss aktivierte Dieter die Bildschirme und gab die Geräte mit einem Selfie von sich und Wolfgang zurück.

Nachdem sie sich verbeugt und die Manege verlassen hatten, stellte Lise Jacobi vor.

Vanjas Gesicht verschwand aus dem Spalt, und Jacobi trat hervor. Er lächelte Lise breit an und ging zu der Kiste, die Fillip in die Manege geschoben hatte. Zuerst nahm er sich ein kurzes Schwert vor. Selbst als nur noch der Schaft aus seinem Mund ragte, war der Applaus minimal.

Er zog das Schwert heraus und wählte ein längeres. Die Enttäuschung stand ihm ins Gesicht geschrieben, als er die ganze Klinge geschluckt hatte und trotzdem nur halbherzigen Applaus erntete. Nur Lise reckte ermunternd beide Daumen in die Höhe, und er nickte dankbar zurück.

Er legte das Schwert zurück in die Kiste und holte einen Leuchtstab hervor, der an einer Angelschnur befestigt war. Lise schüttelte den Kopf, aber er lächelte selbstsicher zurück und schluckte den Leuchtstab. Dann zog er sein Hemd aus.

Das Publikum reckte die Hälse in morbider Faszination, als es sah, wie das Licht tiefer und tiefer in seinen Oberkörper rutschte. Der grünliche Schimmer drang bis in die Magenregion vor, und enthusiastischer Applaus brach aus.

Jacobi verbeugte sich und warf Lise einen stolzen Blick zu, aber als er an der Schnur zog, geschah nichts. Der grüne Schimmer blieb in der Magengegend. Er gab den Musikern ein Zeichen, die Abschlussfanfare zu spielen, verbeugte sich noch einmal und trat hastig ab.

Lise lief ihm ein Stück hinterher. »Was ist los?«

»Die Schnur ist gerissen. Muss nur schnell raus und den Finger in den Hals stecken.«

Lise ging zurück in die Manege. »Ja, das war also … der große Jacobi! Und nun heißen Sie Tatjana Zoljowska, die Königin der Lüfte, in der Manege willkommen!«

Eine Fanfare tönte von der Orchestertribüne, und die Scheinwerfer fanden Tatjana auf ihrem Absatz. Mit einer Hand hielt sie das Trapez, mit der anderen winkte sie dem Publikum zu. Dann sprang sie ab und sauste über die Manege. In der Mitte ließ sie los und ergriff das zweite Trapez, das ihr von der anderen Seite entgegenkam. Nachdem sie sicher auf dem anderen Absatz gelandet war, sprang sie gleich wieder ab. Diesmal schlug sie einen Rückwärtssalto in der Luft. Ein Raunen ging durchs Publikum.

Diana hat recht, dachte Lise. Das Bewusstsein, dass etwas schiefgehen kann. Das gefällt dem Publikum am besten. Sie beobachtete Tatjana, die wieder absprang. Ein dreifacher Salto vorwärts löste einen Aufschrei im Publikum aus, aber als Tatjana sicher mit den Kniekehlen am zweiten Trapez landete, hielt sich der Applaus trotzdem in Grenzen. Während Tatjana sich auf ihren Absatz schwang, trat Lise wieder in die Manege. »Tatjana Zoljowska, meine Damen und Herren!«

Der Scheinwerfer machte einen Schwenk zu Lise und ließ Tatjana allein im Dunkeln stehen.

Mirandas Kiste war schon an Ort und Stelle, als Lise wieder das Mikrofon hob. »Und nun heißen Sie Miranda und ihre … magischen Kaninchen willkommen!«

Der Blick, den Miranda Lise im Vorbeigehen zuwarf, kam direkt aus der Kühltruhe.

Sie stellte ihren Zylinder auf die Kiste und hob den Zauberstab. »Simsala-Kanin!« Eines nach dem anderen sprangen die Kaninchen aus dem Hut. Sie trugen kleine rote Pullover mit Startnummern. Sie lotste sie auf die Hindernisbahn nebenan, wo sie Aufstellung hinter dem weißen Band nahmen, das als Startlinie diente. Dann zog sie eine Schreckschusspistole aus der Tasche und hob sie. »Achtung, fertig, los!«

Beim Knall der Pistole hoppelten alle Kaninchen bis auf eines los. Es fiel auf die Seite und blieb liegen, als wäre es erschossen worden. Miranda schüttelte den Kopf, hob es auf und legte es auf die Kiste.

Von der Seite kam Dieter mit einem großen Kochtopf. Sie legte das Kaninchen hinein, machte den Deckel zu und zuckte mit den Schultern. Das Publikum schmunzelte, während sie zur Hindernisbahn ging, wo die Kaninchen bei der zweiten Runde waren. Miranda stellte sich an die Ziellinie, um den Sieger zu bestimmen. Sie schwang den Zauberstab über dem schnellsten Kaninchen, das sich auf die Hinterpfoten stellte und eine Vorderpfote in der legendären Usain-Bolt-Stellung in die Luft streckte.

Das Publikum lachte schallend. Miranda zeigte mit dem Zauberstab auf die Verlierer, die verschämt den Kopf hängen ließen. Dann sprangen sie auf die Kiste und zurück in den Zylinder. Sie steckte die Hand hinein und suchte und suchte. Diesmal aber fand sie nichts. Sie schaute verwirrt drein und wandte sich dem Publikum zu. Da begann sich der Kochtopf zu rühren, der neben ihr auf dem Boden stand. Der Deckel wackelte, dann fiel er herunter, und das Kaninchen schaute aus dem Topf heraus. Nach und nach kam das Kaninchen zum Vorschein – und darunter Fillips Kopf.

In vollem Clownkostüm stieg er aus dem Topf und blickte sich um, als hätte er den Aufzug in die falsche Etage genommen. Dann schielte er zu dem Kaninchen hinauf, als stelle er jetzt erst fest, dass es auf seinem Kopf saß.

Miranda schwang den Zauberstab, und das Kaninchen hüpfte auf die Kiste und in den Zylinder. Miranda verbeugte sich und verließ die Manege. Von der anderen Seite kam Wolfgang und räumte die Kiste und den Kochtopf weg.

Fillip wankte seitwärts zu einer Gruppe Kinder, die in der ersten Reihe saßen. Mit einem dümmlichen Gesichtsausdruck nahm er die rote Clownnase ab, betrachtete sie und öffnete den Mund, um ein Stück abzubeißen. Dann sah er die Kinder an, wie um zu fragen, ob er seine Nase essen solle. Nur eines von ihnen schaute aufmerksam zu und nickte auffordernd. Er schlug die Zähne in die Nase und rief: »Au!« Die Kinder zuckten zusammen und schauten auf. Fillip zog eine Grimasse, als hätte er in einen faulen Apfel gebissen. Er warf die Nase auf den Boden und schüttelte den Kopf.

Doch dann grinste er breit und hob den Zeigefinger in die Luft. Er versicherte sich, dass alle Kinder zuschauten, griff sich an seine »richtige« Nase und riss sie ab. Die freigelegte echte Nase war so geschminkt, dass man sie kaum sah. Die Kinder glotzten mit großen Augen auf die Nase in seiner Hand, die er wie ein Stück Konfekt feilbot. Sie schüttelten entsetzt den Kopf, und Fillip zuckte mit den Schultern, warf sie in die Luft und fing sie mit dem Mund auf. Er kaute zweimal, und tat, als würde er schlucken.

Dann schmatzte er vergnügt, schleckte sich die Finger ab, rülpste und rieb sich zufrieden den Bauch. Doch plötzlich krümmte er sich zusammen, legte beide Hände auf den Bauch und machte ein schmerzverzerrtes Gesicht. Er tat, als würge er die Nase hoch, und spuckte sie in hohem Bogen aus. Sie landete im Schoß eines Kindes, das sie panisch auf den Boden fegte. Fillip kam näher. »Bitte, bitte, kannst du mir meine Nase geben?«, sagte er traurig. »Ich brauche sie, um an den Blumen zu riechen.« In einem seiner Knopflöcher drehte sich eine Blume.

Das Kind, das die Nase auf den Boden gefegt hatte, sah zögernd von Fillip zu der Nase am Boden. Alle anderen Kinder schauten gespannt zu.

Mit bettelndem Blick kam Fillip noch näher. »Biiitte!« Widerwillig bückte sich das Kind, hob die Nase mit einem Pinzettengriff auf und gab sie Fillip, der sich mit einem seligen Lächeln bedankte. Dann hob er sie an die Blume im Knopfloch und machte Schnüffellaute. »Ah, herrlich!«

Das herzhafte Lachen der Kinder überrumpelte sogar Fillip. Er warf Lise einen Blick zu, die zurücklächelte, dann sammelte er sich und klebte die Nase wieder an ihren Platz. Er bedankte sich mit einer tiefen Verbeugung, die in einem tollpatschigen Purzelbaum endete, dann verließ er die Manege.

Am Vorhang begegnete er Lise. »Hast du gehört, wie sie gelacht haben?«

Sie legte ihm die Hand auf die Schulter, ehe sie in die Manege trat. »Und jetzt, meine Damen und Herren, wird es Zeit für eine …« Im Augenwinkel sah sie eine Bewegung, die sie innehalten ließ.

Adam steckte den Kopf zwischen den Vorhängen

durch und schüttelte ihn heftig. Lise winkte ihn diskret heran, aber er schüttelte weiter den Kopf und zog ihn zurück.

»Zeit für eine ganz kurze Pause, meine Damen und Herren. Damit Sie Ihre Nachrichten checken und Sachen posten können. Ich bin gleich wieder bei Ihnen.«

Sie eilte hinter den Vorhang, wo Adam in Jogginghosen neben Diana und Vanja stand.

»Was ist los?«

»Ich kann nicht auftreten.«

»Stimmt was nicht mit dem Trampolin?«

»Nein, aber jemand hat mein Kostüm gestohlen.«

Lise seufzte. »Natürlich … Aber bist du ganz sicher, dass du es nicht bloß in die Wäsche getan hast oder so? Ich kann mir nicht vorstellen, dass dein Trikot ein beliebtes Diebesgut ist.«

»Ganz sicher. Jemand hat es gestohlen.«

»Okay, aber kannst du nicht auch im Jogginganzug auftreten? Du musst doch nur ein bisschen hüpfen.«

»Unmöglich. Ohne mein Trikot trete ich nicht auf.«

»Keinen wird es kümmern, ob du dein Trikot trägst oder nicht!«

»Mich kümmert es aber.« Mit diesen Worten marschierte Adam aus dem Zelt.

Lise sah Diana an. »Was soll ich tun?«

»Es macht doch keinen Unterschied, ob Adam auftritt oder nicht. Jetzt muss die Vorstellung ja nicht mehr komplett sein, oder?«

Lise sah Vanja eindringlich an, die den Zeigefinger schüttelte. »Vergiss es, Lise. Ich werde auf kein Trampolin steigen. *No way!*«

Lise wollte weiterbetteln, aber eine Stimme aus der Tiefe kam ihr zuvor. »Rollt mich hinaus!«

Sie drehten sich um und sahen, dass sich in Adams Kanone etwas rührte. Lise trat näher heran. »Wie bitte?«

Zwei Hände kamen in der Mündung zum Vorschein, gefolgt von einem Grunzen und Adams Helm, unter dem Mogens' Kopf steckte. »Rollt mich raus und drückt ab, okay? Das Universum und ich sind bereit.«

»Das ist er«, sagte Vanja. »Der Verrückte aus dem Elefantengehege.«

Mogens schnaubte. »Verrückt, geschmückt, bestückt. Es gibt nichts Verrücktes zwischen Himmel und Erde. Wir sind alle Sternenstaub, und Gott ist ein gigantischer Staubsauger. Wir sind nichts als natürliche Verkettungen von Atomen in einer bestimmten Reihenfolge. Aber ich ... Ich bin ein atomarer Sprengkopf – bereit, die Engstirnigkeit unter den Anhängern des Staubsaugers auszurotten. Und meine Botschaft hat eine längere Halbwertszeit als jeder radioaktive Stoff. Rollt mich in die Manege und drückt ab!«

Lise sah Diana und Vanja an, beide schüttelten den Kopf. Nach einigen Sekunden der Stille zeigte sie auf Jacobi und Wolfgang. »Rollt ihn raus. Legt die Matratze zurecht.«

Jacobi und Wolfgang schoben die Kanone zum Vorhang, aber Diana stellte sich ihnen in den Weg. »Das kannst du nicht tun, Lise. Es ist lebensgefährlich.«

»Hast du gehört, Mogens?« Lise sah zur Mündung hinauf.

»Ja, ja. Lebensgefährlich.«

Sie wandte sich Diana zu. »Das weiß er. Übrigens ist das der Mann, der den Zirkus kaufen und anzünden will.«

Nun nickte Diana ebenfalls und trat zur Seite, um Jacobi und Wolfgang vorbeizulassen.

Lise ging mit raschen Schritten zum Vorhang, aber Vanja versuchte sie zu stoppen. »Bist du sicher? Weißt du, was du tust?«

»Beruhig dich. Das ist wie mit dem Sitzsack. Das Schlimmste, was passieren kann, ist, dass die Matratze kaputtgeht. Glaube ich.« Sie schlüpfte durch den Vorhang und hob das Mikrofon.

»Meine Damen und Herren, es ist mir eine große Freude, Ihnen eine spezielle Überraschung anzukündigen, exklusiv für Volda!«

Unter lautem Trommelwirbel wurde die Kanone hereingerollt, während Dieter und Fillip die Matratze auf die andere Seite legten.

»Heißen Sie – zum ersten und vielleicht letzten Mal – Mogens Arafat Nilsen willkommen, Nordeuropas einzige menschliche Kanonenkugel!«

Ein Raunen ging durchs Publikum, viele standen auf, um besser zu sehen. Der Helm glänzte im Scheinwerferlicht, als Mogens den Kopf aus der Mündung steckte. »Nicht Kanonenkugel, sondern atomarer Sprengkopf!«

Sein Protest ging im Applaus unter. Jacobi und Wolfgang sicherten die Kanone, Lise bat das Publikum um Ruhe und nickte den Musikern zu.

Ein weiterer Trommelwirbel brach los, und ein seliges Grinsen lag auf Mogens' Lippen, während er den Auslöser im Kanonenrohr umklammerte.

»Seht mich fliegen, seht mich fliegen …« Das Grinsen verschwand, als er den Abstand zur Matratze schätzte. »Oh, das ist ja … ganz schön weit.« Er ließ den Auslöser los. »Der wahre Künstler ist wohl derjenige, der nichts vollbringt, nicht wahr? Der der Welt seinen Seelenstriptease erspart.« Keiner hörte ihn. »Jepp, so ist es. Ich steige ganz einfach …«

Als er die Hand ausstreckte, um sich aus der Kanone zu ziehen, kam er an den Auslöser.

Es klickte laut, und alles, was er denken konnte, war: *Ups!*

Die kräftige Feder unter seinen Füßen löste sich und katapultierte ihn aus der Kanone.

Seine Beine gehorchten ihm nicht, er flog mit einer Spiralbewegung durch die Luft, die Arme und Beine in alle Richtungen gespreizt. Entsprechend unbeholfen fiel die Landung auf der Matratze aus.

Mogens prallte seitlich auf, rollte über die Kante und blieb auf dem Boden hinter der Matratze liegen.

Nicht ein Laut war zu hören. Entsetzt und begeistert zugleich stand das Publikum auf, um zu sehen, wie es weiterging.

Sämtliche Artisten sowie Diana und Vanja stürmten in die Manege und starrten Mogens an, aber nichts rührte sich. Lise schloss die Augen, gewiss, dass sie Mogens getötet hatte.

Erst ein lautes Grunzen ließ sie wieder hinschauen. Mogens rappelte sich langsam auf, bis er mit einem irren Lächeln schwankend auf der Matratze stand.

»Bumm, schackalacka! Das nenne ich Kunst…« Seine Pupillen verschwanden unter den Augenlidern, und er sank ohnmächtig auf die Matratze.

Ein paar Sekunden Stille folgten, doch dann brach tosender Applaus aus. Die Leute trampelten, dass die Tribünen wackelten.

Lise bat Fillip und Jacobi, Mogens zu helfen. Sie hoben ihn auf und schleiften ihn hinter den Vorhang. Lise lief ihnen hinterher. »Ist er tot?«

»Nein, nur bewusstlos«, sagte Fillip. »Wir kriegen ihn wieder wach.«

Lise vermied Vanjas Blick. »Da siehst du's, Vanja. Genau wie mit dem Sitzsack.« Dann ging sie hinaus, um Lucille zu holen.

»Wir sind dran, Lucille.« Lise ging zum Wassertrog und streichelte Lucilles Bauch. »Nur noch diese Vorstellung, dann bist du mich wahrscheinlich los.«

Lucille hob ein Ohr, als verstünde sie den traurigen Ernst hinter dem scherzhaften Ton.

»Kommst du?«

70

Der Funkenregen stob wie ein Feuerwerk in den Nachthimmel, als Lise ein neues Scheit ins Lagerfeuer warf. Nachdem Lucille erfolgreich aufgetreten und das Publikum gegangen war, hatte Fillip alle zum Grillen am Seeufer eingeladen, auch Lise.

Mit einer Bierflasche in der Hand saß er ihr gegenüber, und sie suchte seinen Blick durch die Flammen.

Jacobi und Tatjana waren am Anfang dabei gewesen, bis er ihr etwas ins Ohr geflüstert hatte und sie aufgestanden und am Seeufer im Dunkeln verschwunden waren.

Nur Miranda war nicht gekommen.

Vanja saß mit einem Pappbecher voll Wein neben Lise. Sie stieß sie mit der Schulter an. »Was für eine Vorstellung heute Abend. Ich bin … beeindruckt. Und stolz darauf, wie du dich verändert hast.« Die Freude in den Gesichtern der Menschen, die ums Feuer saßen, spiegelte sich in ihrem. »Andererseits überrascht es mich nicht, wenn ich sehe, was du hier hast. Diese Leute … sind etwas ganz Besonderes. Pass gut auf sie auf.«

Lise sah wieder zu Fillip hinüber und wollte etwas sagen, aber die Worte kamen nicht heraus.

»Hilmar wäre auch stolz«, sagte Diana, die ein Würstchen am Stock an die Flammen hielt. »Es würde ihn so freuen, dich jetzt zu sehen. Gemeinsam mit seinen Leuten. Und deinen.« Sie legte die Hand auf Lises Schulter. »Und ich weiß, dass du dich um sie kümmern wirst.«

Wieder fand Lise keine Worte. Sie saß nur still da und starrte in die Flammen.

Vanja beugte sich nach vorn, um ihr in die Augen zu sehen. »Alles klar? Du bist so still.«

»Ja, oder ... Es ist nur ...«

»Ein Toast!« Jacobi kam mit Tatjana aus dem Dunkeln zurück. Er hielt ihre Hand und verbeugte sich dankbar vor Lise. Dann hob er die Bierflasche und rief: »Prost! Auf unsere Zirkusdirektorin und meine gute Freundin Lise Gundersen.«

Rund um das Feuer erklang laute Zustimmung, alle hoben ihre Flaschen oder Tassen und tranken.

Jacobi wandte sich wieder Lise zu. »Das war deine letzte Vorstellung heute Abend, aber egal, wohin das Schicksal dich führt, du bist immer willkommen im Zirkus Fandango. Du bist jetzt eine von uns.«

Alle stimmten jubelnd zu, doch dann wurden sie jäh von einer Stimme aus dem Dunkeln unterbrochen. »Nein, das ist sie nicht!« Miranda trat vor und zeigte auf Lise. »Sie wird nie eine von uns sein.«

Fillip stand auf und ging auf sie zu. »Miranda, bitte ...«

»Sie wird den Zirkus verkaufen.«

»Unsinn.« Jacobi schüttelte den Kopf. »Lise ist ...«

»Ich habe dich gehört!« Miranda sah Lise in die Augen. »Ich habe gehört, wie du nach der Vorstellung mit deinem Chef telefoniert hast. Dein Fenster stand offen. *Keiner hat etwas gemerkt*, hast du gesagt, und *jetzt gehört der Zirkus mir*. Dann hast du gesagt, er solle die Papiere fertig machen.«

Alle starrten Lise an, es war totenstill, nur das Feuer knisterte.

Jacobi brach die Stille. »Lise? Ist das wahr?«

Weil Lise nicht antwortete, drehte er sich um und ging in die Dunkelheit, gefolgt von Tatjana.

Als Nächste stand Diana auf. Lise sah die Tränen in

ihren Augen und schloss ihre eigenen. Als sie sie wieder öffnete, war auch Diana verschwunden.

Auch Fillip stand auf. Er sagte kein Wort, sondern schüttelte nur den Kopf und ging. Die anderen folgten ihm.

Am Ende saßen nur noch Vanja und Lise da. Lise starrte in die Flammen, um Vanjas Blick zu entgehen. Schließlich hielt sie die Stille nicht mehr aus. »Willst du mich nicht einmal anschreien?«

Dann stand auch Vanja auf und ging, ohne sich umzudrehen.

71

»Und der Oscar geht an ...« Børge überreichte Lise eine Flasche Champagner, als sei es die begehrte goldene Statuette. »Lise Gundersen!«

Seit der letzten Vorstellung waren zwei Tage vergangen. Sie war vor Sonnenaufgang aufgestanden, um niemandem über den Weg zu laufen, hatte sich ins Auto gesetzt und war nach Oslo gefahren.

Die anderen Gäste im Restaurant sahen sie an. Lise wand sich auf dem Stuhl. »Hör auf, alle starren uns an.«

»Lass sie doch, alle sollen es hören.« Er schenkte ein, stand mit dem Glas in der Hand auf und deklarierte: »Hier sitzt Lise Gundersen, eine lebende Legende!«

Lise hielt sich die Hände vor das Gesicht. »Børge, hör auf.«

»Aber es stimmt. Und wenn ich das sagen darf, hätte ich auch einen Oscar verdient. Für die beste Nebenrolle. Dieser Streit ... Marlon fucking Brando hätte es nicht besser gekonnt.« Er sank wieder auf den Stuhl und sah ihr in die Augen. »Nichts, was je in unserer Branche geschehen ist, kann sich damit messen. So weit ist noch keiner gegangen, es wird in die Geschichte eingehen. Du hast sogar unseren Klienten aus einer Kanone geschossen, diesen verdammten Irren! Ich habe ihn mindestens zwanzigmal angerufen, nachdem ich Vartdal verlassen hatte, aber er ist nie rangegangen. Wenn er sich nicht so heftig in diese Kanone verliebt hätte, wäre der ganze Plan geplatzt.« Der Champagner schwappte heraus, als er das Glas hob. »Prost, Lise. Auf dich. Und den Zirkus Fandango.«

Ohne ein Wort hob Lise ihr Glas und stieß halbherzig mit ihm an. Børge neigte den Kopf und musterte sie. »Was ist los, Lise? Vor einem Monat hättest du in deinem schrecklichen Finnmarksdialekt ›Prost‹ gerufen und das Glas in einem Zug geleert, ohne dich um andere Leute zu scheren.«

»Nichts, ich bin nur …«

»Machst du dir Sorgen um diese Zirkusleute? Verdammt, Lise, wie oft habe ich dir schon gesagt, dass …«

»Nein, nein, ich bin einfach nur ein bisschen müde und fertig, okay?«

»Verständlich. Aber dieser Deal war die Mühe wert. Wenn Mogens erst einmal die letzte Besichtigung gemacht hat und der Zirkus an ihn übergeben ist, wird sich alles für dich verändern. Was ist eigentlich mit der Wohnung, die du kaufen wolltest? Vergiss sie, bald kannst du dir ein schickes Haus leisten. Mit Hallenbad, wenn du willst.«

»So viel werde ich selbst als Teilhaberin kaum verdienen.«

Børge sah sie lange an. Dann wühlte er in seiner Tasche und legte einen Schlüssel auf den Tisch. »Bitte schön.«

»Was ist das?«

»Deine Zukunft. Und meine Vergangenheit.« Er beugte sich über den Tisch und legte seine Hand auf ihre. »Ich bin stolz auf dich, Lise. Du hast oft bewiesen, dass du genau wie ich bist. Wir brauchen niemand anderen. Und wir nehmen uns, was wir wollen.« Er zog die Hand zurück und nahm den Schlüssel. »Das ist der Schlüssel zu meinem Büro. Ich habe viel erreicht im Leben. Habe verdammt hart gearbeitet und verdammt viel verdient. Jetzt ist die Zeit reif, die Früchte dieser Arbeit zu ernten. Ich möchte, dass du mich herauskaufst. Und zwar jetzt, nicht erst in ein paar Jahren. Alles soll dir gehören.«

»Aber der Verkauf des Zirkus und meine Ersparnisse reichen bei Weitem nicht aus, um ...«

»Ich weiß, aber das spielt keine Rolle. Nenn es meinetwegen dein Erbe. Du liebst die Firma genauso sehr wie ich. Wenn ich bedenke, was du schon für sie getan hast, sollte sie schon längst dir gehören. Das hast du dir verdient. Und als Firmenbesitzerin wirst du ungeahnte Möglichkeiten haben. Geld, Status, Macht. Du musst nur zugreifen.«

Das Licht der Tischkerzen spiegelte sich in dem Schlüssel, den Børge hochhielt. Ein paar Sekunden vergingen schweigend. Sie betrachtete ihr Spiegelbild im Fenster. Dann wandte sie sich Børge zu, öffnete die Hand und nahm den Schlüssel entgegen.

»Gratuliere.« Børge grinste vergnügt. »Ich werde die Papiere bereit machen. Die Firma gehört dir, sobald der Zirkus verkauft ist.«

72

Der Raum, in dem Fillip saß, erinnerte ihn an die klaustrophobischen Verhörzimmer, die man in amerikanischen Fernsehserien sieht: kahle, weiße Wände und ein Tisch mit einem Stuhl auf jeder Seite. Nur der Einwegspiegel fehlte.

Er war mit Wolfgang in aller Frühe von Volda aufgebrochen, hatte die erste Fähre über den Fjord nach Solavågen genommen und war nach Ålesund gefahren. Bei einem der Einkaufszentren in Moa hatte er Wolfgang abgesetzt und war weiter zum Arbeitsamt im Zentrum gefahren. Dort hatte er zwei Stunden lang gewartet, um in den kahlen Raum zu kommen. »Die letzte Zirkusvorstellung war vor zwei Wochen.«

Der Berater schaute von dem Formular auf, das vor ihm auf dem Tisch lag. »Und Sie waren … Clown?«

»Bin. Ich bin Clown.« Fillip richtete sich stolz auf.

»Sie sehen gar nicht aus wie ein Clown.«

»Ich trete als Clown auf und laufe nicht im Alltag in meinem Kostüm herum. Ich mache es wie Superman: Wenn die Leute mich brauchen, ziehe ich mich um.«

»Leider gibt es keine besondere Ausbildung in Ihrem Lebenslauf. Warum arbeiten Sie nicht mehr als Clown?«

»Vor zwei Wochen hat der Zirkus den Besitzer gewechselt. Die neue Besitzerin hat ihn an irgendeinen Künstler verkauft, der ihn in einer Woche übernimmt. Er will ihn verbrennen, und wir wissen nicht, wohin wir sollen. Die Leute sind wie gelähmt, wir haben nie etwas anderes gemacht.«

Der Berater sah wieder auf sein Formular. »Wir haben

leider sehr wenige Arbeitgeber, die einen Clown suchen.«
Er klappte seinen Laptop auf. »Aber das ist nicht Ihr
größtes Problem. Wenn Sie zwei weitere Wochen arbeitslos sind, wird Ihre Arbeitserlaubnis ungültig.«

»Ich weiß. Deshalb bin ich ja hier.«

»Das könnte schwierig werden.«

»Irgendetwas muss es doch geben? Einen Job, den kein anderer will? Ich nehme alles. Ich kann nicht nach Italien zurück, dort gibt es nichts für mich. Keine … Familie. Nichts.«

»Leider haben wir momentan keine Stellen in unserem System, für die Sie qualifiziert wären.« Der Berater gab Fillip den Lebenslauf zurück und stand auf. »Aber wir werden Sie kontaktieren, wenn wir etwas bekommen, das Ihren … Qualifikationen entspricht.«

In einem Einkaufszentrum passierte Fillip eine Geschenkeboutique und viele Cafés. Im Zickzack schob er sich durch die Leute mit dampfenden Tassen und Tellern voll Gebäck. Nach dem Termin auf dem Arbeitsamt war er den schmalen Brosund entlanggegangen, wo die Gebäude direkt aus dem Wasser aufragten, als hätte jemand ein Stück Venedig ausgeschnitten und es in einer Stadt in Sunnmøre wieder eingesetzt.

Mit einer Tüte frischer Krabben vom Kutter teilte er sich eine Bank mit einer hungrigen Möwe und beobachtete die Menschen, die vorbeispazierten. Als die Tüte leer war, waren sowohl er als auch die Möwe satt, aber die innere Unruhe war geblieben. Sie trieb ihn die vierhundertachtzehn Stufen vom Park bis zur Fjellstua hinauf. Auf der Terrasse vor dem Café stand er fast eine Stunde lang zwischen Hurtigrouten-Touristen und ließ den Blick über die Stadt, die Inseln und das spiegelblanke

Meer schweifen. Dann stieg er wieder hinab, ging zurück zum Parkplatz vor dem Arbeitsamt und fuhr nach Moa, wo er den Wagen vor einem Lampenladen abstellte und sich auf die Suche nach Wolfgang machte.

Wolfgang stand in voller Ritterrüstung vor einem Geschäft für Computerspiele. In einer Hand hielt er ein Schwert, in der anderen einen Schild. Gerade kamen zwei Siebzehnjährige um die Ecke. Einer von ihnen zeigte auf Wolfgang. »Lass uns ein Foto mit dem machen!«

Der andere nickte eifrig. Er stellte sich neben Wolfgang, und sein Freund fragte, ob sie ein Foto mit ihm machen dürften. Wolfgang nickte stolz, und der Junge ging in die Hocke und legte den Arm um ihn.

»Okay.« Der andere Junge hob das Smartphone. »Sagt *Freeeakshow!*«

Der Junge, der Wolfgang umarmte, brach in schallendes Gelächter aus. Fillip lief herbei und schubste ihn weg. »Haut ab!«

Der Junge hob die Hände. »Chill dein Leben, Mann. Wir machen nur ein Foto mit dem Gnom.«

Sie kicherten albern, hörten aber auf, als sie sahen, wie wütend Fillip war. »Ich sage es nur noch einmal: Verschwindet!« Sie zogen kichernd davon, und Fillip drehte sich zu Wolfgang um. »Mach dir nichts draus, das sind nur zwei Rotzlöffel.«

»Das war nicht das erste Mal.«

Fillip versuchte, optimistisch zu klingen. »Du hast auf jeden Fall einen Job. Das ist gut, du kommst zurecht.«

»Ja. Ich habe überall angerufen. Das war der einzige Job, den ich bekommen konnte.« Wolfgang schielte auf seine Ritterrüstung. »Das ist meine Zukunft, Fillip. Reklame für Computerspiele machen und mich von Rotzlöffeln demütigen lassen.«

»Wir müssen durchhalten, eine andere Wahl haben wir nicht.«

»Wie ist es auf dem Arbeitsamt gelaufen?«

»Wird schon werden ... für uns alle. Hör zu, wenn wir von Reidars Beerdigung zurückkommen, denken wir uns gemeinsam etwas aus. Wir schaffen das, da bin ich mir ganz sicher.« Sein Blick, den er vor Wolfgang verbarg, sagte etwas anderes.

73

»Was willst du damit sagen?«
Jacobi versteckte sein Gesicht hinter der Teetasse, die er in den Händen hielt. Tatjana saß ihm gegenüber in ihrem Wagen. Zwischen ihnen stand eine Schüssel mit Keksen. Jacobi blickte aus dem Fenster auf den Platz, wo noch immer alle Wagen hinter dem Zirkuszelt standen. Aber kein Mensch war zu sehen. Niemand probte in der Nachmittagssonne. Kein Gelächter, kein Musizieren, keine fröhlichen Gespräche. Jacobi senkte die Tasse und sah Tatjana an. »Dass ich das beenden will, bevor es zu ernst wird.«

»Aber warum? Ich verstehe dich nicht, Jacobi.«

Tränen standen in ihren Augen, er senkte den Blick. »Weil du zusammen mit mir keine Zukunft hast.« Er räusperte die Gefühle aus seiner Stimme und versuchte, stark zu klingen. »Ich habe überall nach einem Job gesucht. Die Leute schütteln den Kopf und lachen, wenn ich sage, als was ich bisher gearbeitet habe. Ich bin ein Witz. Und ich will nicht, dass du deine Zukunft mit mir verschwendest. Du verdienst etwas viel Besseres.«

Tatjana schüttelte den Kopf. »Aber das ist mir egal, Jacobi. Alles, was ich will ...«

»Aber mir ist es nicht egal.« Ohne sie anzusehen, stand er auf und öffnete die Tür. »Es tut mir so leid, Tatjana, du weißt gar nicht, wie sehr.« Die Tür knarrte so laut, dass Tatjana nicht mehr hörte, wie ihm die Stimme brach.

74

Ruf mich an, Vanja.« Der schroffe Fels der Svolværgeita ragte wie ein massiver, grauer Turm hinter der weißen Kirche in den Himmel. Lise hatte den Leihwagen ein Stück weiter weg geparkt und gewartet, bis alle hineingegangen waren. Doch vor der Tür war sie stehen geblieben und hatte sich nicht getraut, sie zu öffnen. Stattdessen hatte sie sich an eines der Fenster gestellt und dem Brausen der Orgel zugehört. Die Predigt war nicht bis zu ihr hinausgedrungen, aber sie hatte Reidars Sarg gesehen. Jetzt hielt sie das Telefon ans Ohr und lehnte sich an die Wand. »Bitte! Ich habe mindestens fünfzigmal angerufen, aber du gehst nie ran. Ich will nur mit dir reden und erklären, warum …« Ein kurzes Piepen unterbrach sie, gefolgt von einem Summen. Frustriert steckte sie das Handy in die Tasche.

Dann hörte sie, wie der Organist das Postludium abschloss, und ging rasch um die Ecke auf den Kirchhof. Dort stellte sie sich hinter eine Föhre und sah zu, wie Fillip, Jacobi, Wolfgang, Dieter, Tatjana und Miranda Reidars Sarg zu dem offenen Grab an der Kirchhofmauer trugen.

Diana schritt hinterher, zusammen mit den Musikern und Reidars Angehörigen. Die Artisten stellten den Sarg behutsam auf die Hebebühne und traten ein paar Schritte zurück. Der Pfarrer stand vor der Trauergemeinde und redete, aber der Wind verwehte seine Worte, ehe sie Lise erreichten. Sie sah, wie er ein Kreuz schlug und Erde ins Grab schippte, nachdem der Sarg hinabgelassen war. Und sie sah den Kummer in den Gesichtern, während die

Trauernden einander trösteten. Plötzlich jedoch schaute Miranda in ihre Richtung, rief etwas und zeigte entsetzt auf sie.

Einen Augenblick überlegte Lise, ob sie weglaufen sollte, aber sie brachte es nicht über sich. Stattdessen ging sie langsam auf sie zu.

Diana kam ihr entgegen, gefolgt von Miranda, die zischte: »Wie kannst du es wagen? Schämst du dich denn gar nicht? Was hast du hier zu suchen?«

»Ich weiß nicht. Ich wollte nur …« Lise suchte nach einem Funken Verständnis in Dianas Augen, aber sie fand keinen. Sie drehte sich um und wollte gehen, als sie Dianas Hand auf der Schulter fühlte. Erleichtert drehte sie sich um.

Diana zog einen weißen Umschlag aus der Tasche und gab ihn Lise. »Hilmars letzter Brief.« Ihre Stimme war kalt, als würde sie mit jemandem reden, den sie nicht kannte und auch nicht kennen wollte. »Besser, du gehst jetzt.«

Die Worte trafen Lise hart. Sie öffnete den Mund, brachte aber kein Wort heraus. Jacobi stand hinter Diana und starrte sie hasserfüllt an. Mit dem Brief in der Hand nickte sie Diana zu, drehte sich um und ging zum Auto.

75

*Liebe Lise,
dass Du diesen Brief liest, bedeutet, dass Du fünf Vorstellungen erfolgreich zu Ende gebracht hast und der Zirkus Dir gehört.*

Die Dunkelheit vor dem Wohnzimmerfenster in Lises Wohnung war eine schwarze, bedrückende Masse. Sie beugte sich über das Sofa und zog die Gardinen zu. Nachdem sie sich drei Stunden im Bett herumgewälzt hatte, ohne einzuschlafen, war sie aufgestanden und hatte den Brief aus der Küchenschublade geholt. Er hatte ungeöffnet dort gelegen, seit sie vor zwei Tagen aus Svolvær zurückgekommen war. Børge hatte ihr davon abgeraten, ihn zu lesen. Sie solle ihn wegwerfen und vergessen, hatte er gesagt, weil er zur Vergangenheit gehöre. Er habe keinerlei Bedeutung für sie. Doch irgendetwas hielt sie zurück. Es plagte sie mehr und mehr, und sie beschloss, die Sache hinter sich zu bringen und dann zu vergessen.

Sie zog die Beine aufs Sofa und las weiter:

Und das freut mich ungemein! Jetzt musst Du nur noch entscheiden, was Du damit machst. Doch zuerst muss ich Dir etwas erzählen. Vor vielen Jahren tat ich etwas, das ich bis heute bereue. Die Bürde liegt noch immer auf meinen Schultern, und ich schäme mich. Es geschah, kurz nachdem ich nach vielen Jahren im Ausland nach Norwegen zurückgekehrt war. Bis dahin

war mein Leben eine einzige Reise durch die Dunkelheit gewesen. Ich war mehr betrunken als nüchtern. Unsympathisch, egoistisch und selbstmitleidig, aber mein Bruder Oscar, Dein Vater, hieß mich in seinem Haus willkommen und ließ mich bei ihm wohnen. Es war eine glückliche Zeit für Oscar und Deine Mutter. Sie hatten gerade erst geheiratet und wollten eine Familie gründen. Ich konnte mich nicht erinnern, jemals glücklich gewesen zu sein, und anstatt mich für meinen Bruder zu freuen, war ich eifersüchtig und verbittert. Er hatte alles bekommen. Eine glückliche Jugend in einer liebevollen Pflegefamilie und eine wunderbare Frau.
Eines Abends, als Dein Vater nicht zu Hause war, war ich noch betrunkener als sonst und fühlte mich vom Leben derart ungerecht behandelt, dass ich ihm alles nehmen wollte. Ich wollte haben, was er hatte, und ich wollte, dass er die dieselbe Dunkelheit wie ich erlebte. Ich wollte Deine Mutter verführen und sie dazu bringen, mit mir durchzubrennen. Als sie sich weigerte, zwang ich sie. Ich zerrte sie aus dem Haus und fuhr los. Ich war so betrunken, dass ich kaum die Straße sah, und nach wenigen Kilometern kam ich von der Fahrbahn ab und fuhr gegen einen Baum.
Am nächsten Tag wachte ich im Haus meines Bruders auf. Er stand über meinem Bett und sah mich an. Dann sagte er, dass Deine Mutter im Krankenhaus liege und dass sie genauso gut tot sein könnte. Meine Erinnerung kehrte langsam zurück, und ich schwor, dass ich keine bösen Absichten gehabt hatte, dass der Alkohol an allem schuld sei und es mir unendlich leidtäte. Mein Bruder sagte, er habe mich nicht angezeigt. Ich dankte ihm und schwor, dass so etwas nie wieder geschehen würde.

Aber er bat mich, sein Haus zu verlassen und nie mehr zurückzukommen. Er wolle nichts mehr mit mir zu tun haben.
Kurz darauf traf ich Diana, und mein Leben veränderte sich von Grund auf. Ich fand das Glück, mit dem ich schon lange nicht mehr gerechnet hatte, aber die Trauer über den Verlust meines Bruders verließ mich nie. Ich hoffte immer, dass wir uns eines Tages versöhnen würden, doch dann hörte ich, dass er gestorben war. Das war ein schwerer Schlag für mich. Aber ich hatte nicht mitbekommen, dass er eine Tochter hatte. Erst als es fast noch einmal zu spät war, erfuhr ich von Dir. Zu hören, dass es Dich gab, Lise, war eine große Freude für mich. Und eine große Sorge, weil ich Dich nie kennenlernen werde. Deshalb habe ich die fünf Vorstellungen als Bedingung in mein Testament geschrieben. Mit dem Zirkus zu reisen und eine Zeit lang mit allen, die ich liebte, das Zirkusleben zu teilen, war die einzige Möglichkeit, eine Verbindung zwischen Dir und mir herzustellen. Du solltest erleben, was ich erlebt habe, und fühlen, was ich gefühlt habe, um mich wenigstens ein bisschen kennenzulernen. Ich hoffe so sehr, dass mir dies geglückt ist und dass ich dazu beitragen konnte, das Leben der Tochter meines Bruders zu bereichern, weil ich seines beinahe zerstört hätte.

Liebe Grüße,
Dein Onkel Hilmar

Die Tränen waren gekommen, ehe sie den Brief fertig gelesen hatte. Sie liefen ihr über die Wangen, als sie den Brief auf den Tisch legte. Daneben summte das Handy, und auf dem Display erschien Børges Profilbild. Sie hob es auf und las die Nachricht: *Bereit für morgen, Rockstar? Da wird das Königreich dein!*

Ihr Blick wanderte vom Telefon zu dem Brief und zurück. Dann trocknete sie resolut die Tränen mit dem Ärmel ihres Pullovers und tippte die Antwort ein: *Ja.*

76

Der Westwind blies Mogens fast um, als er auf Krücken vor Lise zum Zirkuszelt humpelte. Neben ihr ging Børge. Er war müde und schlecht gelaunt, weil Mogens darauf bestanden hatte, dass sie nach Volda fahren sollten, anstatt zu fliegen. Er habe vorläufig genug vom Fliegen, hatte er gesagt.

Kurz bevor sie das Zelt erreichten, setzte der Regen ein. Er trommelte aufs Zeltdach, als die Dunkelheit im Korridor unter den Tribünen sie umhüllte. Am anderen Ende des Durchgangs erblickte Lise Lucille. Sie lief an Mogens vorbei, aber als sie die Hand ausstreckte, um Lucille am Bauch zu streicheln, zog Lucille sich zurück und verdeckte die Artisten und Musiker, die sich am Rand der Manege versammelt hatten.

Lise blieb zwischen Mogens und Børge stehen. Keiner sprach ein Wort, aber die kalten, harten Blicke sagten genug. Lise wich zurück und stellte sich neben Børge, der sich räusperte und das Wort ergriff.

»Ja, da sind wir also. Okay, was jetzt geschehen wird ...«

Mogens hinkte vor und unterbrach ihn. »Was jetzt geschehen wird, ist, dass all dies ...« Er hielt eine Krücke in die Luft und ließ sie kreisen. »... auf den Altar der Kunst gelegt wird. Als Opfer an die Ewigkeit.«

Fillip trat vor. »Und wie willst du das tun?«

Ein seliges Lächeln zog Mogens' Mundwinkel so weit nach oben, dass er wie eine verrückte Zeichentrickfigur aussah. »Indem ich es dem reinigenden Feuer übergebe. Die Flammen werden all das hier verzehren, während die

Welt zuschaut. Während die Welt hier drinnen ist und selbst von den Flammen verzehrt wird. Über iPads.« Mogens sah die Trauer in ihren Gesichtern. »Ja, ich weiß.« Er nickte, als könne er ihre Gefühle nachempfinden. »Das wird fantastisch! Ein monumentaler Augenblick ohnegleichen in der Kunstgeschichte.« Er besann sich. »Nicht alles wird von den Flammen vernichtet. Nicht die Kanone. Sie ist jetzt ein Teil von mir. Im Übrigen auch nicht der Elefant.«

Diana stellte sich neben Fillip. »Was hast du mit Lucille vor?«

»Sie ist mein Schatz.« Mogens grinste wieder. »So hässlich und runzlig. Mein Nachbar wird sich schwarzärgern, wenn er die materialistischen, hirngewaschenen Finanzroboter, die er seine Freunde nennt, zum Grillen einlädt.«

»Sie wird also Auslauf in deinem Garten haben?«

»Bist du verrückt?« Sein Blick verriet, dass es keine Frage, sondern eine Feststellung war. »Ich kann sie doch nicht überall hinscheißen lassen. Nein, ich werde selbst ein Grillfest veranstalten. Das größte mexikanische Grillfest aller Zeiten. Und Lucille wird das Hauptgericht.«

»Nein!« Lise redete mit Mogens, aber sie sah Diana an. Die Zuckungen in Mogens' Gesicht machten sein Grinsen noch dämlicher. »Nein? Was soll das heißen?«

»Ja, was soll das heißen, Lise?« Børge sah sie entgeistert an.

»Das soll heißen, dass Mogens Lucille nicht grillen wird. Und dass er den Zirkus Fandango nicht niederbrennen wird.«

»Was zum Teufel redest du da?« Børge war knallrot. »Mogens wird den Zirkus kaufen, deswegen sind wir hier! Du kannst dich verdammt noch mal nicht so einfach umentscheiden!«

»Warum nicht? Weil deine Firma am Rand des Ruins steht? Völlig verschuldet, mit über fünfzig Forderungen des Gerichtsvollziehers? Weil du sie loswerden willst? Du willst sie mir aufhalsen, um dich selbst zu retten!«

»Das …«

»Meine treue Schwester Vanja hat nachgeforscht und mich gewarnt.«

Børge schäumte vor Wut. »Das spielt keine Rolle! Deine Unterschrift steht unter dem Vertrag mit meiner Firma. Er verpflichtet dich, den Zirkus zu verkaufen!«

»Du hast recht, es spielt keine Rolle. Ich hatte mich schon anders entschieden, bevor Vanja mich anrief. Nachdem ich einen Brief bekommen hatte. Von Hilmar.« Ihr Blick streifte Diana, bevor sie sich wieder Børge zuwandte. »In deinem Vertrag steht, dass ich selbst entscheiden kann, an wen ich den Zirkus verkaufe. Nun, ich werde ihn an mich selbst verkaufen, gewissermaßen.«

»Bist du vollkommen verrückt geworden?« Seine Stimme durchschnitt die Luft. »Du kannst niemals mehr bieten als Mogens!«

»Nein, aber das muss ich auch nicht. Im Vertrag steht nichts von höchstbietend. Nur dass ich den Zirkus für einen von dir festgesetzten Mindestpreis verkaufen muss, und der beträgt eine Million. So viel habe ich.«

»Trotzdem. Du kannst ihn nicht an dich selbst verkaufen!«

»Richtig. Deshalb habe ich alle meine Ersparnisse an Vanja überschrieben. Ich werde den Zirkus an sie verkaufen. Machst du die Papiere fertig?«

»Das …« Børge versuchte sich zu beherrschen. »Hör zu, Lise, du und ich … Wir zwei gegen den Rest der Welt, so war es doch immer. Du kannst mich jetzt nicht im Stich lassen, nach allem, was ich für dich getan habe.«

»Nun. Diesem Zirkus habe ich zu verdanken, dass ich neuerdings nicht mehr so viel gegen die Welt habe.« Lise drehte sich zu Fillip und Diana um. »Und ich hoffe, dass die Welt auch nicht mehr so viel gegen mich hat.«

»Nein, zum Teufel. Du kannst verdammt noch mal nicht …«

Børge versuchte, Lise zu packen, aber Fillip war blitzschnell zur Stelle. Dieter sprang hinzu und half Fillip, den schreienden und zappelnden Børge aus dem Zelt zu ziehen.

Jacobi ging zu Lise, legte die Hand auf ihren Arm und sah ihr in die Augen. »Ich wusste es. Tief im Inneren wusste ich, dass du uns nicht verraten würdest.«

»Willst du etwa Diana Konkurrenz machen?«, fragte Wolfgang und starrte in eine imaginäre Kristallkugel in seinen Händen. »Jacobi der Seher.« Dann zwinkerte er Lise zu. »Aber wahrscheinlich würde er die Kristallkugel verschlucken!« Lises Lachen verstummte, als Fillip zurückkam und sich zu den anderen stellte.

»Was wirst du mit dem Zirkus machen?«

»Nun, ich …« Sie rang nach Worten und versuchte, die Nervosität wegzuräuspern. »Ich bin nur eine junge Frau, die vor einem Zirkus steht und diesen bittet …« Sie schüttelte den Kopf über sich selbst. »Nein. Ich bin Hilmar Gundersens Nichte. Und ich weiß, dass ich viel verlange, nach allem, was geschehen ist. Aber ich will dasselbe Leben führen wie Hilmar. Zusammen mit euch.«

Sie suchte Fillips Blick. »Wenn ihr es mir erlaubt.«

Fillip zeigte auf die Tribünen. »Was ist mit dem sinkenden Kartenverkauf und der hoffnungslosen Zukunft des Zirkus? Glaubst du plötzlich, dass sich das ändern wird?«

»Darüber habe ich viel nachgedacht. Vielleicht können

wir es ändern. Ihr habt selbst gesehen, wie viele Hipster zu den Vorstellungen kommen, um Selfies zu machen. Die Tribünen sind voll mit Bärten und Schiebermützen. Ich finde, wir sollten in den großen Städten auftreten, wo mehr Hipster und nostalgische Erwachsene leben. Dort könnten wir genug verdienen, um den Zirkus am Leben zu erhalten, da bin ich mir sicher. Ich will es auf jeden Fall versuchen, anstatt einfach aufzugeben.«

Jacobi nickte zustimmend, und viele folgten seinem Beispiel. Lise schaute in die Runde. »Und ich hoffe, ihr werdet es zusammen mit mir versuchen.«

Es wurde still in der Manege. Sekunden vergingen, bis Fillip mit den Schultern zuckte und sagte: »Klingt viel besser als das Arbeitsamt.«

Lise tauschte einen erleichterten und dankbaren Blick mit Diana, der Tränen in den Augen standen.

Ein lautes Trompeten unterbrach sie, und alle drehten sich um.

»Schschsch, Babydoll.« Auf der anderen Seite der Manege versuchte Mogens mit hochrotem Kopf, Lucille aus dem Zelt zu schieben, aber sie bewegte sich keinen Zentimeter. Er rang nach Luft und machte eine Pause, und erst da bemerkte er, dass der ganze Zirkus ihn beobachtete.

»Hier gibt's nichts zu glotzen. Absolut nichts.« Mit ausgestreckten Armen schob er vergeblich weiter. »Macht einfach weiter mit eurem Happy End.«

Danksagung

Der Name »Zirkus Fandango« ist eine Hommage an zwei Männer namens Arne, die die norwegische Kultur bereichert haben.

Arne Arnado gründete 1949 den Zirkus Arnado und wurde zu Norwegens bekanntestem und beliebtestem Zirkusdirektor aller Zeiten. Er starb 1995 im Alter von zweiundachtzig Jahren während einer Vorstellung.

Arne Skouen war ein norwegischer Filmregisseur, Schriftsteller und Journalist, der fast sieben Jahrzehnte lang wesentlich zur Entwicklung des norwegischen Films beitrug. In den frühen Fünfzigerjahren gab Skouen Arne Arnado die Hauptrolle in einem Spielfilm, woraufhin Arnado den Schritt von der Manege auf die Kinoleinwand machte, und zwar als Direktor des *Zirkus Fandango* im gleichnamigen Film.